夜上海波尔卡

朱晓琳 著

山东文艺出版社

"异乡者小说书系"总序

郝庆军

作家都是漂泊者。即便本人始终未离开过自己的故土和家乡,但作家们的心也是始终"在远方"。生活在别处,不只是一种哲学之思,也是一种切实的现代感。"故乡"是一个镜像,你通过这个镜像,反观自己,确证自身。某种程度上,我们都是异乡者,但随着迁徙的频繁,流动的常在化,却没有多少"独在异乡为异客"的感觉,倒是更多"住在哪里哪里便是家"的自在和潇洒。鲁迅先生有过"走异路,逃异地,去寻找别样的人们"的生活经历,于是有了《呐喊》中的精彩小说;王蒙先生如果没有强烈感受"故国八千里,风云三十年"的时空变换,也许不会有《蝴蝶》和《杂色》。

20世纪中国文学起伏跌宕,曲折回环,虽历尽坎坷,却始终伴随着中国现代化进程和中国历史变革。作家虽然到处流浪,到处漂泊,却感时忧国,给他们的创作带来无穷无尽的动力和素材。每个作家都有一个异乡,他们的笔下都有一群异乡者的人物形象。从郁达夫的零余者、寄寓者形象,到巴金笔下反抗封建婚姻的觉民、觉慧们,再到路遥小说中的高加林、孙少平们,这些异乡者的典型形象,反映了20世纪中国人精神层面中的某些重要特征。

到了21世纪,中国正经历着前所未有的大迁徙、大流动、大变革,尤其是牵动几亿人口的中国城市化运动的兴起,为作家的创作带来一个巨大的课题:那就是如何描绘中国城市化运动中的新群体、新社区、新生活和新精神状态。前不久,湖北女诗人余秀华一首《穿过大半个中国去睡你》,

引发轰动,感动了大半个中国的国人,就是因为这首简短的诗高度概括了亿万中国人的生活状态和人生境遇,说出了亿万异乡者的内心独白和感情深处最柔软、最真实、最基本的诉求。文学的伟大力量在这里突然显现,就是因为它具有直抵人心的特殊功能。

事实上,我们的小说家也并没有失职。21世纪以来的许多优秀小说家一直在观察和思考新世纪城市化进程中千千万万中国人的生活状态和精神变化。2005年以来,以《那儿》为代表的底层文学的兴起,为新世纪小说增加了新的亮点和新的审美取向。底层文学实际就是另一种乡土文学,是另一种异乡者小说,它继承了鲁迅、沈从文开创的写实主义文学传统,不隐恶,不阿世,直面惨淡人生,忠实描写底层人民的喜怒哀乐。底层文学的描写对象多是底层打工者和混迹城市边缘的城乡建设者,因此有人把底层文学又称作"打工文学"。当然,当底层文学呈现出其意识形态倾向的时候,往往又接续了20世纪30年代的左翼文学的传统,表现出同情穷人、厌恶权贵的价值取向。发展到极端,这一取向往往表现出简单化与脸谱化的问题,立场为先和概念先行的创作模式往往使得某些底层文学变得艺术粗糙,表现力弱化,走向现实主义的反面,变成另一种空疏与虚假的文学。

人性是复杂的,社会是多元的,底层人民中也有丑类,上层社会也不乏善良本性。由于中国社会变化太快,阶层也不太固定,城乡之间开始打破壁垒,上下阶层开始互动转换。许多底层人士也会摇身变为富豪,一些精英人士因贪婪与放纵也会变成为人不齿的贪官污吏;知识分子固然受人尊敬,但在利益面前若无约束,也会变成"叫兽"。位卑者未必下贱,位高权重者未必高贵,同样,身居下僚也不见得情操高尚,上流社会不一定都是下流痞子。中国百年来的历史变化太快,而且这种变化还在加剧,所以,许多在城市的异乡人都有可能上升为富贵者,也有可能沦为底层人士,一切都有可能。

  我们欣喜地发现，小说家在描写这些现象的时候，已经打破了过去的老旧眼光，他们不会戴着有色眼镜看待这些现象。不会太"左"，痛恨富人，把富人们描写成洪水猛兽；也不会太"右"，把底层人士看得一文不值，把一切美好的价值都归功于成功人士或少数精英。他们深受五四精神的洗礼，也警惕精英文化的傲慢与偏见，身上有了强大的免疫力，所以，他们笔下的人物，都是活的中国人，充满了中国精神，镌刻着时代印痕。

  主编这套"异乡者小说书系"，并不刻意表现什么，也没有野心标举什么，而是因为一些志同道合的小说家自然相遇，同声相应，同气相求而已。第一辑收录了包括我在内的五位小说家的小说集，既是一种尝试，又是一种期许。尝试着建立一种模式，一种新的工作方式，把一些优秀作品推出去，集中向读者展示一种风度，一种魅力，一种人生态度。

  至于期许，自然是期许更多的同道小说家加入到我们的行列，向着前面的光亮，举起手中的火把，共同出发。

沪上传奇与异邦故事

——读朱晓琳《夜上海波尔卡》

李松睿

  上海从来不缺少传奇。这座屹立在黄浦江畔的大都会自开埠之日起，就以其蓬蓬勃勃难以遏制的生命力，书写着属于自己的传奇。一方面，遍地租界、华洋杂处的历史境遇，使得这里既是帝国主义列强入侵中国的桥头堡，也是中国人接触西洋文化的最前线；另一方面，上海长期作为远东第一大城市，它那畸形繁荣的经济催生了中国最早的现代都市文化，改写了中国的文化版图，并推动着中国传统文化向现代的艰难转型。于是，各式各样的文化、思想以及价值观在这座城市相互碰撞、交锋、融合、新变，冲击着上海市民的思想，煎熬着他们的灵魂，在他们的生命历程中刻下了无法磨灭的印记。从上世纪初叶开始，无数上海作家正是在这样的背景下，谱写着一幕幕极为动人的都市传奇。特别是以苏青、张爱玲为代表的女作家，用女性那特有的敏感与细腻，捕捉到了上海市民在那个错综复杂的年代所经历的大起大落，以及这一切背后的无奈与落寞。为我们留下了不少文学史上的经典佳作。

  显然，同样生活在上海的女作家朱晓琳正是在这一文学史脉络上，继续书写着有关上海的都市传奇，并显影了上海乃至中国在当今全球政治经济格局中的巨大变化。这位女作家出生在上海，在这座城市华洋杂陈、包容并蓄的文化氛围中长大。20世纪90年代初，朱晓琳远赴欧洲，在法国里昂第二大学研究法国现代文学，获文学硕士学位。回到上海后，她又在华东师范大学对外汉语学院任教，专门为外国留学生讲授汉语课程。这一独特的经历，使得她始终生活在不同文化、不同价值观相互碰撞、交融的核心地带。这无疑影响着朱晓琳观察生活、思考世界的视角，并决定了其写作的基本主题。早在20世纪90年代，这位女作家就主要以留学生为题材进行小说创作，写出过《爱情国境线》《无国界叙事》以及《葡萄酒贵族》等作品。不过与曹桂林、周励等人的小说往往只专注于描写中国人在国外的种种遭遇不同，朱晓琳还特别关注外国留学生在中国的生活，尝试去全方位、多角度地呈现异域文化的冲击下，人性如何被无情地改写。这无疑是其创作最为特殊的地方。而今天摆在读者面前的这本小说集，则收入了朱晓琳发表于2007年到2012年间的七部中篇小说，记录了这位作家对于当代中国最新的观察与思考。

一

纵观这部小说集所收入的七部作品，我们基本上可以将它们分为两组。第一组小说包括《上海探戈》《教授娘》（又名《上海屋檐下》）、《夜上海波尔卡》等作品。我们也可以将它们称作"上海传奇"，其主要内容是异乡人（既包括外国留学生，也包括进城务工人员）如何融入上海这座城市的故事，并重点表现了他们在这一过程中所经历的内心煎熬与文化碰撞。

小说《上海探戈》主要讲述的是爱德华、西尔维娅、河村俊二以及尼姆等外国留学生在上海的种种"奇遇"。我们会发现，虽然距离新中国建立已经过去了60多年，但鲁迅先生当年所描绘的那种洋人被一批"高等华人"包围，最外面则是广大劳动者的同心圆结构，在上海仍然存在。只是因为有着白皮肤、蓝眼睛，外国人在这座城市就天然地享有特权。以主人公爱德华为例，这个来自英国的小伙子，在老家既没有显赫的背景，也没有雄厚的财力，却靠着那洋人的面孔和半通不通的汉语，在上海如鱼得水，享受着香车美女的簇拥，过着自己在英国连想都不敢想的生活。正像朱晓琳所描写的，在早高峰人潮汹涌的地铁上，人人都想抢个座位。但一个头发都白了的老头，见到二十多岁的爱德华后，却非要把自己的座位让给后者。这也就难怪爱德华在享受了种种特权之后，对中国人会心生轻蔑，并感慨"在中国人眼里，我们外国人就是比他们高贵"。

显然，朱晓琳在小说里揭示了一个极为重要的文化现象：在进入21世纪以后，中国，特别是上海这样的超大型城市在现代化程度和经济发展水平上已经不输于任何发达国家，但在文化上却总是存在着自卑感，在金发碧眼的外国人面前直不起腰来。这无疑是积贫积弱的近代史给中国人留下的精神创伤，使得我们在经济崛起之后，始终无法建立起与此相对应的文化自信。而朱晓琳的写作最为深刻的一点是，她不仅写出了上海人在与外国人交往时不经意间流露出的精神萎靡，更写出了外国人在这一过程中的异化。小说中一个让人印象深刻的场景是，爱德华请自己的妹妹和女朋友在一家餐厅吃饭，因为上菜慢了，竟不顾英国人的风度和礼貌，对餐厅老板破口大骂。长期以来被中国人"宠"坏了的爱德华，此时已经受不了一点点怠慢，把早年养成的风度和礼节忘得一干二净。以至于他的妹妹露西在事后要悄悄地提醒爱德华："你要小心呢，以后回英国别让父母都不认识你了。"

如果说《上海探戈》中所描绘的上海，是一个外国冒险家们的乐园，让那些金发碧眼的洋人轻轻松松地"被宠爱"，赚大钱；那么小说《夜上海波尔卡》则揭示了另一类外国人在上海的特殊遭遇。这类人自幼生长在西方国家，拿着外国护照，讲着一口流利的外语，思维方式、行为方式与外国人没有一点儿区别，但却长着一副东方人的面孔。当他们来到上海时，这座城市会收起笑脸，突然露出其残酷的一面。应该说，这是朱晓琳一贯关心的话题。在《上海探戈》中，作家在描写西尔维娅时，就顺带写到这位瑞士姑娘因自幼生长在德语家庭中，法语并不标准，但在应聘法语教师时，却成功地击败了一位出生在巴黎的华裔青年。因为中国学生"总觉得从洋面孔嘴里学来的外语才更正宗些"。只是在《夜上海波尔卡》中，这一主题得到了更为充分的展开。

小说《夜上海波尔卡》的主人公廖嘉平是一位澳大利亚籍华裔青年，

毕业于墨尔本音乐学院。在上海学习汉语期间，他希望靠弹钢琴的技能打工养活自己。与很多外国人感慨"只要你长着西方人的脸，在上海就不愁挣不到钱"不同，廖嘉平这个货真价实的澳大利亚人在求职时却处处碰壁，历尽艰辛才在一家酒店谋得了在大堂弹钢琴的职位。好在很快，他就凭借自己出色的琴技和流利的英语，开始在上海富商郭其龙的家中担任家庭教师。在与郭其龙及其家人交往过程中，廖嘉平发现，虽然上海人在金发碧眼的洋人面前异常友善、热情，但对自己则显得刻薄而有失尊敬。当他提出郭家的钢琴需要重新调音时，郭其龙却表示钢琴不过是个摆设，能弹出声音就行了，无须那么讲究。而郭太太和朋友打麻将时，竟不考虑廖嘉平的实际感受，硬要他在旁边弹琴助兴。她甚至还不顾对艺术家的基本礼节，经常强行打断廖嘉平的演奏。最终，廖嘉平无法忍受郭家的蔑视与侮辱，愤然辞去了这份高薪工作。

　　有趣的是，朱晓琳虽然在小说中对上海的新富阶层颇多讽刺，但对生活在这座城市里的普通市民则寄予了深厚的感情。例如廖嘉平的房东周先生，晚年丧子，家境并不富裕，却对廖嘉平没有丝毫排斥，给他提供了无微不至的帮助。正是在周先生的带领下，廖嘉平参加了小区居民自发成立的互助组织，以自己的技能帮助邻里，渐渐在这座以排外闻名的城市里找到了家的感觉。他还和周先生一起，为条件简陋的打工子弟学校开设音乐课，为孩子们送去美的享受。朱晓琳正是通过这样的描写，让读者知道上海并不仅仅是个名利场，上海人也不全是崇洋媚外之辈，这座城市同样洋溢着温情，有美好的人与事等待着我们去发现。这无疑传达了女作家对于上海的理解与感悟。

　　如果说朱晓琳在《上海探戈》《夜上海波尔卡》里，主要描写的是外国人在遭遇文化差异时所经历的震惊体验；那么在《教授娘》中，作家则掉转了自己的视角，去观察乡下人来到上海后的种种境遇。显然，今天的朱晓琳已经扩展了自己的取材范围，不再仅仅关心中西方文化之间的碰撞，而是开始去思考某些对于今天的中国社会更为重要的话题：即乡村与城市、传统与现代之间的差异与弥合。在笔者看来，这无疑是朱晓琳的思想与写作逐渐成熟的标志。

小说《教授娘》讲述的是主人公黄大姐为了帮弟弟黄教授看房子，离开农村到上海暂住的故事。虽然享受着现代化的生活设施，但黄大姐在上海却并不开心，总是与这座城市格格不入。她试图与周围的邻居搭讪聊天，却不断遭遇猜忌的目光。她养了几只小鸡排遣寂寞，却因为扰民被告到了派出所和居委会，不得不忍痛把小鸡杀死。而当她因为闲得无聊，捡些空塑料瓶卖钱时，更是饱受邻居的冷眼。甚至连她亲手拉扯大的弟弟，都指责她收废品给自己丢人现眼。在这里，分属于乡村与城市的两种生活方式、价值观之间的激烈碰撞，得到了淋漓尽致的描写。上海在某种程度上成了黄大姐这些异乡人既爱且恨的炼狱，让他们在物质上获得满足的同时，不得不在精神上饱受煎熬。

应该说，朱晓琳在此处的描写是非常深刻的。伴随着改革开放和户籍管理制度的松动，中国有太多人从农村来到北京、上海这样的超大型城市寻找新的机会。他们在城市里任劳任怨、辛勤工作，为中国的现代化建设做出了巨大的贡献。但由于这些进城务工人员往往只能从事重体力劳动或服务业，再加上价值观、生活习惯与城里人格格不入，使得他们总是被人歧视，甚至还常常会受到不公正的对待。进城务工人员对城市建设的巨大贡献，与在城市里感受到的歧视，在他们心中形成了巨大的落差，让他们时刻感到痛苦。这无疑是当代中国最重要的社会问题之一。不过，需要指出的是，朱晓琳的小说虽然触及到了这一重大问题，但并没有深挖下去。在《教授娘》中，黄大姐虽然被人歧视，但总是热心助人，不仅帮邻居买菜，找回走失的宠物，还组织小区业主联合起来反对物业公司侵占绿地，最终融入了这个上海社区。当黄大姐离开上海时，邻居们甚至还有点儿舍不得她走。笔者在这里当然不是认为黄大姐的"幸运"没有丝毫现实可能性，只是作家向壁虚构的产物。但考虑到中国有数量巨大的进城务工人员挣扎在饥饿线上，这样的描写多少让人生出曲终奏雅、粉饰太平之感。

二

这部小说集的第二组作品，则包括《诺曼底彩虹》《非洲风筝》《白金护照》以及《伦敦眼》等四部小说。它们不再是发生在上海的都市传奇，而是讲述上海人在异国他乡的所见所闻。与《爱情国境线》《无国界叙事》这些朱晓琳的早期作品相比，这些小说里的外国不再是一个充满了希望和梦想的地方，其中上海人也不再像当年的留学生那样生活清苦、用功读书。伴随着20世纪90年代以来中国经济的腾飞，一部分中国人已经富了起来。当他们来到异国他乡时，心态、做派已经和当年那些清贫的留学生很不一样了。正像很多境外媒体报道的，他们在国外高声说话，随地吐痰，让当地居民非常愤怒，但又挥金如土，一掷千金，极大地拉动了当地经济。可以说，正是这些让外国人既爱且恨的中国人，改写了今天的世界图景，更显影了中国在全球政治经济格局中的地位。而所有这一切，都在这组作品中得到了充分的表现。

《诺曼底彩虹》讲述的是上海姑娘刘思宁高考失利后到法国留学的故事。她出生在一个单亲家庭，家境并不宽裕。但母亲杨清芬觉得送女儿出去留学，既能挽回因高考失利而丢的面子，又能让女儿将来找到一份好工作，于是毅然决定把家里的房子卖掉，送女儿到法国留学。不过从小就娇生惯养的刘思宁似乎无法理解这一决定对家庭的意义，也不能体会母亲身上所承受的压力。在法国学习期间，她看到同样来自上海的同学纷纷购买名牌服饰、豪华汽车，在欧洲过着花天酒地的生活。自己也耐不住寂寞，整天和米拉拉、健健等人混在一起，无心向学。偶尔给家里打个电话，也只是向母亲要钱。而杨清芬对此则一无所知，为了让女儿在没有压力的情况下认真读书，她甚至还隐瞒了自己已经把房子卖掉的事实。朱晓琳以平行的方式结构小说，交替讲述母亲在上海的含辛茹苦与女儿在法国的无所用心。这一对照手法的运用使得这篇小说具有较强的感染力。在读到小说的结尾处，杨清芬费尽心力凑够了路费，赶赴法国将被学校开除的女儿接回上海时，读者会忍不住感慨，可怜天下父母心。

如果说《诺曼底彩虹》呈现的是一幕关于留学的悲剧，那么小说《非洲风筝》所展现的则是一出喜剧。这篇小说的主人公宗小西是上海的一名初中生。由于成绩很差，宗小西在学校里总是抬不起头来，人也变得内向忧郁没有自信。在看到孩子根本不可能考上大学后，宗小西的父母决定让他随姑姑到喀麦隆去读书。他们并不指望宗小西能在非洲学到什么知识，只是觉得在那里起码能把法语学好，将来也能找份不错的工作。然而来到喀麦隆后，宗小西这个在中国没有一点儿突出之处的学生，立刻成为学校里的明星。除了法语不太好，他的各科成绩都名列前茅。渐渐地，这个原本内向羞涩的孩子开始有了自信，人也变得开朗多了。当来自欧洲的小朋友表示出对于东方人的轻蔑时，他敢于提出异议，并要求对方道歉。有些时候，他甚至还能够帮姑姑管理酒店，指挥下属。广阔的非洲草原，成了宗小西自由驰骋的新天地。在这里，朱晓琳显然是通过对比的手法，赞扬了崇尚自由的教育理念，并对扼杀青少年个性的中国教育制度提出了质疑。

不过值得注意的是，虽然涉世未深，但随着宗小西对喀麦隆的社会生活逐渐了解，他开始批评喀麦隆人大多是文盲、数学极差、没有时间观念、做事缺乏计划等问题，并在不经意间流露出某种扬扬自得的神情。似乎上海人之所以能够在喀麦隆轻轻松松赚大钱，完全是因为他们更聪明、更勤奋，而当地人则怠惰慵懒。这就使得朱晓琳笔下的上海人在面对欧美人时，总是有些卑躬屈膝；但对非洲人则会抬起他们那"高贵的头颅"。在这里，作家显然捕捉到了一个非常重要的文化现象：伴随着中国经济的高速发展，不少中国人虽然还没有足够的自信心和金发碧眼的欧美人平起平坐，但已经开始瞧不起曾经和我们以兄弟相称的第三世界国家的人民。他们似乎忘记了这样一个显而易见的事实：非洲人的怠惰并不是这片土地贫穷落后的原因，而是不平等的国际政治经济制度的结果。这多少令人感到有些遗憾。

在笔者看来，或许这组作品中更值得关注的，是《白金护照》和《伦敦眼》这两篇小说。它们深刻地写出了在中国崛起的大背景下，笼罩在发达国家头上的美丽光环如何被现实的铁壁撞得粉碎。小说《白金护照》的主人公谢如芳、苏杨夫妇，是上海一所高校的青年教师。他们利用公派出国一年的机会，在美国生了孩子，以便为下一代换取一张"白金护照"。在他们的想象中，孩子有了美国护照，就可以免费享受发达国家的医疗和社会保障。连他们自己，也能靠孩子长期在美国定居。为了实现这一梦想，他们在美国省吃俭用，放弃了科研，也没有任何娱乐消费，但仍被天文数字般的医疗费压得喘不过气来。而美国糟糕的治安,更是让谢如芳在产前遭遇抢劫,不幸早产,生下了一个患有先天性疾病的女孩。在女儿真的拥有了"白金护照"后,他们决定回国,放弃留在美国的机会。因为他们最终认识到,在美国自己永远只能是二等公民,而在中国则是社会地位较高的高校教师。只有经济高速发展的祖国,才是让他们大展身手的舞台。

而小说《伦敦眼》则通过描写叶兆其、苏宛如夫妇在去国离乡二十年后重返上海的经历,展现了中国社会的活力与巨大变迁。叶兆其夫妇在出国前都是上海一家杂志的编辑。在90年代初的出国热潮中,他们想尽办法来到英国,试图开启新的生活。然而文化上的差异,使得叶兆其夫妇根本不可能融入英国主流社会,只能靠开一家破旧的中餐馆勉强维生。由于他们对中国的认识还停留在二十年前,所以回国前还特意买了些旧衣服准备送给亲戚朋友。可他们刚下飞机,就震惊于上海人生活的巨大改变。看着苏宛如哥哥的私人轿车和复式公寓,叶兆其夫妇的心里很不是滋味。而那些送给亲戚的礼物,更是让他们颜面尽失。正像朱晓琳所写的,他们出国时以为自己"逃离了沉船",但回国后却发现已经错过了太多机会。为了将这种今昔对比表现得更加充分,作家还颇为戏剧性地安排叶兆其的女儿在他们当年的同事蔡根荣家里做护理工。二十年前,蔡根荣不过是杂志社一个工人编制的发行员,可如今却已经是公司老板,甚至在英国还拥有房产。当年在英国社会底层辗转挣扎时,至少生活在发达国家成了叶兆其夫妇唯一的引以为豪的地方,但看着上海日新月异的变化,让他们不由得唏嘘不已,感慨岁月的虚掷。

三

从上面对这七篇小说的分析来看,朱晓琳特别善于在作品中将几种不同的文化、价值观并置在一起,通过它们之间的冲突与融合构建戏剧性张力,推动小说叙事向前发展。这部小说集中的作品,几乎全部是以这种方式写成的。考虑到作家所处理的题材,不是外国人、外地人的沪上传奇,就是上海人的异邦故事,本身就蕴涵着不同文化、价值观之间的冲突。因此,以这种方式结构小说虽略显单调，但却是非常准确、妥当的。于是我们在朱晓琳的笔下看到，中国与西方、中国与第三世界、城市与乡村、过去与现在正发生着激烈的碰撞。几乎所有人都在高速发展的中国经济的裹挟下，来到了文化冲突的核心地带，上演着一幕幕惊心动魄的传奇故事。可以说，无论是爱德华的得意扬扬，还是黄大姐的饱受刁难，抑或是叶兆其的无奈悔恨，其命运遭际与个性品质并无太大关系，他们只是碰巧生在中国、来到上海，赶上了这个迅猛发展的时代。细细想来，朱晓琳的这些作品倒也真得了几分张爱玲那篇《倾城之恋》的神韵。

在这个意义上，阅读朱晓琳其实也就是阅读我们所身处的时代。今天的中国在经历了近三十年的高速发展后，已经崛起为一个世界强国，改写了整个世界的面貌。特别是在全球金融危机阴魂不散的大背景下，中国更是充当了世界经济的发动机。如此迅猛的发展，不仅让外国人感到震惊，对中国人精神世界的冲击其实也不亚于一场革命。简单地对比一下上海这样的现代化城市和中西部地区贫瘠的乡村，其间的落差足以让人瞠目结舌。小说集中的黄大姐正是因为遭遇了这一落差，才饱受歧视，倍感痛苦。而高速发展的中国也让那些城里人感到有些眩晕。他们开始拥有雄厚的经济实力，却缺乏相应的文化修养和自信，看到洋人则卑躬屈膝，面对穷人则趾高气扬，走出国门后，更是挥金如土，肆意享乐。朱晓琳笔下的郭其龙、刘思宁以及米拉拉正是如此，让人不禁为他们的行为感到惋惜。与此同时，西方人面对日新月异的中国，心中也别有一番滋味。曾几何时，西方人自视为天之骄子，东方人在他们眼中不过是一群土著。然而到了今天，他们在本国已经很难找到工作，只能把上海当作冒险家的乐园，其失落是可以想见的。在女作家的笔下，爱德华、西尔维娅这些金发碧眼的洋人在上海过得春风得意，但内心深处却总有几分苦涩与无奈。可以说，朱晓琳在这七部中篇小说里，对中国社会在飞速发展的过程中，不同人群的心理状况进行了全方位的描绘。在笔者看来，这或许是这部小说集最大的意义吧。

目　录

上海探戈 ⋯⋯ 001

夜上海波尔卡 ⋯⋯ 036

诺曼底彩虹 ⋯⋯ 064

非洲风筝 ⋯⋯ 096

白金护照 ⋯⋯ 132

伦敦眼 ⋯⋯ 169

教授娘 ⋯⋯ 202

后记 ⋯⋯ 233

上海探戈

一

爱德华把信封里的一沓人民币反复数了几遍，然后当着中介公司代理人的面，郑重其事地在租房合同上签了字。至此，房东汪太太的心情才算彻底放松下来。四室二厅的一大套公寓房子，租给了四个外国人，租金远比一般中国房客出得高。汪太太一家在两年前上海房价疯长的日子里买了这套市中心房子，总价一百七十多万元。一家人耗尽全部积蓄付掉一百万，余下的贷款就得想方设法靠出租房子来还了。

现在好了，有四个外国房客住了进来，每月房租凑起来顶了还贷额还略有剩余。虽说汪太太一家目前仍挤在两居室的老房子里，可毕竟置下了这么套繁华地段的公寓房。等贷款还清后，汪太太一家就可以舒舒服服享用四室二厅的大房子，而且近一半房款等于是由房客们付的。汪太太算是信服了中介公司代理人的眼光，宁可将房子空关几个月，也得找到信誉好、出得起高房租的房客。比如眼下这四个肤色迥异的外国房客，订下的租期都在一年以上，可以肯定他们也不会像那些出了高租金导致心理不平衡的中国房客，随意损坏房内设施，纯粹损人不利己。

爱德华看着汪太太把钱放进手提包，笑容将她脸上每条细小皱纹都展成了菊花瓣。爱德华觉得时候到了，他应该再向这位精明的房东太太争取点什么，以期让付出的租金得到利益最大化。爱德华说："汪太太，我那房间是全套房中唯一朝北的，冬天阴冷采光也不足，跟我老家伦敦差不多，可我付一样多的房租真有点吃亏，您是否能在其它方面给我点补偿呢？"爱德华这几句话是英文夹着中文表达的，他虽在英国学过两年汉语，但要应付租房代理人和汪太太这样的中国房东显然不够用。好在汪太太的女儿汪宜文英语讲得不错，可以及时准确地将房客意思转告给母亲。

汪太太笑了："爱德华先生，你那房间虽然朝北，可里面凹进一块有个三平方米的小卫生间。这样你每天就不用跟其他房客抢卫生间用，又方便又干净，这点好处值多少钱你自己也好算一算的呀。"汪太太说着朝中介公司代理人和女儿用上海话嘀咕："这人大概是英国犹太人，算盘精得不得了。"

代理人只想尽快结束这桩租房交易，敷衍道："不是犹太人也有犹太人的脑子，所以我们中介公司这点代理费真不是好赚的，有时候碰到的外国人比中国人还精呢。"

当天下午英国人爱德华就认识了将要生活在同一屋顶下的其他三位房客。瑞士姑娘西尔维娅是汪太太的第一位房客，先挑了朝南最大一个房间。这个具有吉普赛人血统的棕发女孩到过世界上几十个国家，会多种语言，来上海不到一年，连上海话都能听懂不少。

肤色黑亮的尼姆来自非洲喀麦隆，身高近两米，走在上海街头总有中国人上来问他是不是从 NBA 赛场上退下来的。这种时候尼姆就会大声回答："我是外国人，不是美国人。"尼姆最喜欢说这句"我是外国人"，尽管他的话在中国人听来纯属多余，这儿谁会把一个高大健壮的黑人误认为是自己同胞呢？尼姆喜欢处处强调自己是外国人这个客观事实，因为听他说这句话的中国人多半会立刻变得客气起来，也许中国的传统习惯就是对外来客人要比对自家人客气三分。

跟爱德华房间门对门住着日本人河村俊二，这个小个子男人耳朵里永远插着 MP3。爱德华不明白河村俊二为什么想把自己变成聋子，不但别人跟他说话他听不见，长时间听耳机对耳膜损害也太大了。

现在爱德华不奇怪房东汪太太何以能找到四个清一色的外国房客，原来他与三个同住者都是附近F大学的留学生。不管他们各自来上海的目的是什么，至少在签证时的身份是一样的，都是学生。

爱德华来中国前是英国利兹大学国际贸易专业博士生，按英国大学规定，博士生若选择与其专业相关的外国大学进修或实习，学费可由英国大学支付。爱德华之所以来到上海，根据他所掌握的信息，中国已成为当今世界上最为活跃的经济体之一，而上海又是中国开放发达的城市，一百多年前就有不少英国人在上海做贸易。当然爱德华来上海，决不会仅仅满足于游学般待上一年半载。他要在上海寻找赚钱甚至是开创人生事业的机会。爱德华身上并没有犹太人血统，然而自从他选择了国际贸易专业，这辈子就打算把最大限度获取和拥有金钱作为人生的奋斗目标。

四个来自地球不同角落的房客聚集在中国房东的客厅里，河村俊二出于礼貌，勉强坐在一旁，耳朵里依然插着随身听。爱德华过去拔掉河村的耳机，他以为河村是听不懂另外三人说英语才戴上耳机的，所以主张大家往后在这个客厅里最好说汉语，他们本来就是来学汉语的留学生。

住在这套公寓房里的每位房客，除了每月的房租外，还得分摊水电煤气、物业管理费。客厅里安有一台电话，房东汪太太也没有交待过使用细节。爱德华一来就注意到了电话机，说："如果你们各位喜欢用手机，这台电话的使用权就归我好了，每月费用由我一个人支付。当然，如果你们想用这个电话，每分钟请付一块钱，接听五毛，我不在家时可能会拔掉插头。若你们都同意的话，我们四人现在就签个电话使用合同。"

瑞士小姐西尔维娅没等爱德华说完，一脸鄙夷表情将五官都拧在了一块："哟，都说英国男人是绅士，怎么爱德华先生像F大学后门小街上的摊贩，为五毛钱一块钱费那么多口舌。要是有一天我男朋友打电话来，你也坐在旁边掐表计时吗？那样的话还不如把电话机抱到你房里去吧，省得你费心，别人也累。"

尼姆坐在客厅沙发上，眼睛盯着天花板上的吊灯。他将两条长腿分开，双手在两腿分开处的沙发上敲着非洲鼓点想心事，根本没有兴趣参与关于使用电话的谈判。尼姆想学好汉语后能考上F大学的体育运动管理系，日后回到喀麦隆当个中学体育教师或是体育经纪人，这也是在北京大使馆当参赞的父亲对他的基本要求。如果尼姆一年后考不上体育运动管理系本科，父亲就会把他送回喀麦隆。他已经过了十八岁，没有理由跟在外交官父母身边享受所在国的优待，那些优待通常是给外交使节未成年子女享受的。

　　河村俊二不知什么时候又插上耳机，他不会说英语，汉语也不如爱德华他们三个说得溜。他把耳机视为一种自尊心保护手段，就像替自己裹了层音乐外壳，陡增不少安全感。河村俊二的父亲是上个世纪七十年代日本超一流围棋国手，现在父亲老了，下不动围棋，就在自己开的棋院里整理年轻时的棋谱，打算出几本棋书留给后人。河村俊二是家中兄弟姐妹里性格最像父亲的孩子，围棋也下得最好。可他来中国并非跟围棋有关，他想在上海学习开茶坊的经验，回日本后开一家可以让围棋爱好者以棋会友的茶馆。父亲曾不止一次对河村俊二说过，喝茶与下围棋，是人生最清雅的两件事。

二

　　爱德华起床的时候，其他三位房客已经去Ｆ大学上课了。应该说他们三个都是好学生，每天上午准时踏进教室，跟着中国老师学汉语。而爱德华几乎已经忘了自己那位中国班主任老师是男是女。有一回西尔维娅问爱德华："既然你斤斤计较每分钟的电话费，为什么不心疼在Ｆ大学每学期一千多美元的学费呢？"爱德华当时淡然一笑，没有回答瑞士女郎的问题，他自己心里早就算过那笔账，只是不想轻易报给旁人听罢了。

　　来中国以前爱德华在利兹大学学过两年汉语，他一点都不认为坐在课堂里中规中矩学来的汉语比马路上听来的中国话更实用。爱德华不去上课并不意味着学不好汉语，相反他在上海每时每刻都没有放弃过任何与中国人交往讲话的机会。同住的三位房客遇事必须同中国人打交道，都喜欢把爱德华拉上，除了他人高马大能替人壮胆，最重要的还是爱德华是他们几个中说汉语最流利的，时不时还能蹦几句上海话出来。当然爱德华也非心甘情愿每学期白白送给Ｆ大学一千多美元学费，尽管学费可以回英国报销。

可按中国政府规定，要是不在中国大学里注册，他就没有在中国长期逗留的理由。所以最好的办法是在中国有正当居留权，然后找机会挣钱，挣出超过学费生活费的钱来。

前几天房东汪太太的女儿汪宜文来找爱德华，说她有位朋友在电视台工作，想请一位英语纯正的外国人为一些出口的中国电视纪录片配画外音。电视台开出的酬劳很让爱德华动心，每周去电视台工作两个下午，每次八百元，而且还是税后。爱德华算了笔账，这份工作能让他每个月挣上六千多块钱，顶个上海年轻白领了。要是活儿多干得长，挣回学费房租生活开销不是件难事。爱德华很庆幸自己租了汪太太的房子，碰上个能为他带来财运的汪小姐。爱德华当即揽过汪小姐肩膀，想亲吻一下她的脸颊作为答谢，汪宜文一把推开爱德华："我可不能白白送你个发财机会吧，房屋中介都得收中介费呢，何况我给你找了这么个美差。"爱德华摊开双臂："开价吧上海美人，不会是想要我娶你吧？"

汪宜文脸红了，上海女孩特有的自尊让她立刻摆出一副不屑一顾的神色："别以为你们外国人在这儿都能充阔佬，好像中国女人想排着队嫁给你们似的。一百年前上海人对洋装瘪三就有十分清醒的认识，别说现在了。"

爱德华不明白汪宜文说的"洋装瘪三"是个什么词，汪宜文觉察到自己用词有失礼貌，便含糊着打算蒙混过去。汪宜文向爱德华提出的回报要求是，让爱德华每星期免费帮她练习两小时英语口语，这是她当好一名国际导游的业务本钱。爱德华一口答应："早知道英语口语在中国这么值钱，我该把七十多岁的老祖母也带到上海来，她闲在英国家里整天跟邻居们聊天可挣不了钱。"

今天是爱德华去电视台工作的第一天，所以上午他决定逃课，以便养精蓄锐打好头一仗。厨房水池里堆着另外三个人用过的餐具，垃圾桶也满了，客厅里四处散落着报刊杂志，还有尼姆臭烘烘的运动鞋。

爱德华火了，他从来没在这样脏乱的环境中生活过，他肯定自己无法长期忍受这种情况。房东汪太太租房收钱，可没有义务来管理房客的内务清洁工作。爱德华勉强在餐桌上收拾出一片足够他用早餐的地方，他想煮杯咖啡，又发现咖啡壶里还残留着煮过的咖啡渣。一定是那个瑞士懒女人西尔维娅，爱德华心里想着，放弃了煮咖啡的念头。好在公寓楼出去不远处就有"星巴克"咖啡馆，这种遍布上海街头的美式咖啡虽不怎么地道讲究，可是很对中国人胃口。爱德华决定去"星巴克"解决早餐加午餐，今天是个很重要的日子，他不想让自己心情不好。

"星巴克"里人不多，靠窗且安静的几处座位都是外国人占着，看来这座城市里外国人真不少，也许这些外国人也像爱德华一样，带着希望和憧憬来上海闯一番天地。爱德华要了杯咖啡和一份火腿三明治，他不能让自己吃得太饱，他得保持头脑清醒。一个人吃得太饱时，血液都到消化道去工作了，就可能造成大脑缺氧，这是英国人的养生观点。

身后那一男一女好像是美国人，牛仔裤加耐克鞋是他们进入一切场合的标准装束。爱德华听出了那对男女的美式英语口音，心里浮起一丝嘲讽，英国人听美国人说英语从来没有顺耳的时候。爱德华想起有一回汪宜文看着电视新闻说："布什这样口齿不清的人怎么会选上美国总统？真不可思议，哪有英国首相布莱尔讲的英语好听。"想到这里爱德华自豪地吞下一大口三明治，汪小姐说得没错，英国人的英语就是好听。从今天起，爱德华就要用这好听的英语在上海为自己挣出一份他想要的生活。

电视台工作人员已经在等候爱德华。这个团队里大多是年轻人，因为爱德华是个外籍人士，那位人到中年的部门主任才露面说了几句欢迎他来帮忙之类的客套话。爱德华要做的事情是根据已经翻译好的纪录片脚本念英文解说词，那些英文台词不知是否也请外国人校正过，翻译得相当不错，几乎找不出语法和词汇方面的问题。导播让爱德华适应了一下念解说词所需要的节奏，随即便正式开始录音。这是一部介绍中国洪泽湖渔民生活的纪录片，画面非常美，解说词也写得生动有趣。爱德华很快进入了解说角色，念得声情并茂。

爱德华没想到为中国电视台打工竟然如此轻松顺利，不过两个多小时，他就在上海挣到了第一笔钱，八张粉红色的人民币放在信封里交到了他手上。导播说："爱德华先生，你是我试用过的英语解说词朗读员中最有悟性的一个，只要你在上海，我希望与你长期合作。"

一个中国年轻人送爱德华下楼，在电梯里对他说："你可真走运呀，老外。像我们这样科班出身的研究生，来电视台工作第一年工资还不如你打工报酬的一半呢。"爱德华夸张地摸摸自己的高鼻梁，得意地笑了起来。

走出电视台大门，初秋时节的晚风吹在身上柔柔的，带着些许凉意，但凉得很舒服。爱德华不想这么早就回家，这个傍晚街上的每个中国人让他看来都那么亲切可爱。爱德华想起了汪小姐，要不是她介绍，一个初来乍到的老外，哪能这般顺当找得到电视台里轻松又挣钱的机会。爱德华希望马上回报汪小姐，如果她愿意，今天晚上就可以开始那两个小时的免费英语口语课。另外，爱德华想到自己在上海有挣钱的地方了，生活质量必须立刻提高一个档次，他想请汪小姐帮他找个做清洁工作的女佣，用中国话说就是钟点工，他可不想每天在脏兮兮的厨房里打发肚子。

汪宜文电话里的声音透着兴奋和一点点惊讶，她大概没想到爱德华这个英国人还多少懂点中国人的处事习惯，得了人家好处就该想着回报。汪宜文不想让父母知道她与爱德华之间的交易和往来，怎么说她也是房东的女儿，不能在房客跟前太掉身价。汪宜文把上课的地点选在"星巴克"，二十多块钱一杯咖啡，坐一晚上都不会有人撵你。除了"星巴克"，上海小姐汪宜文好像想不出更合适与一个老外面对面坐着的场所。爱德华听到"星巴克"，心里无奈地一声叹息："又是星巴克，喊，这些中国人。"

三

这个星期五晚上难得四位房客都没有外出活动，而且不约而同选择了在家做晚饭吃，十几平方米的厨房便有些转不开身。好在这是挺时尚的开放式厨房，与餐厅连在一块，中间只不过隔着一个长条形酒吧台。

爱德华拎来一瓶红酒和四个酒杯，要请大家喝一杯。他是四人中在上海活得最滋润的，有理由也应该稍稍破费一点。就像中国人习惯的那样，得了好处不能全吞，得匀出点来给旁人分享，往后才会好运不断。况且爱德华这杯酒也不是白白请人喝的，他有事情要跟三位同住者商量。

汪宜文为爱德华找了个安徽来的小保姆做钟点工，每小时二十块钱，每星期来两次共干四个小时就是八十块钱。爱德华想自己的卧室收拾一下用不了半小时，关键是客厅、餐厅、厨房需要清洁，可那是公共部位，由他独自出钱雇人就太不合理了。爱德华希望与三个同住者分摊钟点工的工资，这也是他请众人喝一杯的初衷。

尼姆首先举手赞成，他的运动衣裤、鞋袜太脏太臭，放进洗衣机去洗他都懒得动手，有小保姆代劳就太好了。

西尔维娅也不反对，她在"新上海"语言培训学校找了份教法语的工作，每堂课四十五分钟报酬就有二百五十块钱，付给小保姆每小时二十块钱，用上海人的话来说真是"毛毛雨"。西尔维娅很喜欢"毛毛雨"这个词的含义，太形象太精确了。用一点"毛毛雨"钱就能换来让保姆伺候的生活，来上海前她想都不敢想。中国人的劳动力太便宜，便宜得简直让西尔维娅感觉有点对不起那个还没见过面的中国小保姆。

河村俊二本来是个勤快的人，他完全可以把自己用过的东西收拾干净，但他现在跟另外三个人住在一起，不好意思反对大多数人的决定。河村俊二也找了个打工的地方，每天晚上去徐家汇附近一家红茶坊干活，每小时挣四十块钱。虽然挣钱少，但老板已将他的工种从拉门换到了给客人上茶水点心。如果他干得好，还可能被老板进一步重用，比如去楼上雅座服务或是当收银员。总之河村俊二想把这间红茶坊里的每个岗位都干一遍，这样积累下经验才好回日本去开茶馆。

安徽小保姆玉春很快就来上工了。她在这处"兆丰花苑"小区里揽了好几份人家的活儿，每天从早到晚走马灯一样不停转着，那手脚麻利程度让四个老外看得目瞪口呆。

玉春一进门总是先让洗衣机洗衣服，这当口她用吸尘器吸地或清理客厅厨房。嘴上与雇主聊天，眼睛还不时瞟一眼电视里的搞笑节目，浑身上下没有哪处器官闲着。有时爱德华想让玉春歇会儿喝杯咖啡，玉春总是笑着拒绝："有那工夫一个房间都收拾出来了，中国人都知道时间是金钱，你是外国人还不懂？"玉春在上海当小保姆每月能挣三千多块钱，另两家还管了她一日三餐饭。玉春很得意地告诉爱德华："在安徽老家，男人都没我挣得多呢。"

要是碰到西尔维娅，玉春就会告诉她一些通常女孩间才肯道出的小秘密。玉春的小秘密是攒了钱往后在上海找个男人成家，找不到上海人的话就找个也在上海打工的安徽老乡。玉春说："西尔维娅，你不知道嫁个上海男人有多好，他们脾气顺，疼自己女人，下班回来就帮老婆干活。再说嫁了上海男人就不愁没房子住了，往后孩子也能做上海人。"玉春说话带着浓重的安徽口音，跟汉语课上老师说的标准普通话差距很大。本来西尔维娅想跟玉春多聊聊天练习口语，现在她放弃了这个念头。不过西尔维娅觉得玉春是个很有理想的小保姆，她已经为自己和未来的孩子规划好了人生目标。

玉春和西尔维娅说话的时候，爱德华也在一旁听着，他从玉春想到了自己的妹妹露西。妹妹上完中学就在伦敦郊外一处加油站小店里当店员。人虽长得漂亮，可学历不高，在英国也许只能一辈子待在加油站小店里了。前不久爱德华去电视台配音，在电梯里遇上一个广告公司的星探，那人看中了爱德华的英国绅士形象，介绍他去拍了两个男士西服广告，轻轻松松就让爱德华挣了六千块钱。星探对爱德华说："要是个漂亮洋妞拍这样的广告，报酬可比你多一倍呢。"爱德华完全相信星探的话，只要你长着西方人的脸，在上海就不愁挣不到钱。

爱德华打算让妹妹露西在圣诞节假期时来上海。这件事他没有告诉三个同住者，而是先去跟汪宜文商量。汪宜文是房东的女儿，又比汪太太好说话，妹妹来了总得先有个落脚的地方。爱德华想让她住在自己房间里，反正他的房间很大，用家具拦出兄妹二人的生活空间不成问题。尽管如此，爱德华还是想先征得房东同意，毕竟住房合同上写明每个房间只能住一位房客。

汪宜文知道爱德华从来不会无缘无故请她吃饭或喝咖啡，一般情况下是得了她的好处要回报答谢，或者是有把握从她这儿得到下一个他所期待的好处。爱德华道出了原委，他想让妹妹来上海后也住在他的房间里。

汪宜文听爱德华说完，垂下眼睛看着面前的咖啡问道："你妹妹打算住多久，要是时间太长，即使我们房东不说话，那三位同住者也会有意见的。本来人家出了钱有四分之一的公共面积使用权，多住一个人就变成只有五分之一了。"

爱德华松了口气："汪小姐你放心，他们三个我会去商量的。等我妹妹来了就把小保姆玉春辞掉，那点活让我妹妹来干，作为换取居住的条件。我妹妹不仅会收拾屋子，还会做一手好饭菜呢。"

汪宜文听完爱德华的如意算盘差点叫起来，说："爱德华，我真不相信你是英国人，比中国温州人还精明呢。"爱德华截住汪宜文话头："你说得太对了，就兴你们中国人连伙结帮往我们欧洲去开餐馆做皮鞋，就不许我们带自己家人来中国寻找发财机会呀？"

汪宜文原想小保姆玉春才替四个老外干了几天活就被辞掉，心里没准会埋怨她这个介绍人。可是汪宜文多虑了，像玉春这样勤快伶俐的小保姆，即使把每天二十四小时全部用来干钟点工活，也不愁没人雇她。玉春听说爱德华的妹妹要来上海接替她这份活儿，不但不恼，倒觉得心里从未有过的平衡舒坦。原来洋女人也不比她高贵多少，来上海想站住脚跟，一样得从当保姆做起。反正都是在"兆丰花苑"里当小保姆，抬头不见低头见的，玉春还很得意自己保姆队伍里有了个洋姐。

露西一来到上海，爱德华就把她带到自己上汉语课的 F 大学里去，介绍她认识了中国班主任老师。爱德华的打算是，往后自己没工夫上学的日子，就让妹妹去他座位上坐着，听懂多少算多少，总比白白扔掉那么贵的学费好些。汪宜文后来对爱德华说："你家祖上一定有犹太人血统。"

四

西尔维娅兼教法语的"新上海"语言学校是一家在香港注册的公司开办的，从校长到兼课教师大多是洋面孔。西尔维娅在上海生活了一段日子后才感觉到，这座城市里年轻人学外语已经表现出有种疯狂的态势。所有金发碧眼的白种人在大街上稍微放慢脚步，肯定会有中国人上来主动搭话。他们的目的十分简单，无非是想同西方人操练几句英语口语。所以"新上海"开办以来生意一直很火爆，分校开到了上海每个区的中心地带，报名人数依旧天天增加。原因就在于"新上海"所聘用教师的外籍身份。中国正在大踏步迈向国际化，什么都得讲究国际面孔。有个出生在法国巴黎的华裔男孩，操一口正宗巴黎腔法语，却在竞争"新上海"的临时教职时败给了西尔维娅。因为那男孩长着与中国人无异的面孔，他来教法语的话，中国人不放心，一样花钱总觉得从洋面孔嘴里学来的外语才更正宗些。西尔维娅心里有点同情华裔男孩，他的法语远比西尔维娅讲得规范正宗。西尔维娅虽然来自瑞士的法语区日内瓦，但她母亲出生在苏黎世，只讲德语，西尔维娅的法语中带有较为浓重的德国腔，只不过中国人不知道罢了。

这所"新上海"语言学校的校长是法国人，年纪不大，因留着满脸络腮胡子，中国学生就给他起了个外号叫"老巴黎"。校长很喜欢这个外号，他知道上海这座城市历史上就与法兰西有缘。法国的香水、葡萄酒，甚至法式长棍面包，永远不愁在上海没有市场。不信你随便在大街上拦住一个上海人问问，若是有钱有闲的话，世界上哪个国家是他最想去的？多半上海人会毫不犹豫地选择法国。现在上海人叫校长"老巴黎"，恰恰是对他身份的肯定和欣赏。

西尔维娅刚开始教法语时，心里有过一阵忐忑不安。她从小跟母亲讲德语，跟父亲讲法语，是在双语环境下长大的，法语水平不如真正的法国人。可是"老巴黎"校长替她打气："你长着黄头发蓝眼睛还担心什么？这可比你的法语水平更重要呢。"果不其然，西尔维娅在"新上海"教法语以来，中国学生都对她尊重有加，从未有人置疑过她的法语语法或发音有什么问题。

因为在"新上海"兼课，西尔维娅很快成了留学生中的富姐。她可以住在"兆丰花苑"的高档公寓里，出门就打的，泡衡山路酒吧，逛恒隆广场也成了她在上海生活的一部分。要是她待在日内瓦，哪里找得到这样轻松挣钱的机会，跟男朋友出去约会都得斤斤计较分摊矿泉水、面包和车子的汽油费。西尔维娅庆幸自己来到了上海，这真是一个专为外国人提供机会和运气的大城市。西尔维娅想在上海尽可能长时间留下来，她向"老巴黎"校长提出过希望与学校签订一份正式的兼课合同，这样可以保证目前的生活状态持续下去。可是"老巴黎"总是支吾着以各种借口回避签合同话题，而且校长本人和"新上海"的另外几位意大利语、德语、西班牙语教师，每隔三个月会定期消失一次。西尔维娅后来才知道"老巴黎"他们是去香港续签旅游签证的。这几个所谓教学经验丰富的校长教师，都不具备在中国境内工作所需的正式职业签证。严格地说，连西尔维娅在内，"新上海"语言学校里工作的所有外国人，几乎清一色属于非法打工者。西尔维娅开始变得忧心忡忡。西方国家对所有非法外来打工者的处罚，最常见的是驱逐出境。那么中国政府一旦发现了"新上海"语言学校窝着一群外国黑工，会不会也将他们驱逐出境呢？

来上海这些日子，西尔维娅已经从心底喜欢上了这个充满活力的国际大都市，她不想离开上海，她只想在上海过上满意的生活，当然她也不愿意故意去违反中国政府的法规法令。西尔维娅这时最容易想起的求助对象是爱德华，爱德华也在外面兼职打工，而且是他们几个人中在上海活得最惬意最滋润的。爱德华汉语说得好，人又长得帅，再加上脑子灵活，天大的犯难事情在他看来都可以找到中国朋友帮忙。爱德华最喜欢说的一句话是"我有中国朋友关系，这件事可以搞定"，要不他也不会把妹妹都带到上海来。

吃晚饭时大家聚在厨房和餐厅里，看上去一桌吃饭的人其实各吃各的，只不过身子凑在一块罢了。西尔维娅特意做了个鹅肝沙拉请众人品尝，她知道爱德华最爱吃各种味道的沙拉，但她不能明说只请爱德华一个人，所以将沙拉盘放在了餐桌中央。西尔维娅边吃饭边问爱德华："你我都是持学生签证来上海学汉语的，现在打工挣钱不违反中国政府的法规吗？"

爱德华叉起一块肥鹅肝，将叉子在空中转了个圈，轻松放入嘴里笑道："那有什么？我们干的事情都是中国人干不了的，他们不找我们找谁？只要凭工作挣钱，别忘了纳税，中国政府是不会来管我们的。"爱德华咽下肥鹅肝，见西尔维娅依然眉头紧锁，又补上一句："我有中国朋友关系，是上海一家企业管理咨询公司的，只要你肯付一千块钱，他们可以帮你把学生签证去改办成职业签证。"

他们说话的时候河村俊二一直在旁边认真听着，这时他插话道："爱德华说得一点不错，我们外国人在上海打工，只要不逃税，别的事情有中国朋友关系都可以搞定。像我打工的那家红茶坊，日本客人来得多，老板就很用得着我这样的日本人来当服务生。老板说我打工是合法的，他已经帮我把所有事情都搞定了。"河村俊二喜欢用上海话说"搞定"这个词，从上海人嘴里说出这个词，意味着一切麻烦都不存在。

西尔维娅放心了。她想起汉语课上学到过一句中国俗话：天塌下来砸高个。在打工这件事情上，有爱德华河村俊二他们挡在前头，她实在是不需要太多虑的。上海又不是只有她一个外国人，成千上万呢。除了纯粹来旅游的，哪个外国人不在寻找各种机会让自己生活得更好些啊。

四个人中只有尼姆是拿中国政府公费奖学金的留学生，他不需要在上海打工，他的学费和衣食住行都由F大学包了。父亲每个月从北京给他汇来零花钱，他是这套公寓里活得最轻松潇洒的一个。尼姆说："中国人那么多，好多大学生毕业后都找不到好工作，我们外国人跑来抢中国人饭碗总不合适吧？"尼姆一副局外人的态度显然引起了餐桌边所有人的不满，连上课最少的爱德华都想起中国人常说的那句俗话：站着说话不腰疼。

爱德华说："尼姆，你当然不用打工挣钱了，你是中国政府花钱请来的友好使者，还有在北京大使馆当参赞的父亲，你就不能同情一下我们这样的外国穷人吗？"

尼姆反唇相讥："你爱德华还需要别人来同情呀？你在上海过的日子比中国中产阶级还体面呢。"不过尼姆咽下了后面的话，他刚吃完露西烤的馅饼，再跟露西的哥哥抬杠有点不够意思。

露西完全没有觉察到尼姆的心思，她似乎很满意在上海边当保姆边旅游的生活。这样的生活不知要比她在英国加油站小店里当售货员丰富多少倍。露西说："中国人可没嫌我们外国人来得太多。昨天我和中国小保姆玉春一块去超市买菜，碰上小区的居委会主任，她问我愿不愿参加小区的志愿者队伍，教小区里老年人学习英语日常会话。上海2010年要办世博会，男女老少都想学英语呢。"而且露西在爱德华帮助下也拍过几个电视小广告，大多是为厨房用具小家电做宣传，她那张漂亮的洋脸蛋最容易打动中国家庭主妇们的心。所以露西决定等三个月旅游签证到期时，就去香港再续签三个月，反正她不想离开上海，她对这座城市的兴趣正在一天天浓厚起来。

五

玉春不给这几个老外当钟点工了，可还常常来这儿找露西。两个从未学过对方母语的小保姆，却有法子互相沟通，而且很快就以她们之间的特殊方法，手势加上几个简单音节开始了她们的友谊。玉春爱找露西，因为露西虽是外国人，也拍过几个小广告，但不像她哥哥爱德华那样有些傲慢。露西的主要社会身份与玉春一样是小保姆，这就让玉春没有了被外国人看不起的顾虑。而露西天性开朗爽快，她觉得跟着玉春能学到很多在上海必要的生活经验，所以露西一有空就爱给玉春打电话，相约一块出门或在小区花园里碰头说说话。

玉春干活的那几家上海人，都不反对玉春常跟一个洋妞来往，想来外国人文明礼貌比中国人做得好，玉春多少也能提高点素质。小区里本来不用正眼多看玉春一眼的青春女孩们，自从看到这个外来小保姆身边常伴着个洋妞，尽管洋妞也是外来妹，却好像连带着抬高了点玉春原来在上海人心目中的地位。连小区大门口那几个常绷着脸的保安，现在看到玉春也会主动打招呼，笑颜常露。

这一日玉春替东家去超市买东西，想趁机跟露西一块出去逛逛。玉春背了个小小的双肩包，包是汪宜文送给她的。汪宜文介绍玉春给自家那四个老外房客当保姆，没几天玉春就被露西顶掉了活儿。汪宜文觉得挺对不住玉春，送点东西给她也是作为补偿的意思。

玉春看到露西拎了个草编手提袋，那袋子很大，逛完超市能把所买的东西一袋子装回家。露西比画着对玉春说："你们中国人买一点点东西就用掉一个大塑料袋，那太不环保了。在英国差不多每个女人上超市都带着自家的草编袋，不到万不得已没人想用商场的塑料袋。"

在超市入口处，保安明明看见露西提了个大袋子进去，可他好像没看见一样，却一把拉住玉春背后的包带喊道："喂，寄包去。"玉春扭了下身子争辩："这么小的包也要寄呀？寄了包我的钥匙钱包放在哪里？"

保安一脸无法通融的表情，又一次抓住玉春的背包带："寄掉！不寄包不让你进去。"

玉春再次挣脱，指着走在里头的露西说："她拎那么大的包都能进去，我为什么不能带这个小包？"那保安看看已经回转身来的露西，讨好地说："人家小姐是外国人，外国人就是素质高，我们放心的。"

玉春再也忍不住了，冲着保安大叫起来："你少放屁，听你意思中国人带包进超市都是想偷东西啊？你自己是不是中国人？你素质高怎么会站在这里看大门，没去外国人写字楼当白领呀？"

露西过来挽住玉春胳膊，她听不懂这两个中国人在争吵什么，但大致明白了事情的起因。露西对保安笑笑，指指玉春和她自己，用英语说："先生，她是我的朋友，为什么不能和我一起进去呢？"

保安也明白了眼前这个小保姆模样的外来妹是跟洋妞一块来的，他若再僵持下去恐怕会得罪外国人，造成国际影响。于是保安放开玉春，说："看在外国小姐面上放你进去，以后到超市来买东西最好不要带包。"保安这样给自己找了个台阶下，不再理会玉春和露西。

玉春眼泪流了出来，她知道今天要不是露西在身边，她是不能背着小包进超市的。尽管这只包已经小到无法再小，刚够放进钱包和钥匙。她玉春是中国人，中国人在自己国家的超市门口被同样是中国人的保安如此刁难，心里无论如何是很委屈的。而且当着露西的面，玉春尤其觉得心里不平衡。为什么同样当个小保姆，外国保姆好像也比中国保姆高贵些？

这天晚上露西把和玉春去超市的事告诉了哥哥爱德华，爱德华一脸见怪不怪的神情："那有什么？你没见中国人乘坐地铁时不等车上人下来，站台上的人就争先恐后往里面冲，都想抢占个座位。可是常有中国人把他们好不容易抢来的座位让给我坐，有位老先生头发都白了，还硬要把座位让给我这个二十几岁的外国人。在中国人眼里，我们外国人就是比他们高贵嘛。"爱德华说完得意万分地放声大笑起来，露西感到他的得意真正发自内心，还夹带着一丝对中国人的嘲讽。

爱德华自我感觉一天比一天好不是没有理由的，来上海不过几个月，他从中国人对他的态度中享受到了此生从未有过的骄傲和快意。起先爱德华还有点受宠若惊，只觉得中国人的传统是多关照外来者，然而时间长了爱德华觉察出中国人对他的客气谦恭不仅仅在做表面文章，不少中国人确实在他这样的外国人面前会产生自卑感，好像他们理应仰起脸讨好外国人，让外国人高兴才是。比如爱德华在电视台为中国纪录片配英语解说词，拿的报酬就比其他中国人高。后来有个拍电视剧的导演找到爱德华，请爱德华在一部电视剧中扮个总共只有十来个镜头加两句台词的龙套角色，给他开出的酬劳顶中国群众演员好几倍，原因就是爱德华的外国人身份。

在拍摄电视剧的片场，爱德华认识了几个来自中国各地的文艺青年。他们大多揣有正规艺术院校文凭，可还是只好漂在上海北京这样的大城市里。他们的淘金或成名梦想远比爱德华难以实现，因为他们都是中国人。另外一个让爱德华自我膨胀的原因，不管他走到哪里，总会有中国女孩包围着他。在F大学校园里走一遭，常有女大学生上来搭讪，进而她们会向他提出互相学习对方母语的要求，然后无一例外地问他有没有女朋友。如果爱德华回答是否定的，她们很可能当即挽住他的手臂，小鸟依人般扑进他怀里。

有一回在拍电视剧时，爱德华无意中说起第二天是自己生日。结果生日那天早上，有个同为跑龙套的中国女孩就来敲爱德华临时宿舍的门，说她给爱德华送生日礼物来了。爱德华见她两手空空什么也没拿，不禁好奇地问："你送我的礼物在哪？"女孩笑了："我把自己当作礼物送给你，你想要吗？"爱德华惊讶得差点晕倒。

说起来这些女孩子大多是中国好人家的独生女儿，真正的父母亲掌上明珠，可她们偏偏会在爱德华这样的外国人面前表现出给他当个小丫头都乐意的样子，真让爱德华难以理解。爱德华想起自己父母辛苦了一辈子，连英国的中产阶级都算不上。比如父亲贷款买了辆车，开到车快报废时才刚还清银行的钱。父母大概不会想象得到，他们的儿子仅凭一本英国护照和白种人的长相，轻而易举在上海这座远东大都市里成了物质和精神上的双重贵族。

不过英国人爱德华自我感觉再良好，唯独不敢在一个中国女孩跟前摆谱，这个女孩就是汪宜文。从严格意义上来说，爱德华今天在上海所享受到的一切，都离不开汪小姐。要不是汪宜文给他找了电视台的活儿，此时爱德华是不是继续付得起每月的房租还是个问题呢。而且汪宜文不像那些自轻自贱的女孩，见到个年轻的洋帅哥就想往跟前凑。除了当初说定的每周两小时英语口语练习，汪宜文几乎从不主动来找她家的老外房客。

爱德华说不清自己是喜欢还是需要汪宜文，也许二者兼而有之。汪宜文热情漂亮，其实她的英语已经说得很流利，可每回上课还是一丝不苟跟着爱德华校正发音，以使自己的英语带上真正的伦敦腔。汪宜文这种努力的劲头，让爱德华不难理解她何以年纪轻轻就当上了旅行社的部门经理，这样出色的女孩就是在英国也不多见。

汪宜文似乎刻意要把自己和爱德华的关系停留在房东与房客清晰界线两端。汪宜文不是没有见识过外国人，她在旅行社工作带团走过二十多个国家，任何肤色的外国人于她都不再有神秘感。汪宜文知道大部分在上海的老外尤其是留学生都不是有钱人，他们从欧美漂到上海，就像中国各地的文艺青年漂到北京一样。不少人怀着淘金梦想和一夜暴富的投机心理，其实最终能在上海成为金领的外国人少之又少。

虽然汪宜文知道爱德华不过是个穷留学生，但她心里倒也不反感与他交往，只是没有像其他女孩表现得那么主动和赤裸裸。汪宜文有上海女孩特有的矜持，也同样有虚荣心。爱德华高大帅气，每当他和汪宜文在一起时，总想尽力表现出他的国家名扬天下的绅士风度，这让汪宜文很受用。不管是走在上海大街上，还是在咖啡馆小坐，因为有爱德华在身边，汪宜文总会收获同龄中国女孩们羡慕乃至妒嫉的注目礼。况且汪宜文眼下尚未找到正式的男朋友，那么闲暇时候同爱德华泡在咖啡馆酒吧里用英语聊聊天也没什么不好，至少爱德华那口纯正英语的魅力是汪宜文无法抗拒的。

最近爱德华又交上好运，跑完电视剧龙套，又被一家广告公司相中，介绍他为沪上一家专做男士西服的公司充当形象代言人。不到一个月，上海市中心的南京路、淮海路、徐家汇等处都可以看到爱德华那张迷人帅气的洋面孔。爱德华用这家服装公司支付的第一笔酬金买了辆车，只要有时间，他天天开车去汪宜文工作的旅行社等她下班。旅行社的男女白领都认出了这个广告牌上的洋帅哥，想不到汪宜文竟然会有那么出色的男朋友。真心祝福和酸溜溜的羡慕话语包围了汪宜文，她再也矜持不下去，终于靠在了爱德华宽厚的肩膀上。

爱德华现在的奋斗目标与几个月前刚来上海时大不相同，他不再满足于打点工挣出自己的学费和生活费。他冥冥之中感觉到上海是他的福地，是他改变人生命运的地方。他不但可以在上海挣到他想要的一份生活，还可能赢得汪宜文这样聪明漂亮女孩的芳心。如果有一天他能娶个中国妻子，他也许会像爱他的祖国英伦三岛那样去爱上海，在上海繁衍他的子孙后代。上海真是一位魔术师，她无时无刻不在诱惑外来者，刺激他们的欲望，怂恿他们去挑战去冒险，去设定他们新的人生目标。这种感觉并非爱德华一人所有，与他同住的西尔维娅、尼姆、河村俊二都有此感。

六

河村俊二已经在"唐宫"茶坊干了好几个月的服务生。茶坊老板是个曾经留日的"海归"，所以回上海来开茶坊也开出了点樱花之国的情调和趣味。茶坊门楣上方的乌黑翘顶，屋檐下白底黑字的长圆形灯笼，加上服务生河村俊二货真价实的日本语，"唐宫"茶坊很快就成了沪上日本人圈子里有名的聚会好去处，一日之中来喝茶的日本客人占了七八成。

河村俊二是由另外一个日本人介绍来当服务生的，那个日本人先前也是留学生，因为在上海远郊日资企业找到了正式工作，就把"唐宫"的活儿让给了河村俊二。

"海归"老板当年留日时边读书边打工，何样辛酸苦辣没尝过？所以河村俊二来上工的第一天，老板就对他说："欢迎你，日本人。从前我在日本打工时就想着有朝一日当了老板，一定要让日本人来为我打工。"河村俊二不知所措地笑笑,他的汉语还不够好,如果老板说中国话,他只好很吃力地揣摩老板的意思,除非老板跟他说日语。

河村俊二本来是个性格内向的人,在茶坊打工也总是说少干多。双手停下来就将注意力全部集中到眼睛上,他每时每刻都在观察老板的经营活动。哪怕茶坊里新添了一张茶桌或几套茶具,他也要想明白个所以然,这样才能为自己日后开茶馆当老板积累经验。比如原先二十元一杯的绿茶,老板在茶叶里加了些干茉莉花,改名为"茉香绿茶",就标价三十八元一杯。

茉香绿茶很受日本女茶客的欢迎,比原先的绿茶好卖多了,这是河村俊二没有想到的。还有一种玫瑰果茶是用玫瑰花和柠檬片泡出来的,色泽粉红,香气醉人,但标价四十五块钱一壶到底贵了些。后来老板又想出个新招,一壶果茶可以两三人同饮,添个杯子另加二十块钱。这下玫瑰果茶销路立刻好起来,一天能卖出几十壶,每壶茶的平均价钱差不多近七十块,而茶坊不过多洗几个杯子而已,并不需要多支出其他成本。河村俊二把老板的一招一式都看在眼里,记在心上,这种经营思想和手段是花钱都学不到的。

茶坊生意好,老板心情自然也好。像河村俊二这样打工的日本人就比中国服务生更容易加工资。有时老板还会请河村俊二到附近的快餐店吃顿饭,顺便向他讨教几招围棋套路。老板围棋水平不高,兴致却很大,而且赌博心思很重。河村俊二后来才知道,老板跟人下围棋都是来彩头的,就是下赌博棋。

"唐宫"茶坊二楼有一间雅室,不过十几个平方米。一地日本式榻榻米,榻榻米中央放着一张足有二十公分厚的楸木围棋盘,两个草编围棋罐里盛满高级云子。这是"唐宫"茶坊唯一不对普通茶客开放的空间,来这里下棋喝茶的都是些跟老板下赌博棋的朋友,大多是中国人,也有日本人和韩国人。有时雅室里来了日本人,老板就让河村俊二去楼上伺候客人。客人赢了棋,会甩给河村俊二不少小费,要是输了棋,摔茶壶杯碟的也有。河村俊二不知道雅室里的客人究竟怎样赌棋,赌多少钱,他估计数目不会太小。河村俊二见过一个赌客输了棋拼命用自己脑袋撞棋盘,磕得额角鲜血直流。老板怕出事，赶紧叫来出租车送客人去医院急诊。要是在"唐宫"里出了人命，老板是逃脱不了干系的。

老板棋力不行，却偏偏爱下赌博棋。有时禁不住棋友们的激将法，自我感觉便会膨胀开来，经常过高估计自己的棋力开赌注，输多赢少则是自然的。老板棋输得多心态就变坏了，拿茶坊里的打工仔打工妹出气，河村俊二也时常无缘无故遭老板责骂。有一回老板输了棋后，破天荒没有骂人，而是把河村俊二请到雅室，将刚才那盘棋复盘，想请河村俊二指点一下他究竟输在哪一手棋上。应该说河村俊二的棋力超过来雅室的大多数赌客，只是他从来不愿下赌博棋。他记着父亲说过的话，围棋和茶是生活中十分高雅淡泊的东西，不能用来做金钱交易。

河村俊二曾经小心翼翼地用日语对老板说："下围棋时拥有平和良好的心态是关键，心态好了头脑才会冷静清晰。而下赌博棋的人难免心态焦躁，高手也容易犯低级错误。"老板显然不喜欢听河村俊二说这样的话，一脸鄙夷："喊，你白藏着好棋力不赌，倒愿意在茶坊里打工挣钱，真是呆子。现在来上海的外国人有几个不是冲着一夜暴富来的？上海从来就是冒险家的乐园，以前是现在也是。你要是不想在上海发大财，真不如回日本去呢。"

河村俊二问老板："您当年去日本打工也是为了发财吗？"

老板大笑："当然啦，没有从日本带回来的本钱，我哪里开得起茶坊？"

河村俊二问："要是您辛辛苦苦从日本挣回来的钱输掉了，难道不心疼吗？"

老板拉下脸来："呸，你少乌鸦嘴。我这不过是冒点风险而已，怕冒风险的人永远发不了大财。"

河村俊二不再多说什么，但他心里明白，他就是把自己那点棋艺统统教给老板也不管用，老板还是会输棋的。河村俊二心里很为老板惋惜，老板是个聪明人，经营茶坊很有创意，隔三岔五会想出新点子来赚钱。可是老板赚了钱很多都赔在了赌博棋里，好像他赚钱原是为付赌资准备的。河村俊二想老板要是个纯粹的茶坊老板该多好，河村俊二就可以成为他的志同道合者。老板教他开茶坊的经验，他在棋盘上指点老板，他们本来应该结成异国至交的。

河村俊二不去茶坊打工的时候，就在家里听MP3，或者复习汉语课上学过的内容。他是个安静惯了的人，碰到爱德华和西尔维娅还有露西三个黄头发在餐厅客厅里高声说笑时，河村俊二就会悄悄躲进自己房间去，他跟三个欧洲黄毛没有太多的话好说。

前几天黑大个尼姆摔伤了脚踝，打上石膏动弹不得，只好整天待在客厅里看电视。尼姆是代表F大学留学生篮球队外出比赛受的伤，理所当然可以不去上课。尼姆跟爱德华不一样，尼姆从不无故缺课，他拿了中国政府的奖学金，不好好学汉语心里过不去。可爱德华在外面拍广告拍电视剧忙得忘了自己身份，不去上课还总能编出各种理由来请假，尽管那些理由连他自己都不相信。

河村俊二有点同情尼姆，就到客厅里陪尼姆一起看DVD。河村俊二问尼姆："你来上海时间不短了，为什么不出去打工挣钱？现在班里留学生大多在外面有份工作，外国人在上海挣钱很容易的。可你替F大学出去打比赛他们给钱吗？"

尼姆摇摇头："比赛的时候管一顿饭，外加发一件球衣。"

河村俊二叹了口气："尼姆你真是傻大个，只知道出力气不会动脑筋。你要是今后想念体育运动管理系，或是当经纪人，经验积累最重要。你看我在茶坊打工，除了老板没当过，茶坊里每个岗位的活都干全了，现在马上回日本去开茶馆都行。"

尼姆不无羡慕地看着河村俊二，有点无奈地拍拍自己的伤腿："我只会打篮球，别的本事都没有，去哪里找挣钱机会呢？幸亏我是奖学金生，要不在上海早就饿死了，上海什么东西都比喀麦隆贵。"

河村俊二想了想说："我认识个常来'唐宫'茶坊喝茶的日本人，新近在浦东日本人居住小区旁边开了个健身房，上次听说他想找个大个子当服务生。大概就是帮健身的客人搬搬健身器材，那些杠铃哑铃挺重的，小个子还干不了。我看你合适，健身房也跟体育运动有关系嘛。"

尼姆两眼放出光来，追问河村俊二："打这份工日本老板能给多少钱？从这儿去浦东可不近，坐地铁来回就得十几块钱呢。"

河村俊二笑道："先养好你的腿吧，给日本老板打工总比中国人开价高。'唐宫'茶坊老板才给我二十块钱一个小时，我也干着呢。不过在中国你最好每个月挣的钱不要超过一千六百块，不然老板就得替你缴所得税。"在尼姆眼里，河村俊二简直就是个中国通，有这样的中国通为自己找活儿干，他还愁什么？现在尼姆只盼着脚伤快点好，早日去健身房打工，省得让爱德华和西尔维娅那两个富人瞧不起。

七

爱德华已经感觉到他与汪宜文的感情发展得很顺利，但他每回请汪宜文吃饭，还是因为有求于她，这一点两个人心里都很清楚。

爱德华又接了部电视剧，这回不是跑龙套，而是要出演七十多年前上海滩的一位洋律师。拿到台词本爱德华傻眼了，里面有一半汉字他不认识。有些句子中虽没有生词，但念下来完全不知所云，很难进入角色。西尔维娅对爱德华说："你整天混在外面马路上跟中国人说话，自以为汉语讲得很溜。可那是因为中国人不好意思指出你的错处，马马虎虎猜懂你的意思算了。真要上电视拍电影哪能讲这种汉语。"西尔维娅眼下正在兼职教法语，她常常模仿中国老师教汉语的方法去教她的学生，多少琢磨出一点学外语教外语的经验来，她的话应该有点权威性。

所以爱德华想请汪宜文吃饭，他得让汪宜文这个正宗的中国人来教他理解台词，校正台词发音。爱德华无论如何不想放弃这次出镜机会，只有在电视屏幕上不断亮相，他在上海的挣钱机会才会滚雪球般越来越大。不过爱德华又不想让汪宜文看透他的真实意图，他把妹妹露西也一块带来，免得这次他单独请汪宜文吃饭的功利性太明显。汪宜文是个冰雪聪明的中国女孩，爱德华感觉与她交往要比跟英国女孩在一起累得多。

这家葡萄牙风味的西餐馆坐落在上海市中心但却是十分幽静的小马路上。这条路是单向行车道，两旁除去几家餐馆酒吧，并无其他商店。虽然贴近繁华的淮海路，依然闹中取静，很适合用餐时以聊天为主的西方人。

爱德华从不会选择像"红房子"或"乐美颂"那样的顶尖法式餐馆，那是喜欢甩派头的暴发户才常去的地方。尽管去那里的不少人将红葡萄酒跟可口可乐混在一起喝，走出餐馆时到底也有了"我在'红房子'吃过西餐"的炫耀本钱。要是爱德华请汪宜文去"红房子"，不论真实用意如何，汪宜文可能都会在心底里赏他一个"俗"字。所以爱德华不会干这样花钱不讨好的事，他的钱包再鼓也是打工挣来的辛苦钱，没有必要学中国暴发户。他要让汪宜文觉得他请她吃饭就是吃饭，目的非常单纯。

他们每人选了份套餐。从开胃菜到餐后甜点一应俱全，每份才五十多块钱，比麦当劳贵不了多少，真正的物美价廉。露西到上海后还是头一回来正宗的西餐馆吃饭，看过菜单后惊喜不已："天，这样一份套餐在伦敦至少得二十英镑，差不多三百块人民币呢。"

汪宜文留意到露西的穿着，看得出为了来这儿吃饭，露西从头到脚都认真打扮过一番，说明她对上餐馆吃饭这件事本身的看重。中国人通常以为外国人都是有钱的，其实汪宜文清楚，像露西这样一个英国加油站小店售货员，她见过的世面远不及上海时尚女孩。只不过在中国人的印象中，金发碧眼的洋人似乎永远比自己来得高贵。

开胃菜是盛在大口汤杯里的奶油蘑菇汤，配着一小碟沙拉，几片黑麸皮面包。爱德华大概饿了，几分钟就完成了这顿饭的头道工序。一般情况下，开胃菜与主菜之间会有一段较长的等候时间，用餐人可以利用这点工夫聊天。西餐与中餐最大的不同可能就是一个重形式，一个讲究内容。西餐形式的功能是为用餐者提供交际机会，而中餐的本质是内容，是口福。

爱德华吃完自己那份开胃菜后，以询问的眼神看着两位女士。汪宜文和露西都对他报以满意的笑容。汪宜文也很快吃完了她的开胃菜，只有露西还在细嚼慢咽，也许是想让享用美食的快乐尽可能延长一些。

爱德华很自然地取出电视剧台词本，开始向汪宜文请教汉语句子的意思及读音。他做得很自然，好像只是在帮汪宜文打发等候下一道菜上来前的无聊时光，况且露西尚未享用完她的开胃菜。

汪宜文接过台词本笑了笑，她证实了自己的猜想。她与爱德华关系发展到今天，爱德华为她破费大多时候还是有具体原因的，比如这顿饭钱就算付爱德华给她的汉语指导费。

那些电视剧台词并不难理解，汪宜文讲解完意思，又按自己的理解帮爱德华揣摩一番剧中人说话时的语气，这对爱德华来说是最重要的。由于文化背景差异，有时爱德华独自琢磨一百次，也不明白剧中人为何会在此情此景中说这样一段话。爱德华觉得这顿饭请得真是很值，汪宜文给他上了课，好歹还得领他请客的这份情。

露西也用完了她的开胃菜。不知是服务生疏忽还是压根忘了这张餐桌旁的三位食客。爱德华他们的主菜迟迟没有上来。面前的汤杯沿口已结起了风干痕迹，邻桌比他们晚来的几个中国人都已经开始用甜点了。

爱德华放下台词本，食指和中指卷起来敲击着桌面，希望引起服务生的注意。可那几个白衬衣黑领结的年轻服务生好像故意跟这个英国人作对，看都不朝他看一眼。爱德华火了，大踏步走过去对一位正在给刚来客人看菜谱的服务生吼道："喂，我们的主菜呢？已经等了那么长时间。"

服务生不满地斜了一眼这个人高马大的老外："对不起，您那张桌子不归我服务。"

"那谁给我们上菜，你说，说啊，你们老板呢？"爱德华这几句汉语不仅说得地道而且字正腔圆音量很高，将整个餐厅的目光都吸引到他身上来了。

这家葡萄牙风味西餐馆老板其实是中国澳门人，听到餐厅里的喧闹声出来看个究竟。老板从小生活在澳门，看惯了高鼻子洋人，不像大陆内地老板见洋人发火自家心里先怵了三分。澳门老板一口广东式普通话："这位先生不要生气啦，先坐下先坐下。今天小店生意好，人手忙不过来，我马上让厨房做您的菜好啦。"

爱德华勉强听懂了老板的话，顿时火气从心底升起，这老板不仅没有责骂他的服务生，原来他知道厨房里还没有开始做爱德华他们的菜。来中国这些日子，爱德华凭他帅气的长相和一本英国护照，处处受到中国人的优待和尊敬。就连在马路上违反交通规则，交警对他也比对同样犯错的中国人要客气些。爱德华已经习惯了被中国人这样宠爱着，他觉得这一切都可以心安理得地接受。眼下这个矮个子澳门小老板，竟然丝毫没拿他当回事，甚至还有点像在故意怠慢他。爱德华绝忍不下这口气，尤其当着妹妹露西和汪宜文的面。

爱德华用英语开骂："混账东西，连先来后到的规矩都不懂，还开什么饭馆？早点摘了你那葡萄牙风味招牌回澳门去吧。"

谁料老板也不是省油灯，那口英语比他的广东普通话流利得多，一点都不输给来自英语国家的老外。老板以同样的语速回敬爱德华道："澳门上海都是中国的地方，我想在哪儿开餐馆轮不到你来管。你待得不乐意最好回你自己家去，中国人可没请你来。"

爱德华再次跳脚："你这样的态度当老板，哪个外国人还敢来吃饭？"

澳门老板反唇相讥："外国人中国人都是客，我一样看待，没有谁比谁高贵，你爱来不来。"

爱德华哑了，他原来以为只要亮出外国人身份，十有八九的中国人都会被唬住，可这个澳门小个子偏不买他账。

两个女大学生模样的女孩坐在另一张餐桌边窃窃私语："这外国人讲英式英语，大概是英国人吧。"

她的同伴轻轻笑了声："看来英国男人也不一定是绅士，足球流氓也蛮出名的。你看这个人的块头呀，嘻，嘻。"

两个女孩的话都落进了汪宜文耳中，她坐不住了，起身走到爱德华身边说："安静些坐下来等吧，不差这几分钟的，别让中国人看你笑话。"

爱德华这才意识到汪宜文的存在，有点后悔自己失态。不过是主菜上得晚了些，自己刚才的反应真有点过度。爱德华坐回餐桌边，露西赶紧满脸通红向汪宜文解释："爱德华在英国时可从来不这样，来上海后他变化太大了。"

汪宜文明白露西是想在她面前替兄长挽回些面子，她故作无所谓的样子说："这不奇怪啊，环境是会改变人的呀。因为爱德华以前碰到的中国人都对他太客气了，所以才惯出了他的脾气。"

爱德华对汪宜文这样解释很不满意，反问道："我们先点的菜，他们不先给我们上菜还有理吗？"

汪宜文拍了一下爱德华胳膊，让他彻底冷静下来，然后轻声细语说道：

"这样的小事情不必发大火嘛。你在中国待久了,有些想法就跟在英国时不一样。可你要知道,一个人的想法往往会变成语言,语言会变成行动,行动会变成习惯,习惯会变成性格,而性格将决定今后的命运。"

爱德华呆呆望着汪宜文,这个中国女孩岂止聪明,简直像哲学家。

这顿饭的主菜和甜点都是由澳门人老板亲自端上来的。结账时老板对爱德华说:"我去厨房问过,确实是看错了菜单顺序才让您几位久等,所以我决定免收主菜和甜点的钱,以示歉意,请先生小姐们原谅。"

爱德华站起来跟老板握了握手,英国人的气度和礼貌又回到了他身上。

走出餐馆露西悄悄对爱德华说:"爱德华你要小心呢,以后回英国别让父母都不认识你了。"

八

西尔维娅坐在"新上海"语言学校的教师休息室里,离上课还有些时间,她打算再温习一遍今天上课时将要讲到的语法重点。

上海市中心房租太贵,而这样纯商业化的语言学校若不开设在热闹地段,利润就不会那么可观。现在的校址从前是一家百货公司仓库,被"新上海"租下来后分隔成大小不等的简易教室。教师休息室两端分别是男女洗手间,大概付给清洁工阿姨的钱太少,所以时不时会有令人不太愉快的气味飘进来。

外号"老巴黎"的法国人校长端着两杯咖啡进来,这种盛在一次性纸杯中的廉价咖啡香味持续时间很短,所以被法国人戏称为"jus de chaussette(洗袜子的水)"。"老巴黎"把咖啡递到西尔维娅跟前,一只腾空出来的手就顺着她的头发下滑,先搭在她肩上,进而贴住她脊背。

西尔维娅扭动身子站起来,端起咖啡喝了一口,随后做了个泼到对方脸上的动作,说:"亲爱的校长先生,我靠教法语挣钱,可不想卖身。你最好放尊重点,少拿玩弄中国女孩的那套把戏表演给我看。"

"老巴黎"缩回手,脸上丝毫不觉尴尬:"你说得没错,在中国,弄到一个女孩比在欧洲要容易得多。"

西尔维娅冷笑道："那你说说看，在上海这段时间，你交过多少中国女朋友？"

"老巴黎"仰脸做思索状："数不清了。反正在超市、地铁站、马路上，都碰到过中国女孩主动上来找我搭讪。她们第一步是要获得我的电话号码，最好是手机号。然后无一例外先给我打来电话，约我再次见面。当然如果我诚实地告诉她们我在上海买不起房子车子，每天出门都坐地铁，她们就会很快跟我拜拜。我知道这些女孩子是把嫁给外国人当作一项事业来经营，她们要嫁的是外国金领，不是我这样混饭吃的外国人。"

西尔维娅喝完咖啡，把纸杯往桌上重重一顿，说："别把中国女孩说得那么贱，谁知道你是不是惯用这样的洗袜子水哄骗人家小姑娘。"

"老巴黎"像遭到天大冤枉似的喊叫起来："你以为上海女孩那么好骗啊？有个在超市里买东西时认识的上海女孩，开始每天给我打电话，后来就跟我上了床，她父母还专门请我去高档饭店吃过饭。我对女孩说我不是有钱人，在法国连个像样的工作都找不到，可她就是不信，以为我故意考验她。后来有一天我们俩泡完酒吧已经夜里十二点了，我还想坐地铁回家。她这才相信我是个没什么钱过夜生活的外国穷人，否则谁不知道上海地铁站晚上十一点就关门了。"

西尔维娅大笑着问："后来呢？快告诉我结果吧，我得上课去了。"

"老巴黎"这时露出点尴尬神色："结果那女孩看看左右马路上没人，赏了我一个耳光。当然我觉得这样很公平，我占了她身体，可她也长了经验，不会再以为老外都是有钱人。"

西尔维娅说："确实公平，因为那个耳光让你也长了经验，不要随便去侵犯中国女孩，不然你可能会带张残缺不全的面孔回法国去。"

有人轻轻叩了几下教师休息室的门，紧接着闪进一个漂亮中国女孩。她头发剪得很短，皮肤光洁得找不出半点瑕疵。女孩见"老巴黎"正在与西尔维娅谈笑风生，便故意不朝西尔维娅看一眼，嘟起新鲜草莓般红润的小嘴径直走向"老巴黎"，很法国化地亲了亲"老巴黎"左右脸颊，嗲声嗲气埋怨道："不是说好了给我单独辅导吗？怎么又忘记时间啦？"

"老巴黎"得意地朝西尔维娅挤挤眼，语速很快地说了句法国俗话："我还没下钩，可鱼儿却跳上岸来咬钩了。"

西尔维娅目送女孩搂住"老巴黎"后背，亲亲热热走出门去，心里掠过一丝悲哀。

这堂语法课内容不算太多，离下课时间还早，西尔维娅便开始与学生们进行对话练习，话题是关于法国人的浪漫。正好这一天来上课的都是女生，学生与教师间的对话气氛自由轻松了不少。

有个学生问："要是找个法国男人结婚，他婚后还会很浪漫吗？"

西尔维娅笑答："首先我不是法国男人，第二我还没结过婚，没有太大的发言权。"

另一个学生在下面嘀咕："浪漫也要有经济实力的呀，中国男人为什么不浪漫，穷惯了呗。"

有人"嘘"了一声表示反对："中国就没有大款吗？钱多得烧包，可他们浪漫得起来吗？"

教室里一时乱哄哄，除了法语，西尔维娅觉得自己其他方面都不是同龄中国女孩的对手。

后排有个女生举起两本像是复印件装订成的书说："西尔维娅老师，我从网上下载了两本书，是一个加拿大人和一个英国人合写的。一本教西方男人怎样娶个中国妻子，另一本教中国女孩如何设法嫁个外国老公，你有兴趣看看吗？"

西尔维娅笑了："你手上的书显然对我没用，因为我既不可能娶中国老婆，也不觉得嫁个你们眼中的外国老公有什么必要从书上学习。"

拿书的女生说："我来'新上海'学法语就是为了有朝一日找个浪漫的法国男人做丈夫，我正在认真读这两本书中的一本。我的目的很简单，就是想有个混血孩子，混血儿漂亮呀，到哪都招人喜爱。"

旁边有个女生讥讽似的接上话头："混血儿是招人喜爱，那得他爸爸走在旁边，要是被人当作野种，同样抬不起头来的。"

课堂里爆发出一阵哄堂大笑，西尔维娅觉得自己被淹没在这些中国女生坦率而且毫不掩饰功利性的言谈之中，她想起了"老巴黎"刚才说过的话，

"我还没下钩,可鱼儿却跳上岸来咬钩了"。西尔维娅现在相信上海有不少热衷于混迹外国人当中的女孩,真的已经把嫁给老外当作一项事业来经营。因为这样的中国女孩羡慕西方人相对高端的生活方式;欣赏他们无处不在的生活情趣;抑或垂涎外国人随身带来的昂贵货币,甚至老外们那口听起来纯正的外国语,也能打动不少女孩的心。

中国女孩与外国人交往大多有很实际的目的性,这是西尔维娅可以理解的,但她真想在这里掏心掏肺地劝中国女孩几句,别把西方人都想得那般可爱。比如这所"新上海"语言学校的校长"老巴黎",就绝对不是个法国好鸟。"老巴黎"拿着三个月签一次的旅游签证,在上海混了好几年,且不说他赚了多少钱,有那么多年轻中国女孩前赴后继陪伴着他排遣寂寞,就难怪"老巴黎"在上海如鱼得水,乐不思蜀了。

九

这个中国男人总是星期三晚上九点左右来健身房健身,他要求提供的健身器材很简单。在跑步机上跑半个小时,再举三十分钟哑铃。周围的人称他陈总,尼姆则称呼他陈先生。尼姆听汉语老师说过,称一个中国成年男人为先生,是最得体礼貌的称呼。

尼姆觉得陈先生其实犯不着来这家日本人开的健身房,既然只做这样简单的健身活动,买台跑步机加一副哑铃放在家里就行了,省时省钱。不过尼姆还是很愿意为陈先生服务,陈先生健身结束后每次都会给尼姆一张粉红色百元钞票作小费,而尼姆只不过在旁边递递毛巾或是记下陈先生举哑铃的次数而已。

尼姆第一次为陈先生服务时,差点将哑铃砸到陈先生脚趾头,尼姆很紧张,结结巴巴向陈先生道歉后又加上一句:"我是外国人,刚刚来打工的。"尼姆知道所有中国人听到他说这句话后都会宽容他帮助他。陈先生也不例外,哈哈大笑拍拍尼姆肩膀:"你当然是外国人,中国人有那么黑的脸吗?"以后陈先生就专门点名让尼姆为他服务,给的小费也很多。

陈先生对尼姆很宽容，从来没有因为自己是老板尼姆是个打工仔而小瞧他。陈先生对尼姆说："我从浙江农村来上海读大学时，天天都在外面替人打工挣学费生活费，干过的活儿少说有几十种。现在想起来，打工时得到的经验教训和锻炼，真比大学里学的东西还管用。要不如今我也当不成老板，我是很尊敬打工学生的。"

尼姆听陈先生这样说心里很温暖，陈先生说得没错，在上海这样一个国际大都市里一点一滴积累下来的打工经验，在世界上任何一个地方都可能用得着。

这天晚上陈先生做完健身运动，洗了澡换上一身休闲服。正好尼姆也结束了一天的打工活儿，打算赶末班地铁回家。陈先生拦住尼姆说："我想请你喝一杯，然后谈点事情。"尼姆就上了陈先生的蓝色别克车。

陈先生带尼姆来到浦东滨江大道一家高档酒吧，里面有一半顾客是外国人。陈先生为尼姆和自己各点了一杯苏打水，并不真的在这儿喝酒。尼姆知道陈先生做人做事都很规矩，他自己开车不喝酒，想到尼姆是个学生第二天要上课，也不想让尼姆喝酒。

陈先生问尼姆学好汉语后有什么打算，尼姆说想考 F 大学体育运动管理系，将来当个体育经纪人什么的。陈先生又问："尼姆，你想不想来我公司工作，当我的秘书，安全秘书。我知道你现在汉语还不够好，其实你真正的工作是当我的保镖。公司发达了，我又经常天南地北地跑，有你这样的黑大个站在身边，我当老板心里也多了份安全感。"

尼姆惊喜地望着陈先生："陈先生，我是个黑人，真的可以得到一份正式工作吗？"

陈先生说："黑人怎么了？你诚实肯干，体格健壮，正是我需要的人才呢。"

尼姆激动得直点头："陈先生，您说得没错，我真的是人才。上次我在公共汽车站看见一个小偷把手伸进女人的皮包，我拍了小偷一下，小偷回头看看我，马上缩回手跑掉了。他们一伙有三四个人，照样怕我，我给您当保镖的话，保证让您安全。"

陈先生问尼姆会不会开车，尼姆说："在喀麦隆我已经考出了国际驾照，但不知在上海管不管用。"陈先生说："你明天把驾照拿来公司让我看看，要是手续能很快办完，酒吧门口那辆车往后就归你用了。"

尼姆回到家以前还不敢相信今晚发生的一切都是真的。他刚踏进客厅，手机就响了，陈先生公司人事部经理发来一条短信，请尼姆第二天下午去签工作合同。尼姆这才真正相信很多在上海生活的外国人都讲过的一句话：上海是个随时随地可能让你梦想成真的地方。

尼姆打开客厅的灯，发现河村俊二先前一直独自坐在黑暗里，耳朵上依然插着MP3。这样的夜晚，西尔维娅和爱德华兄妹都不会待在家里，他们永远有那么多开不完的派对。尼姆想起自己去健身房打工还是河村俊二介绍的，没有河村他就不会认识陈先生，也不可能有今晚的好运降临。尼姆把要去陈先生公司工作的事告诉了河村俊二，想让他也高兴高兴。尼姆说："河村，等我去了公司上班有了车，要带你去上海每一条马路兜风，还要请你去吃日本料理，多贵也要吃。"

河村俊二收起MP3，苦笑着说："尼姆，还是你运气好。我打工的那家'唐宫'茶坊倒闭了，老板赌棋赌得太大，把好好的茶坊都输掉了。"河村俊二难过地低下头来。

尼姆呆呆张大嘴巴，露出满口整齐的白牙。他不知道该怎样安慰面前曾经帮助过自己的同学，同伴。尼姆说："河村你别担心，等我正式上了班，我去找陈先生商量，再给你也找份工作。陈先生是我见过的最有本事的中国人，公司也是他自己开的，他一定肯帮忙。"

河村俊二又苦笑了一下："其实除了爱赌博，'唐宫'茶坊的老板也是个很不错的中国人。茶坊关门了，他给我找了另外一份活，去一所小学教中国孩子下围棋。可是尼姆你知道，我的理想是开茶馆，不是下围棋。"

尼姆说："河村，开茶馆不一定比下围棋更有意思。在上海每天都会发生你想不到的事情，比如我原来想当个体育教师或者体育经纪人，现在去陈先生公司当保镖，我觉得也很好啊，说不定这就是命运安排，谁可以和命运争呢？"

河村俊二点点头："尼姆，你说得也是，我先去小学教围棋，谁知道明天又会发生什么，反正在上海发生什么事都不令人奇怪。"

十

汪太太已经好几个月没收到英国人爱德华的房租了,其他三个外国人西尔维娅、河村俊二和尼姆倒挺守信用,每个月底一定会将房租如期付到汪太太的银行卡上。汪太太想给爱德华打电话,又担心爱德华跟她讲外国话,不得不将这件差事交给女儿去办。

汪宜文说:"妈,其他三个房客的租金差不多够你还房贷了,还斤斤计较爱德华的那份干吗?人家经常请我吃饭喝咖啡,还送花开车接我,我总不好白白占他便宜吧,所以就免了他的房租。"

汪太太张开嘴巴忘了闭拢:"大小姐哎,这一个月两千多块钱你说不要就不要啦?派头太大了点吧?莫非你看上了这个英国人,想讨好他吧?"

汪宜文让母亲点穿心思,倒一点不尴尬,她搂住母亲肩膀道:"妈,你不是老担心我日后嫁不出去变成老姑娘吗?前几天还说要写块牌子到人民广场相亲角去帮我相个对象来。现在倒又担心我自己出去找对象了。"

女儿的话让汪太太真的担起心来:"这个英国人门槛很精的,你看他中国话还讲得不怎么像样,上海滩满世界都已经是他做的广告。只怕他买房子的钞票都有了,还要你去帮他省掉两千块的房租啊。我是怕你看错眼,将来吃苦一生一世,上海滩外国骗子从前有,现在也有啊。"

一直保持沉默的汪先生忍不住开口对妻子说:"女儿没对象你发愁,找了个精明会挣钱的你又担心女儿吃亏,那找个憨女婿回来你就不怕女儿吃苦一生一世啦?"

汪太太没好气地反击丈夫:"你跟女儿串通一气来对付我做啥?中国人跟外国人结婚,赔了夫人又折兵的事情还少吗?"

汪宜文再次亲亲热热拥搂住母亲:"妈你放心好了,即使我真的嫁给外国人,也不会跟他去外国,一辈子在上海守着你和老爸。既不会赔掉房子,也不会把我自己赔进去,你放一百个心好啦。"

汪太太不作声了,她知道女儿已经不是容易感情用事头脑发昏的小姑娘。女儿对自己的终身大事应该会有成熟的考虑和主见。这回汪太太的确没有高估女儿在感情问题上的智力，汪宜文在与爱德华交往中，始终把握着感情发展的主动权。

汪宜文此前也交过不少男朋友，他们的外表均不如爱德华帅气，耐心宽容与绅士风度也远比爱德华逊色，而这些又是汪宜文最为看重的男人品质。汪宜文很清楚爱德华是个极为精明又很爱钱的英国男人，但他的钱都是光明正大干干净净挣来的，中国人再眼红也奈何不得他。爱德华在与汪宜文交往中，起初确实因为他需要她的帮助。可一个异国男孩，心甘情愿用自己打工挣来的辛苦钱请她这位中国小姐吃饭喝咖啡，送花送礼物讨她高兴，汪宜文不能否认其中的感情因素。如果爱德华是个中国男人，汪宜文还能不动心吗？

这天傍晚爱德华换上他出任形象代言人的那套中国名牌西装，挑选了一大蓬汪宜文最喜欢的粉紫色百合花，早早将车子开到旅行社门外等着。

旅行社同事中有与汪宜文年龄相仿的女孩从楼上窗户望下去，一个个羡慕得只差眼里滴出血来。有人半真半假道："汪宜文，这样的英国帅哥你还在犹豫什么？小心我们冲上去顶替你噢。"

汪宜文心口突然一阵抽紧，她知道这并非完全是戏言。如今上海滩小姑娘不要说横刀夺爱抢别人男朋友，活活拆散人家美满家庭都不见得会惭愧。上海这座城市里优秀女孩太多，而中国女性又多半习惯找比自己更优秀的男人做丈夫。所以优秀男人自然而然成了稀缺资源。汪宜文内心警惕着女伴们的玩笑话，口气却一如既往的无所谓："不要把外国人看得那么值钱好不好？真想找个洋老公的话，去衡山路酒吧咖啡馆里泡两天，保险有外国男人贴上来。"汪宜文忽然发现自己说漏了嘴，爱德华可不是她从酒吧里泡来的，那样的话她也太掉价了，她赶紧闭上了嘴。

在汪宜文印象中，爱德华从来没有像今天这样一本正经过，从头到脚修饰得挑不出丁点毛病，连眼神都认真得近乎严肃。

这家西餐馆的火车座双人位子设计得很特别，软椅靠背很高，有效阻挡了四周一切不相关的声音和视线，好让餐桌两边的男人女人专心致志地谈情说爱。

爱德华终于开口了："亲爱的宜文，从我第一次见到你开始，我就不反对你,现在越来越喜欢,应该说爱你了。如果我想跟你结婚你会同意吗?"

汪宜文微笑着低下头来,她明白要让一个英国男人真心诚意用中文说出这番话来是何等难得。凭爱德华现有的汉语水平,这几句话不知得操练多少遍才能表达顺畅。可他依然出了错,他说的"不反对",其实就是"无法抗拒"的意思。汪宜文心里掠过一阵感动,这种感觉温柔地传遍她全身。汪宜文抬起头来,看见爱德华摊开手掌,蓝灰色的眼睛里充满渴望。于是她不再犹豫,将自己的双手放进了爱德华手掌中。爱德华手掌心很热,还微微有些颤抖。他把汪宜文十根手指一一放到嘴边吻着,喃喃道:"谢谢你宜文,你让我实现了来上海前的梦想,娶个中国妻子。"

汪宜文蓦地抽回双手,娇嗔道:"在同意成为你妻子之前,我还有条件要你答应呢。"

爱德华笑了:"什么条件,我的女王?"

汪宜文收起笑容一脸认真:"第一,我不会跟你去英国生活,我得留在上海孝敬父母,陪伴父母;第二,如果将来我们有了孩子,得随我们汪家的姓。"

爱德华哈哈大笑,重新将汪宜文的一双纤手抓在自己巴掌中,快活地说起了英语:"我也不想回英国去,我在上海冒险闯荡刚刚有成就,怎么舍得离开?至于我们将来的孩子嘛,就随你姓汪好了,反正他们都是我爱德华·史密斯的后代。"

汪太太原以为爱德华会在上海另购一处婚房搬出去,凭他现在的经济实力,买房子根本不是难事。可爱德华对汪太太说:"亲爱的岳母,我非常喜欢住在您的房子里,不用另外买房子了。我的钱准备在上海开一家广告公司,自己当老板,我可不想一辈子在上海替人打工。"

爱德华的父母从英国赶来上海参加儿子的婚礼,史密斯太太见到漂亮的中国儿媳,激动得热泪盈眶。她对汪太太说:"上帝真是太爱我的儿子了,才会赐给他如此巨大的幸福。"

汪太太心想:你儿子赤手空拳来上海,如今我把一百多万买的房子和如花似玉的女儿给了他,他能不幸福吗?

史密斯先生对女儿露西说:"好女儿,要是你将来也在上海成个家,那我和你母亲往后每年都能来上海度假了。我真喜欢上海,这儿跟伦敦一样充满希望和人情味。"

汪先生悄悄对汪太太说:"二十多年前,上海人拼命往外国跑,跑得越远越好。现在外国人争先恐后到上海来淘金,真正是风水轮流转呀。"

汪太太说:"上海从来就是冒险家的乐园,外国人比中国人更加喜欢冒险,自然会涌进上海来,不奇怪的。"

汪先生说:"那我们把宝贝女儿嫁给爱德华这个外国冒险家,本身算不算一种冒险行为呢?"

汪太太笑着拍了丈夫一巴掌:"那只有天知道了。"

夜上海波尔卡

一

　　廖嘉平在上海市中心大街小巷跑了一上午，他终于累了，便坐在一处街心花园长椅上小憩。他从双肩背包里取出矿泉水瓶和一个汉堡包，边用午餐边查看地图，以便确定下一个出击目标。市中心繁华商业区五星级酒店随处可见，那样的酒店大堂里都设有音乐咖啡座或酒吧，三角钢琴在水晶吊灯柔和的光线下显得富贵气十足，廖嘉平就是冲着钢琴去的。每走进一家豪华酒店，廖嘉平都把事先准备好的几句话给大堂经理背诵一遍："我叫廖嘉平，我父母是上海人，我从澳大利亚来，毕业于墨尔本音乐学院，我会弹钢琴，我想打工。"他已经找了好几家五星级酒店，可那些大堂经理都无意让他坐下来试试他的弹钢琴水平，他们只是客气地请廖嘉平留下姓名和电话号码，告诉他需要的时候会给他打电话。廖嘉平并不灰心，他断定那几位大堂经理都不是真正懂得钢琴和音乐之人，如果他们有耐心听他弹个曲子，一定会把他留下的。这会儿吃完汉堡包喝了点水，廖嘉平感觉力气又回到了身上，他感觉自己简直可以再跑一个下午。廖嘉平决定先去离街心花园最近的蓝晶大酒店，旅游手册上介绍这是上海最早的五星级酒店之一。

　　酒店门童很有礼貌地请廖嘉平在大堂内坐下，然后跑去找大堂经理。

廖嘉平把目光投向大堂里那架乳白色的三角钢琴，琴脚和琴凳四边镶有金色嵌条，华丽而高雅。钢琴盖打开着，上面有几张五线谱，好像弹琴人刚刚离开似的。廖嘉平想，之前去的那几家酒店都是常见的黑色或棕色钢琴，唯有这家酒店钢琴是白色的，这是否预示着自己会交好运呢？

大堂经理是位中年女士，她听完廖嘉平那番自我介绍后问道："你是出生在海外的华侨，又是音乐学院毕业的大学生，怎么会想到来中国的酒店打工弹钢琴呢？"

廖嘉平听懂了大堂经理的问题，却无法用汉语回答，其实连刚才那几句用来自我介绍的中国话都是他背诵很多遍才记住的。廖嘉平红着脸低声说："我可以讲英语吗？"

女经理笑了，一声"OK"做了个请便手势，原来她的英语几乎跟廖嘉平同样流利。

廖嘉平的心欢快跳跃起来，如同沙滩上干渴的鱼儿又重新回到了水里。他对女经理说："我来中国学汉语，日后想在澳中之间当文化交流经纪人，可眼下先得靠打工维持在上海的生活。"

大堂女经理对这个阳光帅气的华裔男孩产生了好感，至少应该鼓励这种自食其力的精神，于是她走到钢琴前随手翻了下五线谱，让廖嘉平弹个曲子试试。

廖嘉平坐到琴凳上，双手轻轻抚摸着熟悉的黑白琴键，他挺直上身做了个深呼吸，紧接着约翰·施特劳斯的《雷鸣电闪波尔卡》旋律，清泉般从他十指下流出。这是廖嘉平从小就很喜欢的一首波尔卡舞曲，每回弹奏这支曲子，他脑海里都会出现一百多年前维也纳民众狂欢的场面。廖嘉平弹奏得十分投入，在某几个音节处，他还能在琴键上模仿雷雨和闪电时的声响，让听众感觉身临其境。一曲奏毕，正在喝咖啡的客人们热情鼓起掌来，有位老先生朝廖嘉平竖了竖大拇指，临走时还给了廖嘉平一些小费。

大堂女经理当即决定录用廖嘉平来酒店弹钢琴，她开出的报酬是每小时五十元，每晚九点至凌晨一点工作四小时，若有客人支付小费则全数归廖嘉平。廖嘉平兴奋得朝女经理鞠了个躬，又亲吻了一下自己的双手，从今天起他可以靠自己的十个手指头在上海这座大都市里养活自己了。

廖嘉平离开蓝晶大酒店朝地铁站走去，初秋的风轻柔中带着点凉爽，吹拂在脸上十分惬意。廖嘉平真想告诉每个走过他身边的行人："我父母就出生在这个城市里，我也算是上海人，跟你们一样的。"廖嘉平知道没有人会多看他一眼，因为他有着中国男孩一样的黑头发黑眼睛黄皮肤，非常容易淹没在中国大都市的人海中。

一对抱着孩子的年轻夫妇停下脚步问廖嘉平怎么坐地铁去火车站，他们说的中国话口音廖嘉平从未听到过，于是他只好红着脸一个字一个字咬着解释："对不起，我是澳大利亚人，我不太会讲中国话。"那对夫妇奇怪地看了一眼廖嘉平，随即离去，他们似乎有点不相信廖嘉平的话，这么一张百分百的中国面孔怎么会不是中国人呢？廖嘉平也意识到几分钟前他把自己当作上海人不过是一厢情愿，只要一张嘴就露馅了。不过此刻廖嘉平心情依旧不错，至少上海没有拒绝他也没把他当作外人，他已经在这座城市里找到了生活下去的机会。

廖嘉平细细算了笔账，如果他每天晚上都去蓝晶大酒店弹钢琴的话，一个月能挣六千多块钱，差不多顶个上海小白领的收入了。他完全没必要住在F大学留学生楼里，房租贵还没机会跟中国人接触。廖嘉平决定像很多老留学生那样去租大学附近居民的房子，他早就听说过上海人喜欢置房产，许多家庭都有空余房子出租。然而廖嘉平在F大学附近方圆几公里内都没找到一栋父母亲向他描述过的上海石库门房子，如今的上海人大多居住在或新或旧的公寓楼里，石库门房子也许仅仅留在老照片上和上海人的记忆里。

二

廖嘉平跟在房屋中介公司业务员身后来到这处住宅小区，这里的楼房大多建于20世纪80年代，外墙虽然刚粉刷过，楼道里却显得很破旧。如同一个青春逝去的女人，无论怎样涂脂抹粉，终究难掩衰老的容颜。

房东周先生周太太老夫妇俩站在门口迎候业务员和房客廖嘉平，他们打算出租的是一套带阳台、厨房和卫生间的单居室公寓，租金每月一千元，水电煤费用由房客自行支付。廖嘉平仔细察看了一番，屋子里所有家具和电器设备都是新的，他感觉十分满意。这房子不仅租金便宜，而且房东夫妇就住在隔壁，相互间有个照应，还能顺带着练习汉语口语。廖嘉平当即决定签下租房合同，他把租房押金和第一个月的房租交给周先生时，无意中发现老夫妇俩都红了脸。

廖嘉平入住的第一天，房东老夫妇执意要请他去家里吃饭。廖嘉平见周先生和周太太住的房子竟然比租给他的那套更小，连阳台都没有。周先生说："我们原来有个当消防员的儿子，都二十七岁了，女朋友也有了，就准备在你住的那屋子结婚。后来一家化工厂发生火灾，儿子就再也没有回来。"周先生声音有些哽咽，他对廖嘉平做了个抱歉的手势默默低下头去。

周太太轻轻抚摸着丈夫后背，继续向廖嘉平解释道："我们本来打算让儿子的房间按原样保留着，可时间长了我们也希望听到那屋里有年轻人的声音。现在真高兴你能来租房，连你走路的脚步声都跟我们儿子当年一样呢。"

廖嘉平心里涌起一股暖意，房东夫妇把他们为儿子精心保留的婚房租给了他，租金又那样便宜，可见他们不是为了钱才出租房子的，他们只是想让儿子的房间重新充满活力。廖嘉平说："周先生周太太你们放心，我小心住，让屋子很干净。"廖嘉平还想说很多话，可他此刻最多只能挤出这几句汉语。

周先生笑了，忽然用英语说："I hope you're enjoying your stay here（我希望你在这儿过得愉快）。"望着廖嘉平一脸吃惊神情，周太太在一旁补充道："我们老头老太两个退休前都是中学英语教师，要不哪敢把房子租给你这个外国人呢？"

廖嘉平喜出望外："我虽然出生在澳大利亚，可父母都是上海人，我也该算上海人吧。"廖嘉平觉得上海这座城市不仅是他父母亲的出生地，也是他交好运之处，他不但在蓝晶大酒店找到了理想的打工机会，还遇上了这么好的房东，他真想敞开嗓门对着夜空大喊："上海，我爱你。"这天晚上，廖嘉平给远在墨尔本的父母打电话，他想对父母说，上海其实离墨尔本很近很近。

廖嘉平成了周先生周太太的房客，平日里跟房东却很少见面。每天早上廖嘉平起床之前，房东夫妇已经拎着便携式录音机去了公园。只要天不下雨，上海各处公园以及街头绿地都是老年人的社交场合。老人们在一起打太极拳，做健身操或者下棋聊天，生活天地可以无限制地扩大。廖嘉平想起自己祖父母和外公外婆，当年舍弃了上海老屋跟着儿女去南半球度余生，因为不懂英语不会开车，多少年都不敢走出自家那个街区，他们生活在地域广阔的澳大利亚简直如同坐牢，真不如上海的老年人活得自在快乐。

每天上午在F大学上完汉语课，廖嘉平喜欢和一些来自英语国家的留学生出去逛街吃饭，隔三岔五也泡泡酒吧。待到夜幕降临，廖嘉平就去蓝晶大酒店用晚餐，然后换上白衬衣黑色燕尾服开始弹钢琴，直至凌晨才回家睡觉。通常廖嘉平回到家时楼道里漆黑一片，邻居们早已进入梦乡，他总是小心翼翼打开与房东家共用的那扇单元铁门，然后蹑手蹑脚回到自己屋里。廖嘉平哪里知道，其实他的房东夫妇每晚不听见他回来便睡不着觉。

周太太在枕边对丈夫低语："那小孩天天深更半夜回来，不会干啥坏事情吧？"

周先生不以为然："喊，你也管得太多了。我们和他不过是房东和房客关系，哪里好去打探人家隐私呢？小廖那孩子看上去知书达理，不会做坏事的。"

这天深夜廖嘉平走出蓝晶大酒店，发现他停放在酒店附近一条小弄堂口的自行车不翼而飞，那条被偷车贼铰断的铁链锁孤零零挂在路边栏杆上。因为深夜打完工回家搭不上地铁和公共汽车，坐出租车又太贵，廖嘉平就从将要回国的留学生那儿买了这辆二手自行车，谁知骑了不满一个月，车就被偷了。廖嘉平无奈地站在街头，他不知该怎样回去，这时候马路上连出租车都很少见到。

一辆不知什么牌子的小型车停在廖嘉平身边，车主是个跟廖嘉平年龄相仿的年轻男人，他从驾驶座探出头来问廖嘉平："朋友，要车吗？价钱好商量的。"见廖嘉平没反应，男人便用尽可能标准的普通话又重复了一遍。这回廖嘉平听懂了，他明白这就是汉语课上中国老师说起过的"黑车"，老师叫外国留学生出门不要坐"黑车",以免给自己带来危险。可此刻廖嘉平要是不坐"黑车"的话,步行一个小时也回不了家呀。于是廖嘉平鼓起勇气问:"坐你的车要多少钱呢?"

"内环线里面一律五十块,你住在哪儿?"车主问。

"F大学附近,正好在内环线边上。"廖嘉平有点心疼,五十块钱他得弹上一个小时钢琴呢。不过今晚他得了不少小费,也许是上帝想让他破点财吧,廖嘉平不再犹豫,伸手拉开了车门。

这一夜廖嘉平比往常回来得更晚,使得周太太几乎通宵未眠。第二天早上恰好下起了小雨,夫妇俩没去公园打拳,周太太竖起耳朵听着隔壁的动静,等房门一响,她知道廖嘉平要出门了,便假装过去与廖嘉平不期而遇。周太太问:"小廖啊,今天怎么没骑自行车呢?"

廖嘉平老老实实回答:"昨天晚上自行车被偷了,我只好坐'黑车'回来。"

周太太满脸惊讶:"哟,坐'黑车'多危险,碰到坏人怎么办?以后最好晚上少出门,安全第一呀。"

廖嘉平觉得周太太说话语气跟自己母亲很像,也难怪,她们都是上海女人嘛。廖嘉平说:"我每天晚上在蓝晶大酒店打工,因为我得挣出自己在上海的生活费用,比如住在这儿的房租,都是我打工挣来的。"

周太太忽然脸红了,她意识到自己此前想得太偏,竟然疑心起廖嘉平行为不端。当然她也不得不钦佩廖嘉平父母的远见,尽管家境富裕却依然让儿子在上海打工维持生活。周太太请廖嘉平稍等,她转身喊来丈夫,夫妇二人合力从屋子里推出一辆半新的凤凰牌自行车。这是他们儿子留下的遗物,周太太总是把车擦得很亮,好像在等待儿子重新骑上它。现在她要把自行车借给房客廖嘉平,她觉得这辆车若是长久不沾人气的话,早晚会生锈的。

廖嘉平喜出望外,说:"周太太,您能把这辆自行车卖给我吗?那样我就方便了。"

周太太摇摇头:"这是我儿子留下的东西,只能借给你用,不能卖的,等你离开上海时还给我好了。"

廖嘉平谢过周太太，骑上自行车飞驰而去，他没有看见周太太脸上的泪水。

三

F大学后门小街上新开了一家名为"上海饭碗"的中式自助餐厅，菜肴价钱不贵，花式品种却很丰富。上海地方小菜和各式点心的美味，让吃惯汉堡包比萨饼的廖嘉平感觉十分新鲜，尝过一回就爱上了，还在班里同学间做了宣传广告。此后每天中午，一群肤色不同操各种语言的外国留学生便会蜂拥而至"上海饭碗"，为这家中式快餐厅增添了独特的人气。餐厅老板也颇具经营头脑，见餐厅里来的外国留学生多了，索性放长线钓大鱼，在餐厅门口添置了自动咖啡机和一次性纸杯，供就餐客人随意免费饮用。老板知道不管中国人外国人，天底下当学生的口袋里钱都不多，弄点小恩小惠才好长久拉住生意。

这天是班上韩国女孩李真玄生日，她一个多星期前就把涂着黑紫色唇膏的小嘴凑在廖嘉平耳边说："我要你帮我操办生日派对，花多少钱都没关系，我爸妈为了让我生日过得开心，这个月特意往我信用卡里多打了两千美元呢。"

廖嘉平其实不喜欢看到这张黑紫色的嘴巴在自己眼前晃动，可他躲避不掉李真玄，她总是寻找一切机会粘贴在廖嘉平身边。渐渐地，课堂上廖嘉平身边座位即使空着也没有人去坐，大家都心照不宣把那个位子留给韩国女孩。廖嘉平对李真玄说："我每天很忙，晚上要打工，没有时间帮你操办生日派对的。"可韩国女孩当着全班同学的面公然挽住廖嘉平胳膊道："我喜欢你，我要做你的女朋友。你晚上没空就中午好了，反正我的生日派对要你来操办。"

教室里发出一阵夹杂着口哨声的哄堂大笑，这些原本生活在地球各个角落的男孩女孩们，为了学习汉语的共同目标来到中国，并非个个都像廖嘉平那样早出晚归边上课边靠打工养活自己。跟中国人尚存在语言交流障碍的外国留学生们，虽身处上海这个繁华大都市，课余时间仍不免感觉孤单无聊，因而恨不能天天找出些新鲜刺激活动来消耗充沛的青春精力。李真玄在众人起哄声中愈发胆大起来，要挟廖嘉平说："你不帮我办生日派对的话，我就当着大家面在你脸上留个唇印，你信不信？"廖嘉平尽管出生在海外，身上多少还保留着一点中国传统文化印记，他不想让这个骄横的女孩把事态扩大，赶紧答应下来："好吧，好吧，我来操办，派对地点就在学校后门的'上海饭碗'餐厅，中午下课后全班一块去。"廖嘉平给快餐厅老板打了个电话，预订下十张餐桌。餐厅老板笑都笑不动了，一口一声"廖先生我怎么谢你啊"。

廖嘉平和一群外国留学生走进"上海饭碗"餐厅时，老板已将两排火车座位拆开，拼接成一个乒乓台大小的派对长桌。寿星女孩李真玄高兴万分，一把将菜谱扔到廖嘉平跟前："你尽管拣好吃的点，别嫌贵，反正今天统统由我买单。"这家餐厅的菜大多经济实惠，廖嘉平往常只消花费二十来块钱就能有荤有素连汤带饭饱餐一顿。今天为了让李真玄感觉有面子，廖嘉平把"上海饭碗"里那些价钱稍贵的菜点了个遍，还点了各式小点心，长餐桌上摆得满满当当，引来各国留学生大呼小叫着扑向中国美食。

廖嘉平无意中看见房东周先生和周太太也来到这家餐厅用餐，今天这夫妇二人衣着都很正式，周先生头发上好像还打过发蜡，溜光水滑，周太太则描了眉又抹口红，看上去比平常年轻许多。周先生周太太没有看到廖嘉平，他们兴致很高地挑选了一处靠窗火车座，周先生取来两杯免费咖啡，殷勤地端到妻子跟前，轻声说了句："Happy birthday（生日快乐）。"周太太立刻红了脸，将半张面孔隐藏在咖啡杯后面，两个头发花白的老人竟然玩起热恋中少男少女的把戏来。可是之后周先生和周太太两人只点了个八元钱的蔬菜什锦拼盘，外加一人一碗米饭，顶多花十来块钱就结束了周太太的生日宴席，这让廖嘉平感觉十分意外。

韩国女孩李真玄的生日派对在廖嘉平主持下，全班留学生都很尽兴。餐厅老板做了笔大生意，自然要答谢牵线人廖嘉平，老板以为廖嘉平是在替女朋友过生日，便让服务员小姐把一大束粉色玫瑰交到廖嘉平手上，再由廖嘉平借花献佛送给女朋友。廖嘉平捧着鲜花尴尬万分，而寿星女孩反倒很大方，从廖嘉平手中拿过花来，在他脸上回赠了一个黑紫色的香吻。这群外国男孩女孩在"上海饭碗"餐厅起哄着笑闹着，引得路人纷纷探头张望，白白替老板做了回活广告。

廖嘉平和同学们走出餐厅时，午后的阳光已开始偏西。廖嘉平没想到在离餐厅不远的一处街心花园内，他又看见了房东周先生和周太太。老夫妇俩坐在一张背对廖嘉平的长椅上，周先生吹着口琴，周太太跟随曲子节奏微微摇头，一副深深陶醉其中的模样。廖嘉平将身子隐匿在一大片冬青树后面驻足聆听，轻风掠过，他听出周先生正在吹奏德国作曲家门德尔松的《威尼斯船歌》，这首难度很高的著名钢琴曲从周先生口琴中飘出，如同水城威尼斯运河上船夫们悠扬感伤的歌声，直到周先生的口琴吹出最后一个轻柔长音，仿佛河面上船只已飘然而去，廖嘉平才悄悄离开。他很惊讶一个中国普通退休教师，如何能将《威尼斯船歌》这样的世界名曲演绎得如此精准细腻。廖嘉平甚至有点羡慕周先生和周太太，他们无须过多的金钱支撑，照样能将生日派对办得体面而浪漫，这是廖嘉平和李真玄们做不到的，那样的浪漫得由生命底气来充填。

星期天上午，廖嘉平在楼道里遇上逛完农贸市场回来的房东夫妇，他想起那天飘荡在街心花园的《威尼斯船歌》，便说："周先生，您吹的口琴曲真好听，我也喜欢《威尼斯船歌》，上中学时就会用钢琴弹奏了。"

周先生喜出望外："小廖，真想不到你我还互为知音呢。我上中学那会儿是口琴大师石人望的嫡传弟子，你大概没听说过石人望这个名字吧，可你父母或是祖父母那样的老上海人一定知道。哪天你来我家里听老唱片吧，我至今保存着石人望大师吹奏的好些名曲呢。"

可廖嘉平好像总也挤不出时间去听周先生的老唱片，他除了上汉语课和打工，还得参加 HSK 考试（汉语水平考试）。如今懂汉语的人吃香了，世界上许多国家大学生都视这纸证书为找份好工作的敲门砖，廖嘉平日后想当文化经纪人来往于中国和澳洲之间，更少不了这张证书。

四

廖嘉平弹完最后一支曲子，双手滑离琴键，轻轻放在自己膝盖上，一下一下做着伸展握拢动作，以便让十个手指得到充分休息。

大堂服务生走过来，照例将今晚客人们给廖嘉平的小费悄悄放在琴凳上，然后低声说道："廖先生，那边有位客人请你过去坐坐。"

廖嘉平跟着服务生来到尚未结束营业的酒吧，一个穿着讲究的中年男子独自占据着一张小圆桌，他点头谢过那个引路的服务生，又对廖嘉平做个请坐手势，自己身子并没有动，让人感觉他的居高临下做派是出于某种习惯。等廖嘉平入座后，男人移动小圆桌上点酒卡片，请廖嘉平挑选。

廖嘉平弹了几个小时钢琴，人很疲劳，又不知眼前这位素不相识的先生为何找他，便随便要了杯苏打水。

那男人从西装内侧口袋里掏出名片递到廖嘉平跟前，不等廖嘉平细看，他已做起自我介绍："郭其龙，金龙房产开发公司总经理，做过上海滩十几处楼盘，不知小廖你是否听说过？"

郭其龙的名片上只有中文，酒吧里灯光又暗，廖嘉平根本没看懂，他也不太清楚一个房产开发公司总经理跟自己有什么关系，所以只好将目光移向郭其龙等候下文。

服务生送来廖嘉平要的苏打水，廖嘉平喝水时郭其龙又说："小廖啊，我跟这儿的大堂经理是朋友，听说你钢琴弹得好，又是从澳洲来的华人，天生就讲英语，所以我想请你给我儿子当家庭教师，教钢琴和英语。你可以免费吃住在我家里，我每月另外给你两千块钱工资，怎么样？"郭其龙说完向一旁的服务生打了个响指，替自己也要了杯苏打水，他左手无名指上那枚粗大钻戒在灯光下闪烁着富贵气十足的光泽。

廖嘉平终于明白自己遇上了一个中国有钱人，眼前这位郭总经理可能会成为他的新老板。廖嘉平问："郭先生您儿子多大了？他也喜欢弹钢琴吗？您已经为他买了钢琴吗？"廖嘉平想起自己五岁就爱上了幼儿园里那架老式钢琴，总是在别的孩子玩游戏时悄悄跑去敲击琴键。可是直到考上墨尔本音乐学院,父母才为他买了一架二手钢琴,之前十多年他都是在学校琴房里练琴的。

郭其龙脸上闪过一丝讥讽,也许他如今在上海滩很少碰到廖嘉平这样有眼不识泰山之人,却也难怪,廖嘉平是外籍华人,哪里晓得他郭总经理的身价。郭其龙说:"我儿子今年十三岁,钢琴十年前就买好了,还是三角的,一点不比你刚才弹的那琴差。我不管儿子喜欢不喜欢弹钢琴都要叫他学,不然将来哪能挤得进上等人圈子?现在中国学钢琴的小孩少说几千万,连我家司机的孩子都在学钢琴,我儿子总不能落后吧。"

廖嘉平问:"中国为什么会有那么多孩子学习钢琴呢?中国有那么多乐团和音乐厅吗?他们将来都能找到弹钢琴的工作吗?"这是廖嘉平非常希望了解的中国国情,他甚至在为那些学钢琴的孩子日后生计担心,就像他自己一样,找不到靠弹钢琴谋生的机会就只好准备改行当文化经纪人。

郭其龙笑道:"我儿子将来肯定不会靠弹钢琴吃饭的,学钢琴只不过让孩子抬高点身价。就像毛坯房是不好卖出去的,但外墙做得漂亮不漂亮,房价就是一个天一个地,人也是一样的呀。"

廖嘉平对郭其龙这番比喻似懂非懂,但他不好意思再多问什么,因为郭其龙说话过程中已经抬起手腕上的劳力士表看了两回。于是廖嘉平答应星期天去跟郭其龙的儿子见面,郭其龙很高兴,拍拍廖嘉平肩膀特意关照:"你不用骑自行车来,我会派司机去接你。"

星期天上午,一辆紫红色尼桑车停在楼下,司机打了廖嘉平手机,告知他车子已到。这司机也姓郭,是郭其龙的远房亲戚,他让廖嘉平叫他小郭。住在这个老旧小区的人至今很少拥有私家车,小郭开的红色尼桑很快吸引了左右四方邻里的目光。周太太看到廖嘉平钻进车里,惊讶地对丈夫说:"小廖这小青年还真不简单呢,来上海才多少日子啊,都有汽车坐了。"周先生回应道:"好事情啊,水往低处流,人往高处走嘛,坐汽车总比骑自行车舒服。"周先生说话时看了一眼放在公用走道上的凤凰牌自行车,心底隐隐掠过一丝失落,他找来一只破袜子充当抹布,把自行车擦得锃亮。周太太在一旁看着丈夫擦车,说:"这车小廖大概用不着了,还是推回我们屋里去吧。"周先生摇摇头:"借给人家的东西没等人家来还,怎好自说自话往回拿呢?"

尼桑车来到上海西郊虹桥地区一处名叫"绿谷别墅"的小区门口,两名身穿制服的保安过来朝汽车敬了个礼,随即打开镂花大铁门,车子便驶入一条林荫小径。廖嘉平发现小郭根本就没正眼瞧一下刚才向他们敬礼的保安,显得不太礼貌,廖嘉平心里就有点不舒服。不过这个小郭对廖嘉平倒十分客气,他把车子停在一栋三层小楼前,又跑下来替廖嘉平打开车门,好像廖嘉平是贵客。小楼前还停着一辆白色宝马,小郭告诉廖嘉平:"那是郭先生自己开的车,我这辆车专门接送郭太太和杉杉,要是你以后来给杉杉当家教,也可以接送你的。"

郭其龙一家三口连同小保姆都在客厅里等候廖嘉平,客厅中央放着一架施特劳斯牌三角钢琴,琴身也是白色的,丝毫不比蓝晶大酒店那架钢琴逊色。廖嘉平见琴盖打开着,伸手敲击了几下琴键说:"这琴大概好久没弹了,有些走音,最好请人来校正一下。"

郭太太微微皱了皱眉:"这琴不过是我们家杉杉弹着玩的,能发出声音来就行,哪里用得着那样讲究呢。"

郭其龙紧接着太太话音:"是啊,这钢琴说到底也就是个摆设,要不这么大个客厅里放什么好呢?"

郭家夫妇的话让廖嘉平感觉很遗憾,这家人其实根本不懂音乐,却有钱买下如此昂贵的施特劳斯钢琴,他有点替钢琴难过。

男孩杉杉自廖嘉平进门后情绪始终十分高涨,他跟在廖嘉平身后反复问着一句话:"廖哥你跟我一块住二楼好不好?"廖嘉平没有回答杉杉,他尚未查看完日后的工作和生活环境,无法决定是否离开原先租的房子搬进这栋小楼里来。

小保姆在女主人示意下领廖嘉平去二楼看房间,那屋子有二十来平方米,外带朝南大阳台和独立卫生间。房间地上铺着米黄色地毯,全套新家具,挂壁式液晶电视机以及音响电脑样样不缺。即使在墨尔本,廖嘉平也不记得他的同龄人中哪个拥有这般豪华舒适的房间。男主人郭先生已经说了,如果廖嘉平同意来给杉杉当家教,那么他就可以免费居住在这栋楼里。廖嘉平想起自己眼下租的房子,每逢下雨墙角就会渗水,墙面上还长出了一层绿霉；卫生间小得只能勉强挤进一个人，稍不留神就会碰翻梳洗用具；淋浴水龙头漏水了，房东周先生夫妇舍不得更换，让廖嘉平在龙头下接一个塑料水桶，把龙头里滴出的水积攒起来使用，廖嘉平虽觉得麻烦，却又不忍心让水白白浪费掉，只是很难习惯这种生活方式。

杉杉也来到房间里，脸上充满期待："廖哥，你就答应住在这儿吧，我的房间在你隔壁，咱俩挨着，通宵打《帝国战争》游戏都行。"杉杉说话的样子像极了廖嘉平远在墨尔本的弟弟，廖嘉平心里荡起一丝温情，朝杉杉点了点头。

五

红色尼桑车又一次驶入小区居民眼帘，这回小郭是开车来接廖嘉平的。周先生和周太太得知他们的年轻房客已另外觅得住处，那神情惊讶中夹杂着些许失落。周先生对廖嘉平说："小廖你能去虹桥住真是好事情，那地段和这儿比起来，真是天上地下呢，你一个外国长大的小青年，住在我们老房子里实在有点委屈的。"廖嘉平说："我也租不起那里的房子，只是请我当家教的那个家庭免费提供了住处。"

周先生跟廖嘉平说话时，周太太拿来一个信封，里面是廖嘉平租房时付的押金和房租。廖嘉平要搬家了，周先生夫妇俩商量后决定将全部押金和房租都退还给他，他们知道这个华裔男孩在上海留学不容易，全部生活费都靠自己打工挣来的。廖嘉平无论如何不肯收回这些钱，他这样搬家属于单方面违约行为，押金就不能再要了，而且他已在这里住了近两个月，怎好不付房租呢？可是周先生说："小廖，你住在这儿时间虽不长，但给我们老两口的生活带来了很多快乐和活力，你也等于为我们付出了呀。"廖嘉平无法理解周先生的话，在他自小养成的生活理念中，情感与金钱毫无关系。

周太太也不强求，说："小廖，信封里的钱我们暂时收着，这儿的房子也不再租给别人，你要是在那儿住得不习惯，随时回来好了。"

司机小郭听了周太太的话很不以为然："人都是喜欢享福的，小廖哪里会住不惯花园洋房还想回来住这种旧房子呢？"

小郭的话让周先生和周太太都显得很尴尬，他们没再多说什么，站在楼道窗口前一直目送尼桑车远去。

廖嘉平以为郭家会跟他签署一份当家庭教师的合同，毕竟这份工作报酬不低，主人对他总该有些指标性的要求吧，比如在一定期限内让他们的儿子杉杉开口说流利的英语，或是能弹奏某种难度的钢琴曲。然而廖嘉平住进这栋别墅楼好几天都没见着郭先生和郭太太。主人只是让小保姆转交给廖嘉平一个红包，里面有两千块钱，小保姆对廖嘉平说："这是你的工钱，只要杉杉对你满意就行，先生和太太都不懂英文和钢琴的。"

因为有了这份报酬不错的家教活儿，廖嘉平减少了去蓝晶大酒店打工的次数，他计划除了周末，平常晚上时间都用来帮助杉杉练习说英语或弹钢琴，他必须对得起这份报酬。

杉杉在上海一所重点中学读书，可廖嘉平发现他居然连最起码的英语问候语都听不懂。杉杉不好意思地说："廖哥，我上重点中学是因为我老爸给学校赞助了八万块钱，其实就是替我买了个上课的座位，反正老师讲的课我都听不懂。"尽管杉杉的英语水平令廖嘉平失望，但这男孩的坦率多少也让廖嘉平有些感动。廖嘉平对杉杉说："从现在起，我就和你讲英语，哪怕一天学会一句，一个月后你就可以跟外国人聊天了。"

杉杉做出一脸苦相："廖哥，算了吧，我爸妈又不会来查你家教当得怎么样，他们自己也不懂英语的。你不是来中国学汉语的吗？多跟我讲中国话你也能进步啊。"

廖嘉平说："那怎么可以呢？我拿了你父母给的报酬，就应该付出劳动，一定要教会你讲英语和弹钢琴。"

杉杉垂下了头，如同被腌过的嫩黄瓜，失去了原有的鲜活和生气。廖嘉平动了恻隐之心，像哄自己小弟弟一样："要是你这会儿不想讲英语，那就下楼去客厅练琴，你可以选择。"杉杉噘起嘴巴，扔下手掌游戏机，跟着廖嘉平下楼。

廖嘉平怎么都想不到，这个家庭十年前就买了钢琴，可杉杉至今连最初级的拜耳练习曲都弹不下来。廖嘉平站在杉杉身边,指着五线谱给杉杉讲弹琴指法。不料杉杉根本没心思听廖嘉平讲什么指法,他从裤袋里掏出一把亮闪闪的多功能瑞士军刀,下意识地朝琴键上划去。廖嘉平急忙抓住杉杉的手说:"你疯了,怎么能用刀划琴键呢?"

杉杉抬起头来望着廖嘉平:"要是你也帮着我爸妈逼我练琴,我不弄坏钢琴就用刀划破自己的手,我不想学钢琴,不想。"杉杉说这话时,眼中鼓满了泪水。

廖嘉平忽然想起第一次与郭其龙见面时,这个房产开发商就说过他让孩子学钢琴是一种包装手段,为了孩子将来能进入上流社会。廖嘉平曾在报纸上看到一条消息,说是中国目前有3000万青少年在学习钢琴,真不知其中有多少是出于家长包装孩子的需要,而非孩子本身真正热爱钢琴和音乐。廖嘉平无可奈何地说:"杉杉,如果你不愿意学习钢琴和英语,那我只好离开你家,我不可能拿着钱不干活啊。"

杉杉灵机一动:"廖哥,那你就陪我玩电脑游戏吧,你让我高兴了,我就去爸妈跟前讲你好话,说不定他们还给你加钱呢。"

廖嘉平摇了摇头:"杉杉,我在上海留学是需要钱,可我不想用这种方法来挣钱。再说,我每一分钟时间都是宝贵的,不想花在玩电脑游戏上。"

杉杉沮丧地望着廖嘉平,期盼从这位家庭教师脸上找到一丝动摇或通融的表情,但他很快便放弃了幻想。廖嘉平的神情告诉他,如果他不想学习英语或钢琴,廖嘉平很可能今天晚上就会离开这栋别墅楼。杉杉终于屈服了,他痛苦不堪地戴上学习耳机,在廖嘉平指点下做听力练习。此后,每当杉杉按照家庭教师的要求完成了学习任务,廖嘉平就会陪他玩一会儿电脑游戏。廖嘉平在墨尔本时就是用这种手段来督促弟弟的,他几乎把杉杉也当作了自己的弟弟。而杉杉居然也渐渐养成了跟廖嘉平讲英语的习惯,时间一长,两人之间再讲汉语竟都觉得不自然起来。有时杉杉对父母心怀不满,就故意当着父母亲面大声跟廖嘉平讲英语,以寒碜连26个字母顺序都念不下来的老爸老妈。

六

  这天早上廖嘉平出门前，郭太太喊住了他："小廖，今晚我要请一帮朋友到家里来打麻将，到时候请你在旁边弹钢琴助助兴，顶好弹外国曲子，越洋派越好，让我的朋友也开开眼界。"

  廖嘉平说："郭太太，您家里的钢琴早就走音了，也没请人来校音，这样的音色不会让朋友笑话吗？还不如在客厅里放音响呢。"廖嘉平心里想的是，万一郭太太朋友里头有几个内行，到时不说主人家不肯花钱请人替钢琴校音，倒会觉得他一个当钢琴家教的连音色都听不出来还想混饭吃，廖嘉平不能平白无故让人小瞧自己的钢琴水平。

  郭太太笑道："放音响有啥稀奇？人家屋里也都有的。我就要让朋友见识见识我的私人琴师，这才叫有派头。"郭太太在这个家里说话向来一言九鼎，别说司机和小保姆，就算郭先生也从不轻易对太太说不。这会儿郭太太交代完毕，不等廖嘉平再作反应，转身离去了。

  当日晚，廖嘉平见到了郭太太的客人。五个与郭太太年龄相仿的中年女人，她们都坐自家司机开的车来，一时间门前喇叭声此起彼伏，还夹杂着狗叫。原来有位太太带来一条半人高的白色狐狸犬，那女人说这狗跟她比老公还亲，一刻都不肯分离的。郭太太大呼小叫让小保姆摆开麻将台，又亲自上楼敲了敲廖嘉平房门："小廖快点，客人来了，钢琴弹起来呀。"

  廖嘉平不明白这群女人打麻将为何还要钢琴伴奏，而且廖嘉平只是杉杉的钢琴家教，工作内容并不包括为郭家客人弹琴助兴。但廖嘉平没有回绝郭太太的要求，来中国几个月了，他多少了解一些中国人处事方式，不好意思完全按自己意愿行事。廖嘉平决定这个晚上为客人们弹奏几首旋律欢快的波尔卡舞曲，这些波尔卡舞曲音乐语汇清晰易懂，听众无须有较高的音乐素养。再者，客厅里这架钢琴走音厉害，但波尔卡舞曲因为节奏快，不易让人听出钢琴音质上的瑕疵。应该说廖嘉平虽然心里勉强，但还是尽心尽力为客人服务。

  柔和优美的钢琴曲在客厅里回旋，可那些打麻将的女人依旧不停地大声说笑，如同置身农贸市场。哗啦哗啦的洗牌声不时盖住了那些本该让人屏住呼吸静静欣赏的波尔卡舞曲。反倒是那条白色狐狸犬大概想充当廖嘉平的知音，悄无声息卧在琴凳下。

当廖嘉平在弹奏肖邦的《华丽大圆舞曲》时，一个打麻将的女人忽然对郭太太说："你请的这个钢琴家教不会是水货吗？弹来弹去都是'蓬嚓嚓'，也值得你花大本钱供菩萨一样供在家里？"郭太太本来听不懂廖嘉平弹的是什么，既然客人不叫好，那就等于丢她面子。于是郭太太放下麻将牌走到廖嘉平跟前说："小廖，你不要马马虎虎瞎应付，弹几支高水平曲子让客人高兴高兴。"

廖嘉平自学钢琴起，从未在弹奏中被人打断过，郭太太的无礼举止很让他吃惊。但他并没有停下来，他得把这个曲子弹完才能跟郭太太讲话，那是出于对作曲家的尊重。谁知郭太太把廖嘉平的举动看成是对她这个女主人的轻视，便伸出手指敲了几下琴键："喂，喂，叫你换个曲子弹弹听见没有。"

廖嘉平终于被激怒了，他双手举在空中瞪了一眼郭太太，随即重重盖上琴盖，起身上楼去了。

郭太太愣了几秒钟，在廖嘉平身后喊叫道："你竟敢给我看面孔，也不想想你在这里吃谁的饭？不过是我花钱请来的家教，还真想要我把你当菩萨供啊，喊。"郭太太的嗓门惊动了那条白狐狸狗，它站起来抖了抖身子，朝郭太太一阵狂吠，吓得郭太太直往后退。

廖嘉平听见郭太太在骂他，却不懂她的意思，不少上海女人说话都这样又急又快，若非土生土长的上海人，简直跟听外国话没什么两样。廖嘉平进了自己房间，一滴清泪从脸颊滑落，其实廖嘉平比杉杉大不了多少，自己还是个需要父母关爱的男孩，哪里受得了郭太太的火爆脾气。

杉杉悄悄推门进来，坐到廖嘉平对面说："廖哥，你别理会我妈，她每天不这样吼几声好像活不下去似的，连我家司机保姆背后都讲她是更年期歇斯底里。"

廖嘉平也听不懂汉语"更年期歇斯底里"是什么意思，这一刻他内心去意已定，便对杉杉说："让你父母为你另请家教吧，我不想在你家打工了。

当然，这个月还有两天，我会干满一个月再走。"

杉杉突然扑向廖嘉平："廖哥你不要走，你走了我连个说话的人都没有。学校里老师看不起我，因为别人是考进重点中学，我是花钱进去的，同学也不理我，当面都叫我'富大傻'。"

可廖嘉平不想听杉杉再说什么，于他而言，人与人之间最重要的是互相尊重，他虽是郭家花钱请来的家教，人格上仍应与郭家人平等，他不可能忍受郭太太像对待猫狗一样对他吼叫。

杉杉急了，跑进客厅拽住母亲衣袖："妈，你上楼去跟廖哥说声对不起吧，不然他就不肯在我们家干了。"

郭太太使劲甩掉儿子的手，嗓门越发响亮起来："你昏头了吧，让我去向他道歉？他有个华侨身份啥了不起，不是照样回到中国来打工赚生活费。他要走就走好了，只不过会弹弹钢琴，包吃包住每月还拿两千块钱，这份工哪里打去？上海滩那么大，我有钱还怕找不到个会弹钢琴的，喊。"郭太太这话与其说在教训儿子，其实是讲给麻将台边那几个富婆听的，她可不能让一个当家教的驳了面子。

廖嘉平在郭家打完了最后两天工。这两天里杉杉变得格外听话，让他练琴就练琴，英语对话听力反复操练多少遍都不说一个烦字，他想用这样的表现来挽留家庭教师。而杉杉的父母好像故意不露面，郭先生去香港谈生意，郭太太则跟着丈夫去香港扫货，别墅里暂时由小保姆当着家。

廖嘉平给前房东周先生打了个电话，问他是否还能接纳自己回去。周先生电话里声音显得有些激动："当然，当然，我晓得你在花园洋房里住不惯的，早晚得回来，所以你的房间原样没动过，连自行车都擦干净了。"周先生虽有点饶舌，但廖嘉平听来却感觉异常亲切，至少离开郭家后，他不会在夜上海街头流浪，他可以继续住在周先生家房子里，那里有一片等候他的温馨灯光。

廖嘉平整理好自己的箱子，又把屋子收拾得干干净净，这才与杉杉、小保姆和司机小郭告别。小郭对廖嘉平面露难色："小廖，不是我不肯开车送你，郭太太从香港来电话关照过，若你一定要走，出了这门就跟郭家没关系了，也不准我送你。"

原来郭太太人虽不在上海,却仍然遥控着这个家,连司机出行都得经她点头。廖嘉平拍了下小郭肩膀:"没关系的,我认得路,而且我的行李也不多。"

天下起了小雨,夜色顷刻间变得浓重起来,行人仿佛都在急匆匆赶路,没有谁朝路边拖着拉杆箱的廖嘉平多看一眼。出租车一辆辆飞驰而过,见不到一辆亮"空车"红灯的。一滴冷雨飘落在廖嘉平脸上,他微微颤抖了一下,整个人被莫名的孤独感紧紧包裹住了。廖嘉平抬起头来想寻找公共汽车站牌,忽然,他看见马路对面有人朝他招手,没想到竟是周先生。周先生穿着件黄色雨披,身边有一辆三轮车。廖嘉平赶紧拖着箱子过马路,周先生笑道:"下班高峰时间又下起了雨,我估计你叫不到出租车,所以从里弄居委会借了辆三轮车来接你,还真派上用场了。"周先生把箱子放上三轮车,让廖嘉平也坐上去,廖嘉平想代替周先生蹬三轮,周先生一把挡住他:"这种三轮车是中国特色,跟蹬自行车不一样的,你们外国人把握不了,还是我来吧。"

一路上,周先生弯腰躬背用力踩着三轮车,雨披帽子被风吹到了脖子后面,花白的头发沾上一层细细的水珠。廖嘉平只觉得鼻子有点发酸,在他二十多年的人生记忆里,从未发生过眼前这一幕。忽然,用力蹬车的周先生哼起了歌,正是那首《威尼斯船歌》,廖嘉平也跟着周先生唱起来,冷雨夜风在他俩身后退却了。

周太太已经做好晚饭等着,小圆桌中央有个热气腾腾的砂锅,廖嘉平喝下一碗鲜美热汤,浑身暖和舒畅起来,真像回到了自己的家。晚饭后周先生帮廖嘉平重新安置好行李用具,廖嘉平提出想听听周先生那些老唱片,周先生欣然答应,兴致极高地翻箱倒柜找出老唱片来。

那台老式留声机大概与周先生年龄相仿,唱片放上去后留声机开始转动,屋子里荡漾起约翰·施特劳斯《安楠波尔卡》《叽叽嘎嘎波尔卡》的欢快旋律,只不过留声机太老了,不时发出吱吱的杂音,周先生夫妇却不在意,他们摇晃身子陶醉于欢快的波尔卡舞曲中。听完唱片周先生还用口琴吹奏起西贝柳斯的《土奥涅拉的天鹅》和拉威尔的《西班牙狂想曲》,廖嘉平十分惊叹这看上去不乏寒酸相的小小乐器,竟然也能演奏出如此美妙的乐曲。这一刻廖嘉平想起郭家豪华客厅里那架名贵钢琴，陪伴着有钱却永远不会领略音乐之美的郭家人，他真有点为那架钢琴难过。

七

廖嘉平依然在蓝晶大酒店打工弹钢琴，他去郭家当家教时，酒店里又来了个弹钢琴的女孩，叫钟亭亭。钟亭亭从师范大学艺术系毕业，眼下是某个民办私立中学的音乐教师，因嫌工资太低，所以晚上也出来打份工。

钟亭亭来后和廖嘉平交替着为客人演奏曲子，一人弹琴另一个就能稍事休息一会儿，钟亭亭喜欢弹奏中国民乐，廖嘉平擅长表现西洋古典名曲，这样不管是中国客人还是外国朋友，都能欣赏到各自喜爱的乐曲，有时连住店旅客也特意下楼到酒吧来一饱耳福。酒店生意越来越好，廖嘉平和钟亭亭的小费自然也挣得多了，每天打完工后廖嘉平照例骑自行车回家，钟亭亭雷打不动地坐出租车。

有一回钟亭亭问廖嘉平："你为什么放着郭家那么好的家教机会不做要来酒店打夜工呢？"廖嘉平说："钢琴应该弹给真正尊重音乐、愿意欣赏音乐的人听，不只是挣钱手段。"

钟亭亭很不以为然，反问道："不为挣钱你干吗那么辛苦天天来酒店弹琴？你以为坐在酒吧里听你我弹琴的人都懂音乐吗？"

廖嘉平想了想回答说："那些客人至少能在享受音乐时保持安静，不会边听钢琴曲边打麻将。要是他们不懂得尊重你我的劳动，怎么会给那么多小费呢？"

钟亭亭脸上露出一丝讥讽："那是有钱人在你面前甩派头呀，你真太不了解上海的风土人情了。"

廖嘉平明白自己对上海这座城市还知之甚少，于是也向钟亭亭发问："那你呢？既然你不喜欢酒吧里的客人，为什么也来打这份工呢？"廖嘉平从来没把在酒店打工看成一件丢人事情，他不知道钟亭亭这个上海女孩是怎么想的。

钟亭亭神情带着点狡黠:"我嘛,当然首先是为了挣钱,另外,五星级大酒店里出入的尽是些富人,我想为自己找到个有钱男朋友。"钟亭亭的坦率令廖嘉平惊讶不已,即便在他的国家,将择偶目的性如此明确说出口的女孩也不太多见。

没过多久,酒店大堂女经理突然通知廖嘉平,钟亭亭辞工不干了,从今天起他又得独自一个人弹奏一晚上。廖嘉平猜想钟亭亭一定找到了她心仪的有钱男朋友,自然不必再干这份辛苦工作。然而廖嘉平无论如何不会想到,某天晚上他又看见了钟亭亭,她陪同廖嘉平的前东家郭其龙老板来蓝晶大酒店泡酒吧,钟亭亭挽着郭先生胳膊,看上去像是父女俩。钟亭亭见了廖嘉平略微有些尴尬,郭老板却大大方方跟廖嘉平打招呼:"小廖啊,你不肯给我儿子当家教,我只好请钟小姐啦,不过我家杉杉挺惦念你,你有空来玩呀。"

这个晚上廖嘉平弹琴时一直在想,钟亭亭既然是给杉杉当家庭教师,为什么要陪郭先生来泡酒吧呢?这也不是家庭教师的本分啊。廖嘉平走了神,接连弹错几个音节,别的客人听不出来,钟亭亭却完全知道是怎么回事。她趁去洗手间时走过廖嘉平身后,低声告诫道:"别胡思乱想,好好弹琴吧。"

钟亭亭陪郭老板喝了不少酒,廖嘉平每次掀乐谱时眼角余光总忍不住瞥向那张小圆桌,郭老板不时仰面大笑,伸出一只手在钟亭亭背上游走。廖嘉平又开始走神,居然跳过了两个音节。他真想过去将那几根毒蛇般的手指从钟亭亭后背打掉,可他忍住了,他知道自己没有这个权利。郭老板起身离开时,钟亭亭一把抢过他的LV钱包,撒娇似的取出几张百元大钞,自作主张放在了钢琴盖上给廖嘉平作小费。

廖嘉平愣住了,他无法预测郭老板接下来的反应。不料郭老板竟然开怀大笑:"好,好,只要你钟小姐高兴,我就值得潇洒一回。"

钟亭亭朝廖嘉平使了个眼色,好像在对他说不要白不要。

这是廖嘉平收到小费最多的一个夜晚,他却高兴不起来。蹬自行车回家时,心情与脚下踏板一般沉重。廖嘉平不明白钟亭亭为何要郭老板无缘无故破财,是想让他多挣点小费,还是钟亭亭根本就不喜欢郭老板。再说钟亭亭能调教好那个曾想用瑞士军刀毁坏钢琴的男孩杉杉吗？钟亭亭能让整天沉湎于麻将台的郭太太喜欢上波尔卡舞曲吗？此时廖嘉平脑子里想的全都是钟亭亭，他从来没花过那么多心思去想一个女孩。

小区入口处大铁门已经关上，夜归的人只能走S形小边门。廖嘉平因为想着钟亭亭，低头飞车直朝大铁门冲去，巨大的反作用力将他撞下自行车，幸好身子底下是一片天鹅绒草地，人才没受伤，可那辆自行车轮胎钢圈都被撞歪了。廖嘉平真想不通上海许多住宅小区为什么要将本来宽敞方便的出入口弄得曲里拐弯，好像故意要跟行人作对似的。他曾问过小区保安，保安说是为了防贼，叫那些窃贼偷了东西后不容易跑出去。廖嘉平不太相信保安的话，上海是座安全平静的城市，哪里有那么多窃贼。廖嘉平气咻咻从地上爬起来，小区门口值班的保安闻声跑出来扶他。廖嘉平懊恼地看着自行车，不知回去后该如何向房东周先生交代。一辆自行车虽不值钱，但损坏人家东西总是失礼的。

小区保安都认识廖嘉平，这个从澳大利亚来的华裔男孩靠打夜工弹钢琴挣钱养活自己也真够为难的。保安说："小廖你不用担心，明天早上我交了班去替你修车好了，我跟你那房东周先生常常换工的呀。"

廖嘉平摔得有点头晕，没听清保安说的换工是什么意思，推着自行车回家了。第二天上午，那保安果然带了修车工具来，看上去手艺还不错。他把自行车钢圈矫正后，又拆开大套给链子上了油，做完全套保养还把车子擦干净。廖嘉平心里十分感激，想要付他工钱，保安笑道："不用你付钱，我也参加'时间银行'的，这一小时工让周老师记上就行。"

房东周先生在保安带来的红皮小本上签了名，保安的"时间银行"存折上就多了一个小时储蓄，而周先生的存折上则减去一小时。周先生告诉廖嘉平，这个小区的居民大多不富裕，家里有事常常请不起帮工，所以几年前居委会组织了这个"时间银行"，居民们用互相换工的办法来解决生活中的困难。

这是廖嘉平闻所未闻的新鲜事，他问周先生："保安师傅替我修了车，这工得由我来换，我能干什么呢？"

周先生说："要是你有空的话去附近民工小学上一小时课吧，那保安师傅乡下亲戚来上海打工，孩子就放在那所学校里。"

廖嘉平跟着周先生来到民工小学。这儿原是个菜市场，市场搬走后，小区居委会和物业部门利用原先的大棚顶，在四周加砌了围墙，买来正规学校淘汰掉的旧课桌椅，开办起这个临时性民工小学。这些孩子的父母大都在附近修路摆小摊，或是建筑工地上流动性很大的民工，要是没有这样一所临时学校，孩子们就成天野在马路上，成为小区附近安全隐患最大的群体。学校里没有正式老师，只有像周先生夫妇这样的小区志愿者来给孩子们上课，其实不过是将孩子们圈在这个相对比较安全的大棚里，好让他们父母安心工作而已。

这也许是廖嘉平见过的最为简陋的学校，此前他无法想象上海这样一座国际大都市里，竟然可以同时拥有豪华五星级大酒店和透风漏雨连块完整窗户玻璃都没有的民工小学。这里每个孩子的脸都是脏兮兮的，被寒风吹刮出细细的皲痕。周先生从大袋子里取出一杯杯温热的珍珠奶茶，孩子们便欢叫着扑向他，笑闹声几乎掀翻大棚顶。廖嘉平忽然想起住在西郊别墅里的男孩杉杉，每天坐着私家汽车去学校，一年学费就得两万元。要是眼前这些民工孩子长大后，得知他们与杉杉天地之差的童年生活，他们该会怎么看待上海这座城市呢？

民工小学有一架居民捐赠的旧电子琴，几个琴键接触点坏了，发不出声音来。但这架旧琴和周先生的口琴一样，属于孩子们仅有的音乐启蒙设备。廖嘉平试着用电子琴为孩子们弹奏儿童歌曲，他灵巧的手指跳过那些发不出声的琴键，尽量让孩子们听到完整的乐曲。他不记得这些曲子的确切国籍，幸而音乐本没有国界，孩子们听得津津有味，手脚跟着音乐舞动，还争着挤着把他们脏兮兮的小脸蛋贴在廖嘉平肩头。廖嘉平鼻腔酸酸的，自从来到上海，他一直在为这座城市的富裕阶层弹琴消遣，以赚取自己的生活费，那些有钱人在蓝晶大酒店里喝一杯酒的钱，足够给这些孩子买上十来本好书。

廖嘉平决定开始攒钱，他把每晚打工挣来的钱留出一部分，希望能为民工小学的孩子买架新电子琴。F大学汉语班留学生从廖嘉平口中得知这所民工小学后，每天下午轮流来当志愿者教师，教孩子们英语或带孩子们去公园和游乐场。韩国女生李真玄是志愿者中最积极也最受孩子们欢迎的一个，因为她每次来都会用双肩包背一大包零食给孩子们吃。

小区居民感觉很惊奇，这些民工孩子怎么会忽然引来那么多外国人。日渐一日，下午去民工小学看外国人，竟成了小区许多居民散步消遣时的助兴节目。

八

廖嘉平没想到会在蓝晶大酒店里碰到郭太太和杉杉。离廖嘉平开始弹奏钢琴的时间还有半个多小时，酒吧里只有郭太太母子二人，显然他们是有意选择这个空当来等候廖嘉平的。杉杉迎上前来："廖哥你怎么老也不来我家玩？我带了《帝国战争》升级版送给你，我已经玩过了，不过你在这地方弹钢琴可比我家客厅气派多了。"杉杉毕竟是孩子，还不会掩饰真实情感，廖嘉平确实是他为数不多且真正合得来的家庭教师兼玩伴之一。

郭太太紧接着儿子话说："小廖啊，杉杉这孩子重情意，天天缠着他爸爸要来酒店找你，不晓得你是否看见过我家先生啊？"郭太太今天只化了淡妆，看上去脸盘不如往常那般阔大，神情也显得柔和了些。

廖嘉平说："郭先生来这儿喝过酒，也跟我说过，我有时也很想杉杉的。"

郭太太追问道："那他是一个人来喝酒的吗？有没有别人陪他呢？"

廖嘉平突然明白了郭太太这番话的真实用意，原来她是找上门来刺探丈夫行踪的，于是廖嘉平不想再回答郭太太任何问题，而把视线转向杉杉。

杉杉说："廖哥，我比以前喜欢一点点钢琴了，你还来给我当家教好不好？"

廖嘉平说："钟小姐不是你的家教吗？你不会要两个钢琴教师吧。"

郭太太又开始插话道："哼，那个钟小姐恐怕不是来给我儿子当家教的，再当就要当到我床上去了。"郭太太眼中忽然溢出泪水，而她这几句意思隐晦的话按廖嘉平现有的汉语水平根本无法理解,他只好继续把目光留在杉杉脸上。

杉杉扯住廖嘉平衣袖说:"廖哥,我和妈妈都不喜欢钟小姐,只有我爸爸喜欢她。你来给我当家教好不好?我保证好好听听你话,你叫我怎么练琴就怎么练。"杉杉说完看了母亲一眼,这些话本来就是母亲教他说的,待会儿回家母亲得给他一百块钱。

郭太太用垫在咖啡杯下的餐巾纸按了按眼角泪水,万分诚恳地说:"小廖,你给杉杉当家教时受了委屈,都是我不好,我今天带着杉杉给你赔礼道歉来了,请你看在孩子面上回我家去当家教吧,我可以把原来的工资翻倍给你。"

廖嘉平说:"郭太太,请原谅我不想再当家教了,这不是钱的问题。我觉得杉杉不太喜欢钢琴,他有很多东西可以学,不一定非弹钢琴不可啊。"廖嘉平想起钟亭亭曾经说过她想找个有钱的男朋友,那这个男朋友是不是郭老板呢?尽管廖嘉平内心并不赞同一个女孩子去跟有家室的男人谈情说爱,但那是钟亭亭的个人选择,他不能帮着郭太太去赶走钟亭亭。

酒吧里客人多了起来,廖嘉平该工作了。他向郭太太和杉杉做了个抱歉的手势,坐到琴凳上,翻开今晚的乐谱。郭太太也站起身来,对着廖嘉平后背讥讽道:"哼,别以为你不帮忙我就没办法了,我照样会把那个姓钟的小妖怪赶出门。"

杉杉临走时想把《帝国战争》游戏盘留给廖嘉平,被郭太太一把抢过:"送给他干什么?扔进黄浦江还听个响呢。"可惜廖嘉平没有听懂郭太太的话,他非常礼貌地将郭太太和杉杉送离酒吧。

廖嘉平筹满了两千块钱,他请周先生陪同去买电子琴,想在新年到来之前把这份礼物送给民工小学的孩子们。周先生很高兴作陪,他们来到市中心一家大商厦,那儿有整整一个楼层都卖乐器。电子琴种类很多,可最便宜的也要五千多块钱,廖嘉平看着那些价格牌子倒吸了一口气,他没想到电子琴在中国会卖得这样贵。卖琴的女售货员说:"这里的电子琴都是全进口产品,现在中国孩子娇贵,做父母的也肯花钱为孩子智力投资,谁还买国产琴啊?"

廖嘉平把手伸进口袋，触摸着那两千块钱，尴尬得不知说什么好。周先生觉察出他的窘境，说："小廖你只管挑琴好了，余款由我来付。"周先生从包里取出廖嘉平十分眼熟的那只信封，里面正是他付给周先生的房租。

廖嘉平一把拽住周先生的手说："周先生这不可以，我住您家的房子当然该付房租，给民工小学买电子琴是我自己的事情，不能让您付钱。"

周先生笑道："你以为我把房子租给你真是为了赚取房租吗？其实我也是想为民工小学的孩子们积点钱添置学习用品。既然现在你我想到一块去了，这钱谁出不一样呢？"

廖嘉平这一刻想起周先生在"上海饭碗"餐厅为周太太过的那个简朴生日，忽然感觉眼眶湿润了。周先生夫妇俩并不缺钱，但却过着上海人眼中近乎节俭到极点的生活，他们如此慷慨地将钱捐赠给那些民工孩子，又图什么呢？

周先生似乎猜到了廖嘉平的疑问，笑道："我们夫妇多少年来已经习惯了过节俭日子，以前儿子在的时候，我们想把省下的钱统统留给儿子孙子，中国人世世代代都这样做。如今儿子不在了，我们也不想改变生活方式，所以就把爱儿子的那份心思用在民工小孩身上，那些孩子长大了一样对国家有用。"

廖嘉平决定接受周先生的好意，他挑选了一架日本雅马哈电子琴，和周先生一块付了钱，等不及商店隔天送货上门，两个人互相搭把手就把电子琴扛回了家。

九

新的一年伴随着强冷空气降临上海，而在民工小学四面漏风的简陋教室里，一场新年音乐会却热气腾腾地开始了。民工小学孩子和他们的父母亲挤满教室各个角落，大人小孩脸上都红彤彤的，因为天气寒冷同时也过于兴奋。他们中很多人生平头一回听说"音乐会"这个词，尽管他们生活在上海这样一个文化大都市里，但音乐却是离他们十分遥远且过于奢侈的东西。

廖嘉平在电子琴上弹奏出一支支快乐喜庆的乐曲，其中不少是儿童曲，孩子们听得十分投入，很快便能跟着电子琴的节奏摇头晃脑。一曲奏毕，大人孩子边鼓掌边大声叫好，他们还不懂听音乐会的规矩，大概觉得不大声喊叫不足以释放内心情感。在廖嘉平演奏间隙，周先生也亮出了绝活，他把两支重音口琴合在一块吹奏，音量音色几可与电子琴媲美。周先生吹奏的多为中国民歌，台下知音更多。当廖嘉平和周先生合奏完一首《新春波尔卡》时，叫好声简直能震塌民工小学简陋的棚顶。数九寒天，教室里又没暖气，廖嘉平和周先生额头竟然都渗出汗来。原来小区居民也闻声前来助兴捧场，连教室窗台上都坐满了人，硬是靠人气驱走了寒冷。

这是廖嘉平感觉最为满足的一场音乐会，他让眼前这些生活在社会底层的中国孩子第一次走进了音乐的神圣殿堂。这里的孩子大多没有固定居住点，他们得跟着父母讨生活的脚步四处为家。但廖嘉平相信今天这场音乐会一定会留在孩子们的童年记忆里，长长久久伴随着他们长大。

寒假前一天，F大学留学生院大门外来了几个男人女人，手里提着各式礼物。有盒装蛋糕，有这个季节里很稀罕的哈密瓜和草莓，一个中年女人甚至拎着一只活的肥母鸡，那鸡被网兜憋得伸出通红的脖子不停发出咕咕声。这些人声称来F大学找小廖老师，门口保安说："这里是留学生院，都是外国人，哪会有你们认识的人？"

拎母鸡的女人笑道："我们要找的小廖老师就是长着中国人面孔的外国人呀，他给我们孩子上课不收一分钱，眼看快过年了，我们代孩子来谢谢他。"

保安去留学生楼喊来廖嘉平，他身后还跟着一大群各种肤色的外国同学。喜欢热闹的韩国女孩李真玄提议用这些礼物再开个派对，地点就选在廖嘉平的房东周先生家，要不谁能对付这只老母鸡啊。

廖嘉平打算回墨尔本去过寒假，临行前问周先生夫妇回来时能否继续在这儿租房，周太太说："小廖，从今往后你在上海也有一个家了，什么时候回来都行。"

　　廖嘉平乘坐东方航空公司的夜航班机回墨尔本，他在浦东机场候机大厅见到了一个熟悉的身影，原来钟亭亭与他乘同一个航班去澳大利亚留学。廖嘉平向钟亭亭问起男孩杉杉钢琴学得怎么样，钟亭亭轻轻摇着头，眼中露出一丝淡淡的忧郁："他们家给了我三年的留学费用，条件是让我走人，我想那个男孩永远不会弹好钢琴的。"

　　波音767客机如同一只大鸟，昂首冲入无边的夜色里。廖嘉平透过机舱窗户向下望去，机翼下是一片璀璨的灯海。他找到了那条曲折蜿蜒的黄浦江和跳跃在江边的霓虹灯，像极了他天天面对的五线谱，正演奏着永不停息的夜上海波尔卡。

诺曼底彩虹

一

　　杨清芬推开家门,屋里静悄悄的,可她分明听到女儿思宁的一声长叹。自从高考成绩发榜后,女儿开始沉默下来,时而面壁发出几声叹息,声声充满沧桑感,母亲的心因而被刺得很痛。女儿已尽了最大努力,却仍以7分之差与本科分数线失之交臂,只能进个大专。杨清芬不想让女儿上高复班等待来年再考,也不愿女儿去读什么野鸡大专,她得顾及女儿和自己的脸面。

　　杨清芬本不想打扰女儿想心思,可这个家总共才二十来平方米,一间半的小套房,哪怕多出个茶杯都没处藏,女儿在里屋一定也听见母亲回家了。于是杨清芬索性弄出些声响来,她在厨房里切开西瓜,将鲜红的瓜瓤掏出装入瓷碗,随即故意用轻快的口气喊女儿:"思宁,快来吃西瓜,冰镇过的,甜得不得了。"

　　女儿坐在母亲对面的小板凳上吃西瓜,眼角处挂着一丝泪痕。厨房里又是一阵沉默,只有勺子碰击瓷碗发出的轻微声响。女儿吃完西瓜,眼睛依然盯住空碗,低声说:"妈,珠珠要去澳大利亚留学,今天去办签证了。"珠珠是女儿最要好的朋友,两人从小学到高中一直同班。珠珠高考成绩也不理想,刚刚踩上本科分数线,读不了好专业,就像傍晚才赶到菜市场,只能捡别人挑剩的货。珠珠父母都是国家公务员，经济实力强，不愿委屈女儿，决定自费送珠珠出国留学。

杨清芬听女儿说完，忽然眼睛一亮："对呀，思宁，我们怎么就没想到这一步呢？你也可以像珠珠一样自费留学嘛。"

"妈，你有没有搞错？自费留学一年少说十几二十万，就你那点地段医院护士工资，养活我已经不容易了。"女儿眼中闪过一丝希望，却很快消失了，她重新低下头去，不想让母亲看见眼眶中浮起的泪水。

女儿的眼睛很像她父亲。几年前，弥留之际的丈夫被病痛折磨得睡不着觉，几乎每天夜里都倚靠在杨清芬怀中，只要听到妻子说一句"你会好起来的"，丈夫眼中便闪动起求生的渴望。杨清芬无力挽回丈夫的生命，但这一刻她在心里对丈夫发誓，一定不再让女儿那双眼睛失望。

第二天正好杨清芬休班，她本想同女儿细细商量出国留学一事，可女儿要陪珠珠去买笔记本电脑，临出门还撂下一句话："妈，我知道自己是单亲家庭，没珠珠那样的好命，你别再提了。"

女儿的话深深刺激着杨清芬的神经。什么命不命的，不就是钱吗？只要舍得花钱，思宁可以跟珠珠一样走出国门，挑选自己喜欢的学校和专业，将来学成回国，就是响当当的"海归"，前程不可估量。丈夫生前常跟她说女孩子得宠着养，宠着养大的女孩才会具有高贵气质。杨清芬对宠着养的理解便是舍得在女儿身上花钱，即使倾家荡产也应该在所不惜。

丈夫去世时仅给杨清芬和女儿留下八万块钱，这些钱原是丈夫做肝移植手术的第一笔费用，可还没来得及上手术台就不行了。事后曾有人安慰杨清芬："那是你丈夫心疼你们母女，替家里省钱，要是上了手术台又没救过来，不是人财两空吗？"这本绛红色封皮的存折杨清芬再也没动过，那里头的钱是丈夫用生命换来的，只能在最关键的时候花在女儿身上，因为女儿是丈夫生命的延续。

杨清芬在丈夫遗像前静默片刻，然后擦去泪水，将存折放入包中，她相信丈夫一定赞成她的主张：用钱为女儿蹚出一条通向美好未来的大路。杨清芬工作的地段医院斜对面就是华夏大学，大学围墙外至少有五六家办理出国留学的中介公司，门面有大有小。每年高考发榜后，中介公司通常门庭若市，挤满了家长和孩子。杨清芬挑选的留学中介公司也叫"华夏"，这个名字增加了她心里的安全感，想来跟著名大学同名，总归比较可靠吧。

中介公司接待大厅四周墙面被五彩缤纷的留学广告所覆盖，杨清芬目光开始搜索有关澳大利亚的信息。珠珠要去澳大利亚留学，那么杨清芬也不能委屈女儿，她柔弱的肩膀硬扛也得把女儿扛至跟珠珠一样的高度。

"阿姨您好！送孩子出国留学吗？想去哪个国家呀？要不要我给您当参谋？"一位身穿黑色套装，脖子上挂着工作牌的小姐走过来招呼杨清芬，她微笑着将杨清芬请入用屏风隔开的小间，那里面有张玻璃圆桌和几把靠背软椅。

杨清芬的紧张心情在对方笑容中松弛下来，她注意看了看小姐胸前的工作牌，试探着问："叶小姐，要是送孩子去澳大利亚上大学，得花多少钱啊？"杨清芬说话时双手将皮包紧紧按在小腹部，似乎要靠包里那张存折替自己壮胆。她这个下意识的动作被叶小姐看在眼里，家境寒酸的人到哪儿都缺少底气。

叶小姐依然笑容不改："阿姨，您的孩子是男生女生啊？托福、雅思、中口、英语四六级成绩有吗？至于留学费用嘛，各个国家各所大学都不同的。"

杨清芬除了告诉叶小姐自己有个女儿，其他问题都答不上来。当然，她在犹豫片刻之后对叶小姐说："孩子没了爸爸，我又不会辅导，所以高考成绩不太理想，不够本科线，要不也不会想到出国读书的。"杨清芬说完低下头，好像女儿高考失败是她这个当妈的罪过。

"阿姨，您别担心，我们中介公司就是吃这碗饭的，经过我们包装，绝大多数孩子都能顺利出国，改天您把女儿带来，我也好当面指点她呀。"叶小姐给杨清芬留下名片，她知道这样的客户必定会再次找上门来。

二

思宁没想到母亲真的铁下心来要送她出国留学。刚刚遭遇高考失利重大挫折，女孩眼中的世界变得一片灰暗。现在母亲将留学中介公司名片放在她面前，重新为她燃起了希望之光。思宁张开双臂搂住母亲瘦弱的身子，哽咽道："妈，真的要送我出国？你简直太伟大了。"

杨清芬眼眶湿润了，把那个存折放到女儿手上："得谢谢你爸，是他给你留下的钱。"

思宁手捧存折站在父亲遗像前喃喃道："爸，你放心吧，我会好好读书，将来一定孝敬妈妈。"

第二天，杨清芬带思宁来到华夏中介公司，叶小姐像见了老朋友一样请母女二人去小隔间商谈。思宁红着脸说："叶小姐，我英语成绩不行，什么证书也没考过，办出国留学会不会有问题？"

叶小姐将手搭在思宁肩头，大姐姐般亲切宽慰道："妹妹，不要担心，哪怕你从来没学过外语我也有办法送你出国，我的工作就是帮你圆留学梦的呀。"她说着从文件夹里取出一叠国外学校资料放在小圆桌上，大多是外文的，少数几份注上了中文，所有学校资料无一例外配有很能吸引眼球的彩色照片。

"阿姨，妹妹你们看，这是法国大学预科学校的资料。进预科学校主要是学法语，入学门槛低，只要有中国高中毕业证书就行。虽说读预科学费有点贵，但一年后考进法国公立大学就好了，学费全免，只需交点儿注册费，那样的话不是等于法国政府为妹妹付学费，培养妹妹成为大学生吗？再说妹妹人长得这么漂亮，到法国去读书，多见识一下法国女郎，气质肯定会更加优雅，将来找老公身价档次也高了。"叶小姐说这番话时很注意观察杨清芬母女的反应，虽说最后几句话是半真半假开玩笑，但她相信自己对这个家庭经济实力及女孩心思的判断不会错。

果然，杨清芬听说法国所有公立大学都免学费，惊喜得张大嘴巴呆呆望着叶小姐，好半天才憋出一句："真的吗？哪能有这么好的事啊？"

思宁看到资料照片上一群肤色各异的男孩女孩坐在草地上聚餐，他们身后是一栋栋童话小屋般可爱的校舍，掩隐在绿树丛中。在思宁印象中，法国可是以香水、葡萄酒、时装、漂亮女郎闻名的浪漫国度，要真能去法国读书，珠珠那个连空气中都飘散着牛羊膻味的澳大利亚又算什么呢？

女孩彻底心动了，对母亲说："妈，那我就去法国吧，听叶小姐的话准不会错的。"其实此刻思宁想的是过一会儿怎么去向珠珠炫耀一番浪漫法兰西。

杨清芬交了五千元定金，叶小姐将她们母女二人送至门口："阿姨、妹妹你们放心好了，护照、签证、机票、入学通知连同在法国的住宿我都会帮忙办好，到时候妹妹只要拎着箱子去外国当大学生就行了。"杨清芬则千恩万谢："叶小姐，拜托，拜托，我和女儿就在家等你信啦。"

思宁一走出留学中介公司，迫不及待给珠珠发去了短信，这是自高考发榜以来她最开心的一天。

此后一个月，叶小姐几乎隔三岔五给杨清芬和思宁来电话，通知她们去支付下一笔费用或是填写一些表格。每见一次叶小姐，那张存折上的数字就减少一点，然而杨清芬的不安心情总会在叶小姐报告事情进展情况后稍稍松弛下来。思宁已开始沉湎于对浪漫法兰西之旅的憧憬，至于出国留学究竟要花多少钱，无须她来操心。幸好存折数字止跌于最后的一万五千块，杨清芬从叶小姐手上接过女儿的护照签证及入学通知书时，长长舒了口气。

叶小姐做事很地道，她将代理思宁出国留学所有费用的发票收据复印做了个备份，票据原件则一一清点后交给杨清芬。叶小姐说："阿姨，我们公司做事情讲规矩，你看我从头到尾为妹妹忙了一个多月，公司只收一千块钱代理费，真像给客户义务劳动一样。"

杨清芬想起自己曾经疑心过中介代理人会暗中吃客户回扣，现在听叶小姐这么说，心里又觉得很过意不去，她咬咬牙摸出两百块钱往叶小姐手里塞。叶小姐赶紧推开杨清芬胳膊："阿姨，我跟你开玩笑呢，只要能帮你家妹妹圆出国留学梦，我心里比什么都高兴。你要真给我小费，那就是砸我饭碗了，我们公司规定员工不能擅自接受客户好处的。"

从中介公司出来，杨清芬直接去了趟银行，将存折上仅剩的一万五千块钱全部换成欧元现金，准备给女儿带在身边。思宁摸着尚留母亲体温的欧元纸币，眼泪涌了出来："妈，我把家里钱都用光了，你以后怎么办呢？"

杨清芬抹去女儿脸上泪水："傻丫头，妈每月有工资，怕啥？只要你能学好法语考上公立大学，往后妈只要负担你生活费就行了，累不着的。"杨清芬努力做出轻松表情，心却朝着一个无底黑洞坠落下去。她明白自己每月满打满算三千多元工资，跟女儿在上海生活已显得紧巴巴，怎么可能靠工资来负担思宁以后几年的留学费用。叶小姐倒是给杨清芬出过主意，但她此时不能告诉女儿，她得让思宁无所顾虑开开心心踏上法兰西土地。身为单身母亲，杨清芬的神经已被生活磨砺得异常坚强，她自己能够承担的，决不肯让女儿来分忧。

三

坎贝尔，法国西北诺曼底大区名城。刚进入十月，萧瑟秋风已为整座城市铺上了金黄落叶。

这个早上，思宁刚走出巴黎戴高乐机场海关，就看见一位中年华人男子举着纸牌，上面写着"上海刘思宁小姐"七个大字。男人向思宁自我介绍："陈鲁年，坎贝尔法语学校副校长。"他身边还站着几位与思宁年龄相仿的中国学生，看样子是乘坐其他航班刚刚抵达巴黎。

思宁迫不及待地问陈鲁年："陈老师，您马上带我们去逛巴黎吗？是不是先去看埃菲尔铁塔呢？"

陈鲁年笑着摇了摇头："刘思宁，要知道你们是来法国留学的，不是旅游，我们现在马上去坎贝尔。"

思宁和另外几个男孩女孩脸上露出失望表情，无奈地拖着各自行李箱跟陈鲁年走。他们大多第一次离开父母走出国门，又不懂法语，几乎没人敢对陈鲁年的安排说个不字。思宁连巴黎的天空都没看上一眼，因为去坎贝尔的火车就在戴高乐机场地下层，不用出机场。

中午时分火车到达坎贝尔，陈鲁年去停车场开来一辆中型面包车，将这群中国孩子连人带行李一块拉到了法语学校。

思宁没有看见漂亮的童话小屋和绿色草坪，眼前这栋三层楼房那斑驳的外墙和掉光了油漆的木质百叶窗，如同饱经岁月风霜的老人披了件破衣裳,佝偻着身子迎候思宁和她的伙伴们。

陈鲁年说:"这里就是坎贝尔法语学校,你们先认识一下,往后我不可能天天开车接你们,好在你们的住宿处都离这儿不远。"

有个叫健建的男孩打了声口哨,一脸不屑问道:"陈校长,我们可不是要饭的难民。留学中介公司说法语学校设施一流,依我看,这房子早该让推土机推倒了,什么破学校。"

健健的话引来同伴们一片附和声,思宁拿出从上海带来的中介公司资料递到陈鲁年面前:"陈老师,这儿有照片上的小洋楼吗?花园草坪又在哪儿?"

陈鲁年尴尬一笑:"别忘了这儿是法国,在法国人眼里,越是古老的东西越有价值。这栋房子经历过第二次世界大战,有历史意义,现在你们能在这栋楼里学习,应该感到幸运。"

"幸运?我们的爹妈花了好几万块钱送我们来法国留学,不是来住破房子的。"健健寸步不让,脸色涨得通红,像只好斗的小公鸡。

"就是嘛,这样的危房当学校,出了事怎么办?"有两个女孩跟在健健身后嘀咕。

思宁此刻想起母亲给她看过的那本存折,里面的钱是父亲用生命换来的,现在这些钱很可能已被中介公司和陈鲁年联手骗走了不少。她突然悲从心起,蹲下身子伏在行李箱上哭了起来。

陈鲁年脸上闪过一丝不易察觉的惊慌,这群中国孩子都来自大城市,个个脑子很灵活,不是他想象的那样好糊弄。于是陈鲁年换了副面孔好言相劝:"同学们,如果大家不满意这个地方上课,我们还可以再商量嘛。可今天时候晚了,我得先送你们去各自的住宿点,总不能在这儿过夜吧?"

经过长途旅行的少男少女们早已疲惫不堪,陈鲁年的话让大家意识到远离父母身处异乡的现实环境,不可能由着性子撒娇。健健情绪慢慢安静下来,思宁也擦去了泪水,男孩女孩一个个跟在陈鲁年身后重新坐上车,像一群无助的羔羊,在牧羊人的指挥下进入羊圈。

陈鲁年将车子停在一幢带院子的二层小楼门前,车门还未打开,几条半人高的狗狂吠着冲向汽车,竖起前爪贴在车窗上。思宁吓得大声惊叫,随即看见一位七十多岁的老太太走了出来，那些凶狗才乖乖摇着尾巴散去了。陈鲁年招呼思宁下车，一边迎向老太太："索菲太太，这就是您的新房客刘思宁小姐。"

思宁用刚学会的法语向老人问候："Bonjour, Madame（您好！夫人）。"索菲太太笑了："Bonsoir, mademoiselle（晚上好，小姐）。"思宁不好意思吐了下舌头，明白自己把问候语时间搞错了。

索菲太太把陈鲁年和思宁让进底层客厅，很快收起脸上笑容。沙发边的茶几上已放着一份打印好的租房合同，索菲太太请陈鲁年翻译她的话："今天是10月4日，房客必须交清全月200欧元租金，以后每个月4号交房租。"

思宁呆呆望着索菲太太，上海中介公司叶小姐口口声声说已为她安排好住宿，谁想付掉好几万块钱竟然还不包括在法国第一个月的200欧元房租。思宁无奈转身走到客厅一角，撩起外套，用力撕开内衣下摆处一个被缝死的小口袋，那里面是母亲给她的全部现金1500欧元。思宁拿出两张翠绿色的100欧元票面纸币交给索菲太太，又按老太太指点在租房合同上签了字，这才有权利走进属于她的暂时栖身处，客厅边一个十二平方米的小房间。

屋子里有一张单人床，床头放着一张老式雕花写字台和同样雕花的靠背椅，对面是一排壁橱，拉开橱门便闻到一股霉味。思宁坐在床边环顾四周，顿时被一种莫名的孤独感包围了。离开上海仅仅二十来个钟头，她已经开始想家，这个时候母亲应该下班回家了，很快厨房里会飘出她熟悉的饭菜香。可是现在没有人来问她是否饿了，索菲太太正手忙脚乱喂她那些狗呢。

思宁眼眶又湿润起来，她拿出手机给母亲发了条短信："妈，我已平安到达坎贝尔，住处也安顿好了，放心吧。"不过两分钟就收到母亲回复："宝贝，好好照顾自己，安心读书，妈永远做你后盾。"思宁的眼泪终于夺眶而出，她不知道自己离开上海后二十来个小时母亲是怎样一分一秒熬过来的，母亲一定不会想到女儿正饿着肚子坐在法国西北部一个陌生老太太家的小屋里流眼泪。

四

　　思宁在法语学校走廊上遇见了那个阳光帅气的男孩健健，他耳朵里塞着 MP3 听音乐，摇头晃脑走过来，在这人生地不熟的异国他乡，健健算是思宁最熟悉的人了。健健看到思宁，忙拔掉耳塞，跷起大拇指朝身后一间教室指了指说："那就是咱们法语零起点班，老师还没来呢，我到外面再逛会儿。"说完又塞上耳机晃荡着身子走了。

　　零起点班教室里有二十来个学生，全都是中国人，既然没有语言障碍，索性三五个围成堆聊天说笑。思宁恍惚中回到了上海，读高中时教室里也是眼前这般场景。

　　有个眯缝眼女孩朝思宁招手："刘思宁，过来呀，吃薯片吗？法国薯片就是比中国的好吃。"

　　思宁认出这女孩也是那天由陈鲁年接机中的一个，可她有点不好意思，人家都叫着名字请你吃东西了，自己却不知那女孩姓甚名谁。幸好这时健健回到教室里，闻到香味径直走过来，抓起桌上的薯片就往嘴里扔，一边说："米拉拉你真行，这薯片哪买的？我待会儿也去买点吃的。"

　　米拉拉顿时眉飞色舞："嗨，别瞧咱学校破，可方便'血拼'哪。我侦察过了，从学校边门出去抄小路走十分钟就有个'家乐福'超市，那边什么商店都有，还有个网吧呢。"

　　思宁没想到米拉拉已如此熟悉这儿的生活环境，相比之下自己太胆小了，因为无法跟房东老太太语言沟通，她连个面包店都没找到。于是思宁对米拉拉说："待会儿你们去超市带上我，我得为自己买菜做饭啊。"

　　米拉拉惊讶不已："自己做饭？天哪，刘小姐可真能干啊。"

　　健健接着米拉拉话音："做什么饭？要是出国得自己做饭，我才不来呢。一会儿咱们去快餐店，我请客。"

　　米拉拉高兴地拍了一下健健后背："当然得男人请客嘛。"

　　全班学生等了差不多有半节课时间，忽见学校女秘书走进教室宣布："今天法语老师有事不能来上课，请大家回去吧。"不知是否此类情形经常出现在这所学校，女秘书连抱歉或解释话语都省略了，转身就走。

教室里安静下来，仅仅几秒钟后，米拉拉便带头欢呼："哦，老师放我们假喽，走啊，逛街去。"

思宁有点失望，她扯了扯米拉拉衣角："老师不来上课你还高兴？我们可是交了好几万块钱学费的。"

米拉拉撇了下嘴，凑近思宁耳朵："你还真想当优秀生啊？谁不知道这种野鸡学校就是跟国内中介公司联手骗钱糊弄人的，要不你我的签证那么好拿呀？"

"要是这一年预科不好好读法语，考不上公立大学怎么办呢？"思宁想起临行前母亲那期待的目光，心急如焚。

米拉拉露出不耐烦神色："不是有一年时间吗？先混着再说呗。哎，你到底去不去'家乐福'？不去我可要走啦。"

思宁跟着米拉拉健健一伙逛超市，她好几天没吃过一顿像样饭菜，因而目光不停搜索食品货架。三根扎成一捆的胡萝卜2欧元，200克一盒的生猪肉15欧元，4个一袋的羊角面包8欧元……思宁每打量一种食品价格牌，便快速计算出欧元与人民币的兑换价，她的心不由自主狂跳起来，法国食品之贵让她几乎不敢相信自己眼睛。按照这样的生活消费水准，她从上海带来的钱还不够在此地过上三个月。然而思宁今天必须在这个超市买些食品带回去，她总不能让自己饿死吧。思宁拿了1欧元的盒装牛奶，另外棍子面包也还算便宜，500克一根的才0.90欧元，鸡蛋种类很多，她挑选了最廉价的那种，30个鸡蛋7欧元。其实货架上还有思宁喜欢的"达能"酸奶和黑巧克力，这些在上海天天可以吃到的东西，此时在思宁眼中已升格为奢侈品，她得努力控制住自己的食欲。

米拉拉和健健各自推着购物车在收银台前等候思宁，两人车里都堆满了东西，相比之下思宁手上提着的购物篮显得有些寒酸。米拉拉不解地问思宁："来趟超市你怎么不多买些东西？这儿离你住处可不近哦。"

思宁红着脸，可她不好意思告诉别人真实原因，低下头喃喃道："我怕买多了拿不动呢。"

米拉拉哈哈大笑，随即没心没肺地宽慰思宁："放心，过几天我就买辆车，往后不管你买多少东西我都给你送到家去。"

思宁听了这话吓一大跳，自己连酸奶巧克力都舍不得吃，米拉拉居然敢在法国买车，她怎么会那么有钱啊？

健健信守承诺，执意要请米拉拉和思宁吃饭，他选中超市旁边一家布列塔尼海鲜风味快餐店，一口气点了三份对虾套餐，每份25欧元。

思宁以为健健疯了，拼命拉扯他胳膊："你真想请客就请我们吃麦当劳或比萨饼吧，这家店太贵了。"

健健甩开思宁的手："刘小姐，你太不上档次了吧，到这种地方吃饭还嫌贵，那真的饿死算啦。"

米拉拉也劝思宁："今天就让健健做东吧，总得给男人个面子，改天我回请他好了。"

餐馆老板年过半百，站在店门口毕恭毕敬迎候客人。自从这些有钱的中国留学生一批批来到坎贝尔，他们阔绰的消费行为几乎带动了整个地区经济发展，尤其是服务性行业获益最大。

健健对餐馆老板的服务十分满意，吃完饭很有派头地留下零钱作小费。思宁有意瞥了一眼，那是四枚2欧元硬币。

走出餐馆时米拉拉接到父亲从中国打来电话，催问女儿什么时候去买车。米拉拉有点不耐烦："过几天再说吧，这个乡下地方尽是雷诺、标致车行，买宝马说不定得去巴黎呢。"

这天傍晚思宁回到家，索菲太太已坐在客厅等她："刘小姐，租房合同上还没包括水电煤气费，这栋房子现在是你我二人合住，分摊一半很合理吧，请你再付我30欧元。"

思宁暗想我才来了几天，凭什么得分担一个月的费用？可她法语还不行，无法对房东太太表示不满，于是一言不发走进自己房间，把门摔得很响。

谁料索菲老太太也不是省油灯，赶过来拍打思宁房门："小姐，您要是不想分摊水电费的话就请走人，现在来坎贝尔的中国人那么多，我有房子还怕租不出去吗？"

思宁没开门，脑子却冷静下来。这儿不是上海，母亲也不在身边，即使索菲太太的要求再不合理，毕竟还为自己提供了一个可以暂且栖身的地方,像她这样的弱势房客没有多少资本可以跟房东较劲的。要是自己像米拉拉那样有钱就好了,思宁一定立马收拾起行李走人,再去租更好的房子,气气门外那个老太婆。然而心中的假设不会变成现实,思宁不得不再次扯开内衣上缝死的口袋,小心翼翼数出30欧元,出去放在客厅茶几上。

索菲太太正在看电视,眼角余光捕捉到房客小姐的每个动作细节,她脸上掠过一丝不易察觉的胜利者微笑。

诺曼底的冬天来得格外早,十一月初已飘起了雪花。思宁来法国一个月,去上课的日子仅有十二天。这所法语学校没有教学计划,没有固定的教师,甚至连教科书都没有,上课时老师随便发几张复印的讲义,其中的内容在法汉词典上都能找到。有时任课教师来不了,陈鲁年就亲自顶替站讲台,或是找个当地高中生应付几小时,好像思宁等中国留学生是法语学校喂养的牲口,只要有人看住栅栏门就行了。思宁不敢把这儿的真实情况告知母亲,那样母亲会心疼死已经付给中介公司的好几万块钱。但是思宁不能不为自己将来能否进法国公立大学担忧,她总不能糟蹋完父亲留下的钱一无所获回国吧。

思宁不止一次跟米拉拉和健健袒露过这份担忧,可米拉拉一点都不操心以后的事情。法语学校无缘无故停课,对米拉拉来说就像过节,她已经买了一辆红色宝马车,三天两头带班上同学出去兜风,思宁当然也在受邀请之列。

几天前米拉拉和健健要思宁跟他俩一块去圣米歇尔山玩,途中见思宁愁眉苦脸,健健就宽慰她说:"思宁你根本不必为日后上公立大学的事犯愁,不瞒你说,陈鲁年暗示过我,只要我们在这个法语学校待满一年,他保证让我们进入当地公立大学。要知道现在中国留学生可是诺曼底地区的财神爷,法国人当然希望我们长期留在这儿,我们进不了大学对他们有什么好处呢?"

思宁不敢相信健健的话,把脸转向米拉拉。米拉拉十分肯定地点头道:"现在你放心了吧,反正到时候你我都能拿上法国文凭回去。"

思宁问:"那我们将来会不会拿着假文凭回国啊?"

健健讥讽道:"那谁知道,你以为假文凭就中国有啊,天真!"

米拉拉说:"我本不想出国留学,可老爸老妈觉得不送我出来兜一圈让他们很没面子,那我就在法国混几年吧,到时候随便拿张什么文凭回去交差就行。"

思宁依旧眉头紧锁:"我妈还等着我当上'海归',回国找份好工作替她脸上争光,要是混张假文凭回去,没准会被用人单位识破的。"

健健不耐烦了:"思宁你这种小姑娘活得像老太婆,总想把一辈子的事都安排好,累不累呀?你放心好了,要是将来回上海找不到好工作,让我老爸帮你搞定。"

思宁从心底里羡慕米拉拉和健健,他们的爹妈要么有钱要么有权,所以他俩自然不会体察思宁的心情。这天晚上,思宁给远在澳大利亚的好朋友珠珠发了条短信诉说烦恼和担忧,可珠珠的回信有些文不对题:"外面的世界真精彩,有钱永远快乐!"

五

杨清芬又来找叶小姐了。接到女儿电话后,她整夜睡不着觉,第二天一早就等候在中介公司门外。杨清芬问叶小姐:"当初不是说那六万多块钱能保证我女儿在法国第一年的全部费用吗?怎么小姑娘才去了不到两个月就来要钱了呢?"

叶小姐依然笑容可掬:"杨阿姨,我们是留学中介公司,当初承诺的一年费用只是指读书学费,并不包括日常生活开销,不信你回去再仔细看看合同,那上面写得清清楚楚,六万多块钱一年怎么可能?再说现在的孩子哪个不是大手大脚花惯钱了的,只怕一年六十万也不嫌多呢。"叶小姐回答得坦坦荡荡,合情合理,倒让杨清芬觉得不好意思了。

思宁在电话里向母亲列出了生活明细账,声明要是母亲不能每月往银行卡里打入500欧元的话,她只好回国了。女儿略带哭腔的嗓音噬咬着母亲神经,杨清芬决定破釜沉舟做最后一搏,卖房子。

叶小姐看透了杨清芬心思,不露声色鼓励道:"杨阿姨,现在卖掉房子送子女出国留学的父母多得很,用我们留学中介的行话来说叫资产转移。房子虽是财产,但让孩子受到更好的教育也是一种投资行为,而且将来的回报不可估量。你现在卖掉老房子让女儿读书,日后她学成回国说不定买栋别墅孝敬你呢。"即使叶小姐不说这些话,杨清芬也很清楚自己的家庭经济状况,要想让女儿成为出国留学大军中一员,她只能卖掉房子,没有第二种选择,于是杨清芬告别叶小姐后便回家取房产证。

这套房子是当年丈夫单位分的福利房,后来花一万多块钱买下了产权。杨清芬从抽屉里取出房产证,房产证外面套着好几层塑料袋,袋口用胶带封住。杨清芬记得那时丈夫对她说:"家里最值钱的东西就数这张房产证了,得小心别让它受潮。"丈夫病重时,亲朋好友中有人建议杨清芬卖掉房子送丈夫去香港做手术,可丈夫死活不同意。他知道自己不会太久于人世,无论如何得为妻女保住可以避风遮雨的房子。

此时杨清芬的眼泪滴落在塑料袋上,她赶紧用衣袖擦去,又抬起头来望着丈夫遗像说:"我知道卖房子你一定不高兴,但我也实在没办法,思宁在外国读书等着用钞票,钱花在女儿身上你总归舍得吧?"杨清芬把房产证放进包里,她没有勇气再看一眼丈夫那双眼睛,急匆匆走出家门。

离杨清芬家不远那条街上有十多家做房屋买卖中介生意的店面,自从国家出台一系列控制房价政策后,房产中介生意很快清淡下来,几乎家家门可罗雀。杨清芬在一家看起来门面装饰稍显气派的中介店外停住脚步,有个小伙子立刻从里面跑出来招呼她:"阿姨您是要买房、卖房还是租房啊?请进来谈吧。"

杨清芬坐在小伙子面前,犹豫片刻从包里取出房产证说:"先生你帮我看看,这套房子能卖多少钱啊?"

"阿姨,我姓古,叫我小古好了。"小伙子先递过自己的名片,然后看了一下杨清芬房产证上标明的地段和面积,反问道:"阿姨,最近国家的控制房价政策您不会不知道吧?要不是急等钱用,一般卖家都不肯赶在这时候出手,您的房子面积不大,又不用交房产税,为什么现在想卖掉呢?"

杨清芬觉得小古说话很实在,不像那些油嘴滑舌的中介商,便直言相告:"我女儿出国留学去了,外面开销大,靠我每个月的工资根本供不起,所以只好卖房子。"杨清芬眼眶又红了。

小古理解地点点头:"真是可怜天下父母心啊。阿姨,我这就将您的房子挂牌出去,但什么时候能遇上合适的买家就不好说了。眼下房市冷落,买家卖家都不肯轻易出手,我们店已经连续十多天零成交了。"

杨清芬将自己工资卡上仅剩的三千多块钱换成欧元汇给女儿,并且叫女儿放心,以后她每个月一定会按时将钱汇到法国去的。杨清芬不想把卖房子一事告诉思宁,她得努力让女儿像那些有钱人家孩子一样无忧无虑地在国外读书。

自挂牌售房后,杨清芬差不多每天下班后都特意绕道去那家中介门店看看。其实小古留有她的手机号码,有消息自然会及时通知,根本无须她亲自跑去店里。而小古看到杨清芬,也总是一脸歉意:"阿姨您瞧,我已经把牌子挂在最醒目位置了,可还是无人问津。要是您实在急着卖掉,那么售价是否肯再降低些呢?"

杨清芬心头一阵狂跳,她知道房屋买卖可不像农贸市场讨价还价,口气稍松一点,到手的钱可能就少掉个五位数呢。杨清芬只好以十分耐心的口气婉言谢绝小古:"不着急,再等等吧,卖房子到底不是小事,还是慎重点好。"

小古也真算尽心,过了一个多星期,便通知杨清芬有买家当天想看房。杨清芬正在当班,但她不想错过机会,特意同别人换了班赶回家去等候。买家到来之前,杨清芬又把房子收拾了一番,尤其是厨房和卫生间的角落处。这是小古在电话里事先关照过的,他说有些买家进门后会专挑那样的隐蔽处仔细察看。

小古带来的买家是个外地男人,在附近花鸟市场做了十多年花草苗木批发生意,积攒了些钱,想在上海买套小户型二手房真正安居下来。那外地男人身材魁梧,看面相是个豪爽之人。他进门后粗粗瞅了瞅房子和屋内各种设施,不等杨清芬请,自己就在客厅沙发上坐下了,并开口问杨清芬:"有烟灰缸吧,我想抽支烟。"

杨清芬家没男人,她自己又常年在医院工作,很忌讳身边有人抽烟。然而今天不同,这个抽烟男人很可能成为房子买家,杨清芬不希望让一个不愉快的细节放跑成交机会。她应声去厨房找了个旧搪瓷盘子给男人当烟灰缸，自己坐在沙发对面，袅袅腾起的烟雾让她猝不及防呛出声来，但她努力保持着脸上微笑表情。

男人过了把烟瘾，露出满足的笑容说："大姐，你这房子不错，我要了，就按挂牌价卖给我吧。不过我想多问一句，这么干干净净的一套房子你干吗急着卖掉，往后你自己住哪儿呢？"

杨清芬没想到买家爽快得连讨价还价过程都省略了，事情进展之顺利实在出乎她意料。于是杨清芬老老实实道出原委："我送女儿出国留学，可她爸爸去世了，要是不卖房子靠我那点工资实在供不起呀。"

男人听了这话沉默不语，紧接着又点上支烟，说："那房产交易税、中介费什么的就不用你分摊了，我都付了吧。"

一直没说话的小古忽然问道："先生，您买下这套房子后是自己住还是想出租呢？"

男人说："先空关着。我眼下忙得很，晚上就住在市场批发部里，等明年把老婆孩子从老家接出来再说吧。"

小古朝杨清芬使了个眼色，又试探着问那男人："先生，您买下房子空关着也可惜，倒不如先租给阿姨，这样阿姨就不用另外找房子搬家，您也可收点租金，一举两得啊。"

男人哈哈大笑，拍着小古肩膀："嘿，小伙子真是做房产生意的，脑筋还真灵活。行啊，要是大姐想住这儿就不用搬了，租金嘛看着给就是了。"

六

每个月第十天，思宁准会收到母亲从上海汇来的八百欧元现金。虽说她不能像米拉拉和健健那般潇洒刷信用卡消费，但总算可以在法国过上衣食无忧的日子。思宁知道母亲工资不高，在上海时每逢月底娘儿俩得卡着钱包里的数目买东西，不然就挨不到开薪那天。至于母亲现在如何能每月寄出那么一大笔钱来，思宁没有多想，也不愿意去想。每次收到钱，她就给母亲发条短信，而母亲的回复永远是让女儿安心读书，千万别为了挣钱出去打工。

圣诞节假期即将来临，法语学校早早贴出通知，圣诞加上新年元旦总共放假一个月。已经习惯三天打鱼两天晒网的留学生们纷纷开始计划假日旅行，米拉拉更是起劲，她准备和健健开着那辆红色宝马车去荷兰、比利时和卢森堡玩一圈。米拉拉对思宁说："我可以再拉上两个同伴，路上热闹点。你喜欢哪个男孩，叫来我们一块走。"当然米拉拉不会让人白坐她的宝马，汽油钱高速公路费得分摊，她这是仿效法国大学生的做法。

思宁有些犹豫，上次跟米拉拉去巴黎过了个周末就花去一百多欧元，这回要是去三个邻国逛那么一大圈，少说也得二百多吧，赶上母亲一个月工资了。母亲也许不会过问女儿在法国怎么花钱，可思宁到底心里不安，从小到大她还没有独自花费那么多钱的经历。

米拉拉显得不耐烦了："你去不去啊？给个痛快话吧，想坐我宝马车的人排着队呢。"

健健也在一旁帮腔："这诺曼底的冬天不是下雨就是下雪，连点阳光都见不着，你一个人待在家里不怕得抑郁症吗？"

思宁的心被触动了，要是一个月假期天天面对房东太太那张老巫婆脸，她准会疯掉。于是思宁朝米拉拉点了点头："好吧，我去，可我该付你多少钱呢？"说完这句话，她心口一阵揪疼。

米拉拉洒脱一笑："就付300欧吧，要是花费超了算我请客，谁让你我同学一场呢。"米拉拉总爱把欧元说成"欧"，她对钱的态度向来这般轻飘飘。

"300啊！"思宁情不自禁喊了起来，"可我妈每个月寄来的生活费才800欧元呀。"

健健讥讽道："刘思宁，你妈咋那样抠门儿？每月800欧元还留什么学啊，待在中国喝稀饭就咸菜多省钱哪。"800欧元对健健和米拉拉而言，充其量只够一个月的零花钱。

这一刻思宁有点恨自己为什么要结识米拉拉和健健，他们对待金钱的态度不仅让思宁感到自卑，而且压得她透不过气来。思宁打开钱包，那里面有刚从邮局取来的 800 欧元汇款。她咬咬牙抽出三张一百票面甩给米拉拉："给你，我去。"

除了思宁，米拉拉并没有拉到第二个想搭宝马车去旅行的同学。有人对思宁说："你傻呀，坐'欧洲之线'长途巴士也能去那些国家玩，还用不了 300 欧元呢。"思宁真有些后悔，她先前甩出那三张百元钞票是为了赌口气，不让米拉拉小瞧自己，可冷静下来细想，其实犯不着跟米拉拉在钱的问题上较劲，这世界上不是谁都有老板爸爸撑腰的。不过思宁没有改变决定，要是去问米拉拉把钱要回来，这个富家小姐不知会有多少难听话等着她呢。

虽然已是冬季，但从法国诺曼底去荷兰的高速公路两旁景色依旧迷人。掉光了叶子的榆树枝在灰暗天空映衬下，宛如一幅忧伤的水墨画。田野变成了土黄色，稻草卷上停落着无数的乌鸦，见到汽车开过便扑腾翅膀飞向远处。

一路上米拉拉和健健轮流开车，两人不时勾肩搂背亲密接触，他们把宽大舒适的后排座位留给思宁一个人，似乎并不在意身后有个电灯泡。而思宁则努力将目光投向窗外，要不是欧洲法律规定车里每个人都得系上保险带，她一定会躺下来躲避米拉拉和健健的爱情真人秀。手机铃声响起，母亲发来的短信及时化解了思宁身处的尴尬一幕。她低下头来摆弄手机，真希望到达荷兰之前再也不要看见米拉拉和健健的背影。

"宝贝，你好吗？这几天吃些什么？钱够用吗？千万别太节省，缺钱的话尽管跟妈说。"母亲不知怎么了，这些日子几乎每天都给女儿发来短信，而且反反复复就这几句话，因而思宁也只好一遍遍重复回答："妈，我很好，学校放假了，我在家里复习功课，身体很好，不缺钱，放心吧。"思宁不敢跟母亲说实话，要是母亲知道她跟同学去旅行，一出手就是 300 欧元，一定会生气的。母亲再心疼女儿，也无法接受女儿如此甩派头吧。也许因为没对母亲讲真话，思宁内心十分不安，她又加发给母亲一条短信："妈，你也吃好点，不要总是去市场买收摊菜，身体要紧。"以前在上海时，只要女儿稍稍露出点关心表情，母亲便会感动得热泪盈眶。

思宁给母亲发短信时，健健已将车子驶出匝道口，随即停靠在路边。

米拉拉红着脸对思宁说:"我们去方便一下,你看着车哦,待会儿回来换你。"思宁觉得米拉拉的话有些奇怪,按常理应该女生同女生一块方便才对呀,米拉拉为何要让她留下看车呢?然而思宁没多想,既然停了车,她索性解开保险带在后座躺下。

一个多小时过去了,眼看天色渐渐变得昏暗,米拉拉和健健还没方便完。思宁有些担心,便拉开嗓门朝他俩走去的方向大声喊叫。不料米拉拉和健健突然从离车子大约十来米远的灌木丛后面跳了出来,米拉拉板起面孔埋怨道:"思宁你干吗乱喊乱叫?不会有狼把你吃掉的。"思宁见这两人头发凌乱,衣衫不整,忽然明白了什么,她红着脸喃喃道:"我也想去方便一下,憋死了。"

思宁也来到那处灌木丛旁边草地上,无意中看见脚边有个色彩艳丽的小纸盒,盒盖上印着两颗交叉贴在一起的心证实了她刚才的猜想。思宁用鞋尖狠狠将纸盒踢开:"真不要脸,这种东西也带在身边。"她不清楚自己究竟鄙视还是羡慕米拉拉,也许仅仅想发泄一个同龄女孩此刻内心的失落和沮丧。

七

王连银总是在每月最后一天亲自上门收房租,这个花木批发商还不习惯使用银行卡,大概手上攥着现金心里更踏实。当初他买下杨清芬的房子,硬是用两个购物袋装了五十几万现金拎到卖主跟前,然后才签房产交易合同。

倘若不是房屋产权证更改了名字,再加每月支付五百元房租,杨清芬在这套房子里的生活丝毫没有改变。王连银说话算数,他不但让杨清芬卖掉房子后继续住在这里,连房租也只收同类出租房的一半。与其说王连银此举是可怜一个失去丈夫的女人,倒不如说他尚不具有在大都市置下产业当房东的心理准备。

杨清芬已早早备下几碟下酒小菜和一瓶"状元红"。她是个聪明女人,王连银花五十几万买下房子，当了房东后自己不住，还不多收房租，而她得了这份好处总该做些回报吧。杨清芬愿意接待这位房东的另一个原因是，王连银虽然抽烟喝酒，但听说杨清芬在医院工作，从此进门就憋住烟瘾，只喝点小酒，能有这份克制对他那样身份的人来说也算有修养了。

这天王连银进门时提了袋水果，还带来一盆紫色蝴蝶兰，那花儿开得正艳，杨清芬一见就喜欢上了。王连银说："这时节就属蝴蝶兰好看，想着你们女人家总爱个花儿草儿，顺便带一盆给你，这花好养，放阴凉处隔天浇些水就行。"王连银显然不属于那种晓得给女人送花的城市浪漫男人，他本来就是卖花草的，此举跟乡下人进城看亲戚时，顺带着捎些土特产一个意思。尽管王连银浑身上下依旧脱不去土气，但杨清芬在接过花盆那一刻心情却十分愉悦，这辈子还是头一回有男人送花给她，因而一声"谢谢"出口，这个早已心如止水的中年女人胸口还是一阵狂跳。

王连银喜欢跟杨清芬面对面坐着吃饭。他抿一口酒，夹一筷子菜，半仰着脸眯起眼睛，一副无限享受的样子。杨清芬明知自己做菜手艺不错，却总要客气几句："王老板，怠慢了，我不大会烧小菜，你随便吃点。"

王连银一听这话突然涨红了脸，自然不是酒精催红的，而是在上海女人面前一种莫名的自卑。他连连朝杨清芬摆手："不要叫我老板，叫我老王好了。我来上海后独个吃了十多年外卖盒饭，还没像今天这样享过口福呢。"王连银成了杨清芬的房东，又开着个不大不小的花木批发部，却无论如何没有勇气以老板身份面对杨清芬。

吃完饭杨清芬给王连银泡了杯香茶，随手将一只信封放在茶杯旁边，里面是这个月的五百元房租。王连银推开信封说："往后房子你只管住，我不收房租了，给你闺女多捎点钱去，孩子一个人出门在外不容易。"

"那可不行，我再穷也不能白住你房子不给钱，天底下没这个道理。"杨清芬用力把信封推回王连银手边，差点儿碰翻那杯茶，她得以此来维护一个女人的自尊。

王连银低下头，双手插在两腿间上下猛搓，嘴里喃喃道："前几天我碰到房产中介的小古，他嚷嚷着叫我请客呢，说是眼下房价天天在涨，所以我就是不收你房租，也占了大便宜。可你卖房子得的那些钱，花一点少一点，我一个大男人咋好意思让你们孤儿寡母吃亏？"王连银做生意从不跟男人客气，他向来认为生意场上吃亏占便宜全凭各人本事，但他此刻却实在不忍心从杨清芬手里收取房租。

杨清芬内心泛起一丝感激，这个貌似粗犷的男人还挺有人情味。不过她仍然坚持把信封塞过去："要是你不收房租，那我明天就搬家，你也别想再有个吃上海小菜的地方。"

杨清芬半开玩笑半逼真的口气很快制服了王连银，他几乎带着男人的羞愧把信封揣入口袋，随即摇头道："清芬，都说上海女人精怪刁钻，你咋不是呢？"

杨清芬抬手在王连银后背拍了一巴掌："瞎说，你们外地人才坏呢。"

这一夜王连银没回花木批发部，他头一次睡在自己买下的房子里。此后王连银对这套房子产生了从未有过的依恋，只要杨清芬休班，他就陪她待在家里，哪怕耽误生意也在所不惜。王连银渴望一天劳累之后有个家可以让他回去歇息，那才叫过日子。而他乡下那个真正的家，由于离开太久，反倒显得不真实了。

杨清芬最初决定让王连银留宿在家时有点越不过心理障碍，她不知道邻居们会怎么看待自己，一个四十多岁的单身女人总不可能活得跟二十岁女孩那般无拘无束吧。然而她很快便心情释然，这栋楼里有点经济实力的邻居都先后搬走了，留下老房子出租给外地人，现在全楼没有几个知道杨清芬家底细，倒有人把王连银认作她老公呢。杨清芬不想把卖房子一事告诉远在法国的女儿，即便女儿明年寒暑假回国，也不至于会向母亲查验房产证。杨清芬只是觉得自己有点对不起丈夫，是她把房产证上丈夫的名字改成了另外一个男人，而且还跟这个男人在丈夫生前住过的房间里同居。杨清芬悄悄收起了丈夫遗像，她无法正视丈夫温和善良的眼睛，许多年来，这双眼睛是她和女儿的精神支柱。

其实王连银在这个屋子里也有睡不安稳的时候，儿子明年该上初中了，妻子说想让孩子来上海读书，也好一家团聚。王连银当初决定买房，原是为接妻儿来上海作准备的。王连银说不出有多喜欢杨清芬，二人关系进展也并非是他单方面主动的结果，毕竟他之前未对女房客有过任何幻想。正如旅行途中萍水相逢的陌生人，碰上了算是缘分，分手后也不会伤感。所以王连银在杨清芬面前很少提及老家妻儿，只是怕引起杨清芬误会。

　　杨清芬如今只有一个愿望，那就是卖房子的钱能够让女儿完成学业，日后当个"海归"回来找份好工作，她们母女也许能在上海重新买套房子。尽管留学中介公司的叶小姐曾为杨清芬描绘过这份教育投资可能产生的回报远景，但杨清芬不敢奢望女儿真的功成名就回来买别墅，能带回一张体面的外国大学文凭，就算对得起父母了。

八

　　思宁整个周末都待在自己小屋里，下周就该参加预科班结业考试了，这场考试关系到她能否顺利进入公立大学。来法国将近一年，真正上课的时间还不足三个月，这所法语学校松散且毫无章法的教学现状，使得思宁至今连法语动词的基本变位规律都没能掌握。去商店买东西或到邮局银行办事，一开口就让收银员和那些女职员们皱眉头，法国人很难容忍外国人糟蹋优美无比的法语。最使思宁焦虑的是，母亲按月给她汇来生活费，这笔钱数目是她之前与母亲在上海生活开销的两倍。要是一年后考不上公立大学，她该如何向母亲交代，况且她在法国的签证有效期也仅为一年，不进大学就得立刻离开法国回去，那样她日后还有什么脸面见珠珠和原先的高中同学。这些日积月累的担忧在思宁脑子里翻来覆去滚动播出，她无法抑制对这场考试产生的恐惧。

　　房东索菲太太在思宁房门和窗前来回踱步，有时故意让猫狗们弄出点声响来，好引诱思宁开门。房客小姐近来情绪低落，遇见房东太太连最起码的招呼都省略掉了，晚饭后也不到客厅看电视，房门总是紧闭着。索菲太太虽然为人刻板甚至有点吝啬，但她暗地里还是关注着房客小姐的生活起居，一个女孩不远万里来法国读书，又成了自己房客，她总该让人家过得开心才是。

　　傍晚时分，思宁终于走出屋子，因为那辆红色宝马车停在索菲太太家院子门外。米拉拉穿着和季节不太相符的超短热裤,她刚和健健一块去做了个超酷美容手术,各自在鼻翼上钉了个银色小环,称之为"情侣环"。米拉拉用手指拨弄着鼻子上的小环问思宁:"好看吗?钉一个才150欧,你也来一个吧,钉在嘴角唇上也很酷的。"

思宁紧张得双手捂住脑袋,好像米拉拉要拽她去打钉子似的。索菲太太让三个孩子坐在花园石桌边,还端来一壶刚煮好的咖啡和一小碟点心,她心里感谢开着红色宝马车来的米拉拉和健健,因为现在可以放心了,她的房客小姐安然无恙。

米拉拉想带思宁去参加一个朋友聚会,思宁拼命摇头:"马上要考试了,我实在紧张得不行,你俩这时候还在玩,有把握考好吗?"

健健神秘一笑:"刘思宁,你若今晚跟我们一块去玩,我就告诉你一个绝密消息,你哪怕不参加考试也能进入公立大学。"健健说完朝米拉拉挤了下眼,米拉拉心领神会,搂住思宁肩膀耳语:"健健可没骗你哦,今晚的派对你若不去绝对要后悔,至于上公立大学嘛,包在我俩身上。"

思宁被法语考试折磨了好些天的神经松弛下来,她丝毫不怀疑米拉拉的话,这个富家女孩好像天底下没有她搞不定的事情。如果真有进入公立大学的捷径可走,自己又何必拒绝呢?思宁脸上绽开笑容,回房间换身衣服就跳上宝马车走了。索菲太太返回院子里收拾咖啡杯,不满地唠叨:"这些孩子,连起码的礼貌都不懂,还是留学生呢。"

思宁在这个通宵派对上喝了不少酒,还有生以来头一回抽了支烟,她体验到从未有过的兴奋和快乐,只想不停地喊叫、唱歌,扭动浑身每一处关节跳舞。天亮时分思宁想回家,她把米拉拉和健健拉到角落里:"你俩得兑现承诺,怎样帮我进公立大学?"

健健说:"下星期哪天你带上500欧元现金来学校,我帮你搞定。"

"500欧元?"思宁尖叫起来,酒都被吓醒了。

"你咋呼什么?托人办这么大的事不花钱行吗?要是你有能耐自己考上公立大学,那倒挺省钱的,喊。"米拉拉一脸鄙夷。

思宁低下头来,她不是个自信的女孩,来法国后又没好好上过几天课,要是错过了花钱搞定进公立大学的机会,到时候自己再考不上,那就连退路都没有了。于是思宁朝米拉拉和健健点点头，语气十分肯定："好，500 就 500，我办。"

母亲这个月汇来的 800 欧元生活费快花完了，思宁就往上海打电话："妈，你快点给我卡上打 500 欧元过来，我有急用。"母亲也许有些惊讶，沉默片刻后却立刻答应了，她没有问女儿急等用钱的理由，这让思宁大大松了口气。

思宁带着现金来到学校，健健把她领至陈鲁年办公室门口，使了个眼色便离开了。思宁走进办公室，陈鲁年瞥了她一眼问："刘思宁，你也来交手续费吗？"

思宁点点头，交了钱后按陈鲁年指点签上名，她本以为交了这么一大笔钱总该给个收据什么的，不料陈鲁年朝门口歪了下头，示意她可以走了。

思宁从陈鲁年办公室出来，悄声问健健："这 500 欧元交了连个凭据都没有，到时候他不会不认账吧？"

健健又露出他标志性的讥讽口气："瞧你那胆小样，人家成千上万的生意都在做呢，哪里值得黑掉你那区区 500 块小钱。"

思宁放心了，她猜想米拉拉和健健一定也走了陈鲁年这条捷径，有他俩在前面撑着，自己倒真不必太担心的。不过思宁还是参加了法语水平考试，她只考了 7 分，而法国大学对外国留学生的法语入学标准线为 10 分。思宁暗暗为自己庆幸，要是她不花那 500 欧元，只好卷铺盖回国了。

一个月后，思宁和米拉拉、健健及另外十来个中国留学生接到了诺曼底工商学院的录取通知书，这也是一所地区商会办的学校，每学年仅需支付 100 欧元注册费，学费全免。思宁在第一时间给母亲打去报喜电话，母亲在电话那头喜极而泣："宝贝女儿，你辛苦了，真替妈妈争气，妈过几天再多汇些钱奖励你。"挂下电话后，思宁心底泛起些许羞愧，她希望母亲高兴，却不想让母亲知道自己入学的真相。

杨清芬跟女儿通完电话，特意去买了盒高级巧克力送到叶小姐办公室，与其说她要感谢叶小姐为女儿出国留学付出的劳动，倒不如说她是带着炫耀之心来请叶小姐分享喜悦。

叶小姐一听说诺曼底工商学院这个名字，立刻明白陈鲁年在玩什么把戏。那个所谓的商会办学校只是法国一种社区学校，原先主要为当地失业者和老年人提供继续学习机会。由于诺曼底等地区经济发展缓慢，近年来此类学校便开始向外国招收留学生，其中以中国孩子为多。大量留学生到来后的消费带动了地区经济发展，因而政府在发放签证时也显得较为宽松，否则像思宁这样连中国大学都考不上的孩子，怎么可能轻而易举去法国留学呢。叶小姐没有告诉杨清芬：诺曼底工商学院既未在法国教育部注册，所颁发文凭也得不到中国教育部承认。将来思宁毕业后回来，等于从法国带回了一张漂亮的废纸。可此刻叶小姐实在不忍心对杨清芬揭开事情真相，就让这个可怜的女人多快乐一些时间吧。

　　杨清芬细细算了笔账，卖房子那几十万元一半被她存入银行定期账户，多少有些利息收入，另一半存在活期折子上每月按时兑换成欧元汇给女儿，即使女儿上四年本科，这些钱也该够了。等到女儿学成归来找到好工作，她们母女可以再贷款购房，只要能把女儿培养成才，杨清芬此生别无所求。

九

　　王连银在小区外踱了不下几十个来回，仍然没有勇气走进杨清芬家。今天一大早，妻子从老家打来电话，声称下个星期就带儿子和公婆一块来上海，让王连银早点收拾好房子，添置些生活必需品。王连银懵了，妻儿老小一大家人突然要来上海，而且妻子话中有话，似乎家人捕捉到了他在上海某些不体面的生活细节。其实王连银本该低调小心才是，花木批发部和市场里不少帮工都是他老乡，人多嘴杂，在信息流通极为方便的时代，他的一举一动怎么可能完全瞒住乡下家人呢。曾有不少老乡跟王连银开过玩笑，想看看他们的"上海嫂子"。可王连银万万没想到他在杨清芬那个舒心小窝里享受了没几天，妻子就将率领一家老小打上门来兴师问罪。

　　杨清芬正在厨房做菜，桌上杯碟碗筷都已摆好，连酒瓶盖都打开了。

女儿终于如愿以偿进了法国公立大学，杨清芬得好好庆祝一番，她特意为王连银买了好酒，还多做了几个菜。要不是王连银买下她的房子，女儿也不可能在法国安心读书，此时杨清芬把对王连银的感激之情全融入酒菜里了。

王连银进门后先去阳台安置花盆，他又带来一盆兔子花和一盆水竹，红绿相间的花草分外诱人。

杨清芬没注意王连银神色，她依旧沉浸在自己的喜悦中："老王，我家思宁考进法国公立大学啦，往后四年不用交学费，由法国政府替我出钱培养孩子呢。"

王连银坐到桌边，举起酒杯说："清芬你这个当妈的真不容易，你闺女也有出息，往后可省下不少钱呢。"王连银说完便开始低头喝酒吃菜，似乎杨清芬的喜事跟他无关。饭后王连银坐到沙发上，点起一支烟，屋子本来就小，很快变得烟雾弥漫。

杨清芬觉察出王连银的反常表情，但因为自己今天心情好，她不想计较王连银抽烟的破例举动，当然杨清芬时时刻刻都很清楚意识到自己的身份，她现在仅仅是这套房子的房客，而非主人。

王连银掐灭烟头，破釜沉舟般低声道："清芬，我遇上难事了，老婆孩子过些天要来上海，家里人还不知道这房子现在给你住着。"他说完垂下头，像个背信弃义的男人无法面对信任他的女人。

杨清芬猛然跌坐在椅子上，几天来的喜悦顷刻间一扫而空，她不禁颤抖着声音问："那我该住到哪里去呢？"话刚出口她就后悔了，自己卖掉房子，揣进了钞票，怎么还好意思赖着不走，难道就因为跟面前这个男人有过几天不清不爽的亲密关系吗？突如其来的羞愧让杨清芬清醒了，她使劲坐稳身子，语气平静地说："老王，你不用犯愁，我明天就去找中介另租房子，尽快搬走。"

王连银不敢正视杨清芬的目光，他双手捂住脸："清芬，实在难为你了，我真的想要帮你，可眼下帮不了了。"

杨清芬上前握住王连银那双布满青筋的大手："老王，你已经帮了我很多，我心里会记着的。"

小古再次见到杨清芬时一脸惊讶:"阿姨,老王那屋不是租给你了吗?怎么还要另找房子?"

杨清芬淡然一笑:"他乡下老婆孩子要来上海了,我得赶紧腾出房子。"

小古说:"眼下房价太高,买不起房的人只好租房,所以租金一路走高,你家那样的小套房子,少说也得每月一千五呢。"

杨清芬心疼得一阵痉挛,一千五,那意味着她往后得花掉工资的一半交房租,上海物价那么高,她连养活自己都成问题。杨清芬问小古:"能不能找个便宜点的房子,反正我现在单身一人。"

小古为人热心,况且杨清芬又是他的回头客,此后几天,小古一连给杨清芬找了三处出租房。前两家房东开出的租金都是一口价,少一分钱不租,第三家房东是对老夫妇,租金尚有商量余地,但老夫妇要求杨清芬能承担部分家务活并照顾他俩生活,他们等于把请钟点工的费用省下来补贴房租。

杨清芬同意了,在地段医院当了二十多年护士,本来也是个伺候人的活儿,如今下了班再多伺候两个老人有什么关系呢,权当多打了份工。杨清芬心里明白,要想让女儿顺顺当当拿到大学文凭,她就必须减缓存折上数目减少的速度,为了女儿,当妈的什么苦不能吃?

老夫妇家总共南北两间房,租给杨清芬是朝北仅九平方米的小间,杨清芬原来家里的东西不能全都搬来,必须处理掉一大部分。王连银对她说:"实在不能搬走的家具就卖给我好了,反正我家里人来了也要用。"杨清芬拒绝了,她无法忍受王连银的妻儿老小在这个屋子里使用她曾经十分珍爱的家具。

小古叫来几个哥们帮杨清芬搬家,他们没要劳务费,连顿饭都不肯吃,杨清芬知道小古是不想再增加她的负担。

杨清芬将家里的座机电话移至新租小屋,万一女儿打电话到家里,就不会觉察出母亲搬了家,她不想让女儿的情绪受任何负面影响。

搬入新租房的第一晚,杨清芬彻夜未眠。房东老夫妇双双患有哮喘病,躺下爬起折腾了一夜,难怪当初他们听说杨清芬是个护士,便很乐意将房子租给她,算是白得个住家保健看护。

十

思宁学会了抽烟，尤其喜欢抽健健送给她的那种细长棍烟，抽上几口整个人就觉得精神亢奋，浑身精力充沛。

自从进入公立大学，思宁暗暗发誓要努力学习，早日完成学业好报答辛苦养育自己的母亲。大学生活不算紧张，然而外国留学生大多法语水平较低，上课时连蒙带猜最多能听懂三成内容，其余得靠借法国同学的笔记来抄。思宁规定自己每天晚上自习三小时，累了就抽几口烟提神。健健送给她的烟抽完了，思宁去学校时就打听这烟在哪儿能买到。

米拉拉很神秘地告诉思宁："这烟贵着呢，一般商店里没有，不过健健认识专门的供货人，每盒烟卖50欧。"

"50欧元一盒？这烟里头该不是放了那种东西吧？"思宁几乎惊叫起来。

"刘小姐，你真聪明，还有什么东西能卖这个价呢？"米拉拉一脸无所谓，对她来说，就是500欧元又怎么样。

整个白天思宁都处在极度恐惧中，她害怕自己会吸这种烟上瘾，从此坠入万劫不复的深渊。她竭力让视线躲避米拉拉和健健，却无法控制来自体内某种顽强抵抗的欲望。傍晚回家前，思宁等候在那辆红色宝马车跟前，无奈地掏出50欧元从健健手上换回一盒烟。这点钱是周末的伙食费，她本想下了课去超市买东西的。思宁在公共汽车站等车时，迫不及待点上烟抽了几口，那种腾云驾雾的感觉真好，她心满意足地吐出烟雾，却忘记冰箱里已经空空如也。

思宁很快知道，除了她以外，学校里还有好几个留学生也成了健健供货的对象。既然父母们每个月会按时往银行卡里注钱，至于怎么花掉这些钱就是他们自己的选择了。思宁最初也惭愧过悔恨过，但当她发现自己身处一个有着同样行为的群体之中时，内心却产生出安全感，因为她并不孤独。思宁不再强迫自己每晚躲在家里自习，她越来越喜欢和米拉拉、健健待在一块，无论他们去哪儿，她都想跟着，反正宝马车里总有空座位等着她。

复活节假期前一天晚上，思宁跟米拉拉和健健一块去泡露天酒吧，同行的还有其他留学生。喝酒时有个身材高大的男生问健健讨那种烟抽，健健不肯给他，说："先把上回那两盒烟钱结了吧。"那男生大概觉得很丢面子，端起酒杯朝健健脸上泼去。

米拉拉和思宁几个女孩坐在另一张小圆桌前，她看到男朋友被人欺负，仗着酒性端起杯子回泼到那个男生脸上。男生此时也喝得半醉，摇摇晃晃向米拉拉扑过来，他双手抓住米拉拉肩膀，猛力将她推倒在地。米拉拉后脑勺磕在人行道边沿，发出一记沉闷声响，随即只听米拉拉惨叫一声，身子翻滚到马路上。

酒吧服务生赶紧打了报警电话，警车和救护车相继赶到现场。米拉拉留给思宁的最后身影，是从担架上耷拉下来的两条胳膊。

思宁发疯一般冲向救护车，用尽全力呼叫："米拉拉，你怎么啦……？"

一个警察拽住思宁手臂："小姐，请你跟我们走吧。"思宁和今晚在酒吧的所有学生都被送往警察局询问，以配合陈述案情。

米拉拉在被送往医院的路上停止了呼吸，这天距她十九岁生日还差两个星期。

思宁不知道在这个小屋子里待了多久，只觉得大脑始终处在混沌状态，她很想从书包里摸出那盒烟来提提神，可惜书包早已连同其他随身之物被警察搜走了。思宁恍惚中听到房东索菲太太苍老沙哑的声音："小姐，起来吧，跟我回家，我给你当了担保人。"

思宁随索菲太太走进警察办公室，在一份文件上签了名，然后坐上索菲太太的车回家。她无意中从车窗往外一瞥，刚好看见陈鲁年走进警察局。思宁见到救星般拍打车窗玻璃："陈老师，快去救健健，他们都被警察关起来啦。"

正在开车的索菲太太冷着脸阻止思宁："小姐，管好你自己吧，算我倒霉，摊上你这么个房客。"

诺曼底是法国一个经济相对落后却十分安静的地区，如今却因外国留学生互殴闹出了人命而吸引了整个法国的关注。当地媒体记者欣喜若狂，如同发掘出了个大金矿，轮番上门来采访现场目击者刘思宁小姐，逼得索菲太太只好将家中两条大狗拴在院门口，以阻止记者们骚扰。

几天后又一条颇能吸引人们眼球的新闻出现在法国主流媒体头版头条位置：诺曼底工商学院被曝在录取外国留学生过程中涉嫌金钱交易。新闻主角为陈鲁年，他与该校主管学籍的法国副校长联手造假，将未能达到公立大学入学标准的外国学生招收进校，同时向每位学生收取数额不等的好处费。法国媒体甚至将陈鲁年与那位副校长称为"留学生贩子"，指责他们将法国纳税人和留学生父母的血汗钱中饱私囊。

检察机关很快开始立案调查，思宁和健健也多次被检察官传讯。诺曼底工商学院随即做出决定，将思宁等没有参加公立大学入学考试或入学资格不符的学生除名，其个人信息同时记录于移民局的诚信档案。

十一

地段医院附近小学发生集体食物中毒事件，整个下午杨清芬都在输液室里忙碌，她一人得照料十多个孩子，连喝口水的工夫都没有。入夜时分，所有孩子病情总算稳定下来，杨清芬回到护士值班室，只觉得双膝发软，身体歪倒在椅子上，她已经连续工作了十几个小时。

护士服口袋里手机震动起来，虽然没有声响，杨清芬还是被惊出一身冷汗，谁会在深更半夜找她。杨清芬掏出手机发现是女儿打来电话，可她喂了好几声那头却没有回应。一种突如其来的不祥预兆笼罩全身，杨清芬分明听见了女儿低哑的哭泣声。

"思宁，是你吗，好女儿，妈的宝贝，别怕，妈在这儿，有事快跟妈说。"杨清芬急切地对着手机喊。

"妈，我要回家，回家，回家……"女儿发出一串撕心裂肺的喊叫之后，开始号啕大哭，随后又关闭手机，切断了母亲焦虑的呼喊。

杨清芬猜测女儿一定出事了，她神情恍惚跑出值班室，冲向夜幕中的大街。一辆出租车缓缓驶过，司机伸出头来："阿姐，要车吗？"杨清芬不由自主拉开车门坐上去，却不知道自己要去哪儿。司机有些莫名其妙，问："阿姐，你是不是碰到麻烦啦，想去找朋友帮忙吧，你朋友家在哪儿？我送你去。"

杨清芬脑子里出现的第一个求助对象竟然是王连银，但她马上打消了这个荒唐念头。王连银把老婆孩子接来上海，已经团聚在那套房子里，她有什么理由去破坏一个本来就与自己毫不相干家庭的宁静。幸好杨清芬手机里还保存着叶小姐的电话号码，她犹豫片刻，终于按下了那串数字。

叶小姐从睡梦中惊醒，听完杨清芬断断续续的哭诉后安慰道："杨阿姨，你别着急，现在就去我公司等着吧，我也马上开车过去。"

出租车把杨清芬送到留学中介公司门前，因为路不远，司机执意不肯收钱，临走还撂下一句宽心话："阿姐，天无绝人之路，想开点。"

叶小姐赶到公司立即跟法国方面联络，但陈鲁年家中电话无人接听，手机也关掉了。她打开电脑，看到一封来自法国诺曼底的电子邮件正等着她。

杨清芬听完叶小姐叙述邮件内容，发疯一般大喊："不可能，这不可能。我倾家荡产卖掉房子让女儿出国留学，怎么说开除就开除啦，我女儿究竟犯了什么罪，法国人总得讲理吧。"她喊叫了几声，嗓子忽然发不出声音了，一股鲜血从鼻腔涌出来，吓得叶小姐连忙用毛巾捂在杨清芬脸上。

杨清芬这辈子从来没玩过赌博游戏，她连麻将都不会打，然而这一刻，她却真切体会到输掉全部家产后揪心扯肺的痛楚。她失去了相濡以沫的丈夫，卖掉了赖以栖身的房子，她把人生最后的希望全部寄托在女儿身上，可就在几分钟前她得知女儿已被法国大学除名。现在杨清芬什么都没有了，她猛然扯掉捂在脸上的毛巾，就让鼻血畅快地流吧，待周身血液流尽，她就可以休息了，她的心实在太累，真希望一觉睡下去再也不要醒来。

叶小姐终于联系上她在法国的朋友，朋友答应第二天就赶去诺曼底看望思宁。叶小姐替杨清芬擦干净面孔，说："杨阿姨，要是你愿意，我马上帮你办签证，去法国把女儿接回来吧，留得青山在，不怕没柴烧。妹妹还年轻，往后的路还很长，没拿上外国文凭的中国孩子多了，不是照样能成才吗？"叶小姐对杨清芬深怀歉意，她内心责问自己，要是当初就把这番话讲清楚，杨清芬母女会做出另外一种选择吗？

尾　声

　　诺曼底工商学院被责令关门整顿，陈鲁年和那个法国副校长开始接受司法调查。健健等一些被学校除名的孩子都陆续回国了，只有思宁还待在索菲太太家。自从被学校除名后，女孩整天低着头呆坐在房间里，见人只说一句话："我要回家。"这些日子索菲太太几乎寸步不离守在房客小姐身边，她已无暇顾及自家养的宠物，院子里到处鸡飞狗跳。

　　杨清芬在叶小姐朋友帮助下来到诺曼底接女儿，索菲太太长长松了口气："夫人，我把您女儿完整交还给您了，带她回家吧，天底下没有比家更好的地方了。"

　　思宁见到母亲，脸上依旧没有一丝笑容，只是重复着那句话："我要回家。"

　　杨清芬紧紧抱住女儿："宝贝，妈就是来带你回家的，我们一起回家去。"

　　思宁和母亲离开那天下了场大雨，雨后天边出现一条绚丽的彩虹。思宁透过车窗向生活过一年多的诺曼底投去最后一瞥，却发现彩虹很快消失了，大片乌云正从英吉利海峡那边翻滚着涌来。思宁又一次惊恐地拽住母亲胳膊低声道："妈，我要回家。"

　　一滴清泪从杨清芬脸上滑落，冰凉冰凉的。

非洲风筝

一

班主任念完十二个同学的名字,宗小西几乎已将脑袋垂到了课桌底下。他知道即使人数再扩大一倍,他依然排不进前二十四名,不可能获得直升本校高中的机会。全班二十八个学生,他在最后一次摸底考试中名列第二十六,倒数第三。宗小西想起母亲对他说过:"花了那么多钱请家教,再考不进直升名额,买块豆腐撞死算了。"宗小西一直不明白这句话的真实含义,豆腐怎么能把人撞死呢?

下课时谢莎莎来到宗小西课桌边说:"我已经发短信把名次告诉我妈了,你说了吗?"谢莎莎考了第六名,稳稳当当能直升高中,她这是想看宗小西笑话呢。小西和莎莎的母亲是区税务局同事,两个女人年龄职务相仿。当年小西妈因为生了个大胖儿子有点得意忘形,无意中就跟生了女孩的莎莎妈较上了劲,等到小西和莎莎成了同班同学,两个孩子又分别成了母亲手中的武器,母亲们以各自孩子的学习成绩定胜负。

宗小西从来没想过要跟谢莎莎比高下,他各门课成绩都跟女孩相差太远,光着脚跑也赶不上,而且他永远不可能去把一个几何公式背上二十遍,疯子才那样做呢。不过这会儿宗小西真得考虑考虑晚上回家如何向父母交代,谢莎莎刚才一定也把宗小西的名次告诉了她妈。就像小西妈每回知道儿子的考分还不够，非得问清莎莎考多少分一样。宗小西斜了谢莎莎一眼："我的事不要你管。你考吧考吧考吧，考了重点高中考重点大学，当心考出精神病来哦。"莎莎气得拍了小西一巴掌："你才是精神病呢，每回都考垃圾分数。"

放学后宗小西在街上逗留到夜幕降临，他估计这个时候父亲该回家了，万一母亲使用暴力教训他的话，也好有个解救之人。宗小西推开家门，见客厅里亮着水晶大吊灯，餐桌上杯盘碗筷已放置得满满当当，厨房内还不断飘来诱人香味，尤其是父母亲很难得同时下厨，凑成一对黄金搭档。小西想起来了，今天二姑要来吃晚饭，其实他今天哪怕干了天大的坏事，母亲也不会当着二姑面动手，自己白白在街上逛了那么久，腿肚子酸疼酸疼的。

宗小西贴着厨房墙壁慢慢移动身子，讨好地想帮着端个盘子什么的。母亲狠狠瞪了他一眼，顺带着用胳膊肘将儿子顶开。父亲则与母亲配合默契，大着嗓门吼道："小祖宗，你就等着吃现成吧，不敢叫你帮忙噢。我跟你妈大概前世欠你的，养到哪一天才会有点出息啊？"宗小西完全证实了自己先前的猜测，谢莎莎透露了他的考分，那是父母亲怒火的燃点。

父亲骂小西的时候二姑正好进门，紧接着话音就闯入厨房来了："哥，你这样骂小西我可不答应哦，他好歹是我们宗家长房长孙，孩子不偷不抢不做坏事凭什么被你骂得一钱不值？要是这会儿他爷爷奶奶在，早就大嘴巴抽你了。"

二姑替小西打抱不平时，小西进了自己房间，他也很想念爷爷奶奶，可是二老去深圳三姑家看孩子了，只有爷爷亲手做的五彩蜻蜓风筝挂在小西床头。

吃饭时父母倒没有再为难小西，他们干脆把儿子当作空气，无视他的存在。不过小西知道父母亲得给二姑一个面子，因为小西家买这套房子二姑赞助了一大半钱，二姑在非洲做生意发了财，有钱人到哪都能理直气壮，无论家里家外。

二姑说："哥，嫂，既然小西在上海考不进重点中学，又叫你俩心里不舒服，那就让我带他出国吧，到外面读几年书，见见世面，不见得比待在国内死读书出息小。"

小西看见母亲嘴角牵出一丝苦笑:"二妹呀,你的好意我心领了。可你又不是在欧美发达国家做生意,你是在非洲呀,我哪好让儿子去那样墨赤乌黑的地方呢?想想都吓死了。"

二姑反驳道:"非洲怎么啦?非洲地广人稀,资源丰富,非洲老百姓淳朴善良,对中国人尤其友好。我出国前不过是公交车售票员,在喀麦隆待了几年,开旅馆当老板,钞票赚到不少,法语也会讲了,还交到不少当地有身份的朋友。小西跟我去可以进首都雅温得最好的中学,将来学好法语我还要送他去法国留学,有啥不好?"

这天晚上送走二姑后,父母亲坐在客厅里一直嘀咕到深更半夜。宗小西半夜起来上洗手间,听见母亲说:"要是你二妹真能负担小西的所有留学费用,去喀麦隆读书也算条出路,毕竟那是个讲法语的国家,以后还有希望去法国留学。要是待在上海进不了重点高中,将来想上个像样点的大学也肯定没戏。儿子就这么块料,我也不敢再逼他了,要是把他脑子逼坏,我们做爷娘的不要后悔死吗?"

父亲沉默片刻,咳嗽了几声清清嗓子:"儿子跟在他二姑身边我是不担心的,凭二妹现在的经济实力负担小西读书真是毛毛雨。但那地方到底不是欧美发达国家,只怕环境还不如上海,小西肯不肯去都是个问题呢。孩子大了,得尊重他自己的意愿才好。"

宗小西听到这儿赶紧蹑手蹑脚回自己房间假装睡着,他太了解母亲脾气,什么事都等不及天亮再说。果然,不一会儿父母亲就进了儿子房间,母亲一把掀开被子问小西:"你在上海读不出书,想不想跟二姑到非洲去留学?"

小西腾地跳下床来,冲着父母拼命点头,然后双手握拳大吼一声"耶——!去非洲喽,我要把爷爷的蜻蜓风筝带到非洲草原上去放哦!"

小西的表态大大出乎父亲意料,他拍着儿子后脑勺警告道:"你不要以为出国好玩,非洲可是穷得一塌糊涂的地方,到了那里再想回来就没那么容易了。"

小西此刻根本听不进父亲的话，对这个十五岁的少年来说，只要能躲开班主任老师鄙视的目光，不再整天被考试名次压得透不过气来，他就是世界上最幸福的人了。

几天后母亲领着小西刚办完休学手续，顷刻之间班里同学都知道宗小西要去非洲当小留学生了。谢莎莎说："宗小西你没看过中央电视台的《动物世界》节目吗？那就是在非洲拍的呀，小心狮子把你吃掉噢。"

宗小西哈哈大笑："我去喀麦隆首都雅温得，大城市哎，哪里有狮子？真是高分低能，这点常识都没有。"平时宗小西在谢莎莎调侃他时总选择忍耐，从不敢惹女孩不高兴，因为遇到不会做的题的时候还得低下头来求救。可今天不一样，他很快要去非洲了，不用再看谢莎莎脸色，口气自然强硬得多。

有个男生挤到宗小西身边问："你去喀麦隆能见到大球星埃托奥吗？"

旁边马上有人代小西回答："埃托奥在欧洲踢球呢，怎么见得到？"

宗小西说："大球星也得回老家过年过节吧，没准真能碰上呢。"

这些少男少女大多没出过远门，现在宗小西要坐飞机飞向地球另外一个角落，无论怎么说是件让人羡慕的事情。于宗小西而言，今天可算是他上初中三年来最风光的日子，因为他要去非洲了。

二

法国航空公司由上海飞往巴黎的航班半夜起飞，宗小西因为兴奋过度，久久无法像二姑和其他乘客那样盖上毛毯睡觉。刚才飞机上的晚餐很丰盛，二姑吃不下那盒冰淇淋，就给了小西。现在小西有两盒冰淇淋了，他不可能在吃完它们之前进入梦乡。

机舱过道灯光开始暗下来，前排一个与小西年龄相仿的金发女孩悄悄转过脸来："喂，你去巴黎吗？为什么你有两个冰淇淋？"女孩竟然会说汉语。

小西说："我去非洲喀麦隆，先到巴黎再转机。"说完他把一盒冰淇淋递给女孩，他得在女孩面前摆出男子汉大方气概。

金发女孩很高兴，接过冰淇淋拉着小西一块去机舱尾部说话。女孩叫莱娜，法国人，她跟值班空姐用法语解释了几句，空姐就允许两个孩子留在尾舱里玩。小西很惊讶莱娜会讲中国话，莱娜说："那有什么稀奇，我在上海住了两年半，当然会讲中国话啦。"莱娜不知道喀麦隆在哪儿，那位空姐用法语翻译了一下，莱娜立刻惊呼起来："宗，你真好运，那可是个漂亮国家，我一直都想去呢！可你怎么会想到去喀麦隆留学呢？"

宗小西不知该如何回答女孩的问题，他当然不会告诉莱娜，他讨厌上海的班主任老师总是斜着眼睛看人，还有那个骄傲的谢莎莎经常嘲笑自己。于是小西说："因为非洲有很多动物，我喜欢看动物。"

莱娜完全相信小西的理由，点头道："嗨，我也喜欢动物，我们家有两条狗，一只猫和一只鹦鹉。"莱娜吃完冰淇淋，决定要跟小西交朋友，她向空姐要来餐巾纸，写下了自己的 E-mail 邮箱和 QQ 号跟小西交换。

小西接过女孩纸片的一刹那，心里腾起一个从未有过的强烈愿望，他决定到了喀麦隆一定要好好学法语，学好法语才有面子跟莱娜在网上继续友情啊。

莱娜一家与小西在巴黎戴高乐机场告别，莱娜父母留给小西一张名片，欢迎他日后到巴黎家中作客。小西把名片和莱娜写的纸片仔细收好，这是他跨出国门后交到的第一位朋友，可惜他们相聚的时间太短暂了。

小西跟二姑再次登上法航班机，从巴黎飞往雅温得。机舱里大多是非洲人，他们说话嗓门很大，还喜欢放声大笑，跟法国人不太一样。小西终于累了，生物钟被长途飞行搅乱，他开始睡觉，睡梦里又见到了法国女孩莱娜。不知过了多久，小西的身子被二姑用力摇晃着，他醒过来。二姑说："小西快醒醒，飞机马上就要降落，雅温得到了。"小西揉揉眼睛从机舱窗户朝下看，机翼下一片绿色森林，覆盖着绵延起伏的丘陵，山下还有几个蓝色湖泊，清澈的湖水倒映出天上白云。可惜美景仅仅持续了几秒钟，飞机已滑行在跑道上。"这就是雅温得吗？那些森林里有动物吗？"宗小西这样问自己。

刚走到机舱出口处，炽热的阳光便照得宗小西睁不开双眼，好像有人把太阳挂在了他头顶。幸好二姑将遮阳帽和墨镜递了过来，戴上太阳眼镜小西才勉强能看清周围环境。空旷的机场四周没有建筑物，看上去有点荒凉。一辆锈迹斑斑的老式摆渡车停在舷梯下，等着把下飞机的旅客接到候机楼去。车子太小，乘客又大多带着手提行李，宗小西被一位体态丰硕的黑人妇女挤在车门边上，憋得透不过气来。车里也没有空调，车窗全部敞开着，几乎找不到一块完整的窗玻璃。汗水很快湿透了宗小西的衣服，黏糊糊贴在身上很不舒服。紧接着他额角上也渗出汗来，流到眼睛里，有点刺疼。小西想用手去抹眼睛，可他身体被那胖女人压住了，动弹不得。他用尽全力去顶那女人，女人身子却纹丝不动，小西只好咬紧牙关忍着。

车子终于摇摇晃晃停在一栋灰色水泥楼前，乘客争先恐后下了车。宗小西长长呼出口气，忽然觉得一阵恶心，忍不住呕吐起来。刚才压住他身子的胖女人见了，赶紧过来替小西打扇子，还热情地递上一瓶矿泉水。胖女人问小西："年轻人，你从日本来还是从中国来？"二姑过来对胖女人说："谢谢您，Madame，我们是中国人，天气太热，孩子不习惯。"胖女人笑道："喔，原来是中国朋友，没关系，年轻人很快会习惯，雅温得中国人越来越多啦。"

小西喝了几口水，渐渐缓过劲来，和二姑一起推着行李车走出候机楼。有个身材魁梧的黑人在门口挥动双臂喊着二姑名字："惠芬，惠芬，我在这里。"二姑告诉小西："那是苏马，我的助理兼司机，往后让他每天开车送你上学。"

苏马跑过来，跟二姑贴了贴脸颊，很法国化的礼节，小西在法航班机上已见识过了。苏马又向小西伸出手来："你好，年轻人，我知道你叫小西，我是苏马。"苏马说的法语跟飞机上那些法国人不太一样，好像嘴里含着什么东西，尤其他说"小西"，听上去像是"嘻嘻"，小西心里很想发笑。不过苏马力气真大，三下两下就把行李车上的东西统统放进汽车后备厢里，然后拉开车门请二姑和小西上车。苏马开的车也没有空调，但总算有座位好坐。二姑坐在苏马身边的副驾驶座上，小西便索性在后排座位放平身子，他真的太累了。

小西不知道究竟睡了多久，醒来时发现自己躺在一个干干净净的房间里，空调机嗡嗡响着，一缕阳光从窗帘缝隙中透了进来。小西跳下床，拉开窗帘朝外看，他吓了一跳，窗玻璃上贴着两张非洲小女孩的脸，其中一个年龄小点的因为太用力，鼻子被玻璃挤成一块圆圆的肉饼。女孩们见小西醒了，欢快地奔跑着去喊老板，也就是小西的二姑。

二姑来到小西房间："谢天谢地，你总算醒了，睡了整整两天一夜呢。"二姑说话的时候，有位黑人中年妇女端来一盘面条，上面洒了不少番茄酱，那酸中带甜的香味十分诱人。二姑给小西做了介绍，小西知道中年妇女叫米洛，是这家旅馆的厨娘兼清洁工，那两个小女孩是米洛的女儿，十岁的亚莉和七岁的萨莉。

小西接过米洛手上的盘子，用两天前在飞机上学会的法语说："Merci madame"。米洛兴奋得面孔通红，咧开大嘴笑了，和许多非洲女人一样，米洛的门牙中间也有道裂缝。米洛回敬了小西一连串客气话，可惜小西一句都听不懂。二姑给小西翻译说，米洛觉得小西很帅，像个从中国来的王子。这回轮到小西脸红了，在中国从来没人说过他长得帅，在他这个年龄段，身边的人只在乎他们读书成绩是否优异。

小西吃面条的时候，亚莉和萨莉小姐妹俩从床底下拖出小西的旅游鞋，跑到门外人手一只飞快地擦起来。她们先用软布擦去鞋面上灰尘，然后抹上白色皮革清洁剂，再把鞋面擦净，动作很熟练，不一会儿就把小西的鞋收拾完了。小西放下盘子从小姐妹俩手里抢过鞋子："这不用你们干，我自己会擦。"亚莉和萨莉惊讶地看着小西，又看看二姑，她们以为自己没把鞋擦干净，让小西不满意了。

二姑搂着小西，轻声在他耳边说："Madame 米洛是个寡妇，她一个人养不活两个孩子，所以亚莉和萨莉就在旅馆替客人擦鞋，我管她们一日三餐。"

"那她们不上学吗？"小西问。

二姑说："在喀麦隆可没有义务教育一说，普通人家有钱也是先供男孩上学，女孩子大多是文盲，Madame 米洛自己也不识字。"

小西忽然觉得心里有点难过，他走到小姐妹俩跟前说："谢谢你们帮我擦鞋，我很高兴。"

二姑把小西的话翻译给米洛母女听，她们三个才如释重负笑了起来。在米洛眼里，老板娘的侄儿等于小老板，要是不把这个中国小王子伺候好，她们娘儿仨去哪儿找饭碗啊。

小西发现小姑娘亚莉和萨莉时不时瞥一眼他刚刚挂在墙上的那只五彩蜻蜓风筝，大概那是她们从未见过的漂亮玩具。小西做着手势比画说："亚莉，萨莉，喜欢风筝吗？改天我带你们俩去放，不过你们最好帮我找点线来，现在的线不够长。"小姐妹明白了小西的意思，立刻缠着她们的母亲去找线。

三

不过半天时间，宗小西就在亚莉和萨莉陪伴下参观完了二姑开的"新上海旅馆"。这栋四层楼房子共有三十间客房，底楼是餐厅和酒吧，地下室当成仓库和米洛母女的家，她们白天替旅馆干活，晚上还兼着仓库保管员。四楼的一半是老板办公室和卧室，旅馆雇工不经允许是不能去四楼的。小西的房间就在二姑卧室隔壁，他想请亚莉和萨莉去玩游戏机，两个小姑娘无论如何不肯上楼，上回替小西擦鞋是老板允许的，现在她俩可不敢破例，于是小西只好把他想显摆的玩意儿统统搬到地下室去。小西教会姐姐亚莉玩手掌游戏机，又让妹妹萨莉听他的MP3，两个小姑娘乐疯了，她们的母亲则不停在自己胸口画十字，感谢上帝给她们娘儿仨送来个和蔼可亲的中国小王子。

Madame米洛找来一团抹过蜡烛油的纱线，送给小西放风筝用。这家旅馆地处雅温得郊外，四周都是空旷坡地，放风筝再理想不过了。小西为亚莉和萨莉请了半天假，二姑同意她俩下午不用擦鞋，陪小西去放风筝。

临出门时小西想带瓶矿泉水，可米洛说不用带水，让萨莉牵上她的山羊就行了。小西不明白放风筝为什么要牵头山羊，萨莉就屈起一条腿，膝盖着地，钻到山羊肚子底下喝起羊奶来。后来小西无论在喀麦隆城市或乡村，经常看到孩子们牵着山羊随时随地喝羊奶，好像带了个会走路的活奶壶。

亚莉和萨莉姐妹俩牵着山羊走在前头，小西拎着五彩风筝跟在后面，风筝太大，蜻蜓尾巴拖在地上，小西一步一趔趄，亚莉就跑回来帮小西提着蜻蜓尾巴。他们来到旅馆后面的坡地上，脚下一片碧绿，天空蓝得见不到一丝云彩。微风轻轻吹过，风筝翅膀哗哗作响，好像迫不及待想飞起来。

萨莉甩开牵羊绳子，山羊立刻欢快地啃起了草皮，萨莉就跑来看小西如何让这个大家伙飞上天。小西叫亚莉和萨莉一块儿放线，他自己用力托住大蜻蜓向前跑，蜻蜓抖动了几下翅膀和尾巴，开始扶摇直上。蜻蜓风筝越飞越高，越飘越远，小姐妹俩手中的线团也越滚越快，最终只剩下了缠线的木柄。

那只大蜻蜓力气实在不小，竟然可以在半空中拖着两个女孩飞跑。小西见了大喊："亚莉和萨莉使劲抓住木柄啊，要不风筝就飞走了。"小姐妹听不懂小西在喊什么，但她俩明白千万不能撒手，要是风筝飞走了，她们家肯定赔不起这么贵重的东西。幸好小西及时赶回来，三人一起把风筝线绳缠绕在一段枯树桩上，上面还压了块石头。

五彩蜻蜓在蓝天下自由飞翔，风筝肚里的哨子也快乐地鸣叫着，小西坐在草地上仰头看风筝，他不记得大蜻蜓在上海曾经飞到过这样的高度。

萨莉有点担心大蜻蜓飞得这么高回不来了，小西做着摇木柄的手势让她放心，一会儿准能叫大蜻蜓乖乖回家。

亚莉把山羊牵到身边，她和妹妹先后钻到羊肚子下喝了个饱。小西也渴了，他想学着女孩们样钻羊肚子，可那只山羊大概认生，后腿一蹬跑开了，奶头上的乳汁甩了小西一脸，黏糊糊带着草腥味。亚莉很生气，山羊居然敢对她们姐妹俩眼中的中国小王子如此不客气，她捡起一根树枝抽打羊屁股，那只山羊就屈起两条前腿跪了下来。这回小西顺利喝上了山羊奶，那奶液鲜美无比，带着一丝甜味，比上海超市里卖的酸奶味道还要好。

喝过羊奶后，小西从裤兜里掏出好几块巧克力，那是他从上海带来的，母亲在他箱子里塞了满满一大盒。小西摊开双手，把巧克力分别递给亚莉和萨莉，可小姐妹俩面对巧克力显得有些羞涩和犹豫，不知该不该接受这份礼物。临出门时母亲再三关照过，她俩本来应该在旅馆里替客人擦鞋，现在老板放她们半天假，是叫她们陪小西玩得高兴一点，她们怎么可以吃小王子的东西呢?

小西猜出了女孩心思,可他已经喝了她们的山羊奶,若这姐妹俩不吃他的巧克力,那身为男生就太丢面子啦。于是小西剥开漂亮包装纸,硬将巧克力塞进两个女孩嘴里,结果三人一块分享完了小西口袋里所有的巧克力。

阳光给草地抹上一层橘红色光彩,亚莉说:"蜻蜓风筝大概飞累了,把它收回来吧。"小西忽然觉得自己完全听懂了女孩的话,他从草地上跳起来打头阵,用力将风筝线绳往回拉,让小姐妹俩在他身后缠线团。大蜻蜓终于从天空回到了地面,跟着三个孩子回家。

小西见二姑和 Madame 米洛在旅馆门口等候他们,二姑说:"小西,今天玩够了吧,该收收心准备去学校啦,要不你爹妈真要骂死我了,一下午打来三个长途,偏偏你不在。"

这天晚上,小西在二姑房里老老实实打开 QQ 对话窗口,跟父母亲在网上对话。小西:"老爸,老妈,我在雅温得很快乐,这里风景非常漂亮,今天下午我跟亚莉和萨莉一块去放风筝,还喝了羊奶,直接从羊肚子上喝的。"

母亲:"儿子啊,我们让你跟二姑去非洲读书学法语,你怎么可以像野小鬼一样贪玩呢?亚莉和萨莉是谁家孩子,她们读书成绩好吗?"

小西:"她们是 Madame 米洛的女儿,没有上过学,因为她们家太穷了。"

母亲:"老天爷,你居然跟文盲小孩在一起玩啊。你二姑不管吗?我让你爸跟她说话。"

父亲:"惠芬二妹,你向我和小西他妈保证过的,要让小西好好读书学法语,将来去法国留学。现在我们很担心小西在非洲跟那些穷人孩子混在一起,不但学不好法语,连上海学校里学过的东西都荒废了。我们只有小西一个孩子,你可要对我们负责啊。"

二姑:"哥,嫂,你们放心,我只不过让小西休息几天倒时差,熟悉一下环境,明天就送他去学校,我会把小西在学校里的情况及时报告给你们,我是小西二姑,我当然要对他的前途负责。"

父母亲那边总算关闭了对话窗,小西望着挂在墙上的蜻蜓风筝自言自语:"我就是老爸老妈的风筝,飞得再远线也在他们手里拽着,逃不掉的。"

四

早饭后,苏马把车擦洗干净,二姑替小西检查了一番背包里的学习用品,便送他去学校。小西走出旅馆大门时,见亚莉和萨莉一人提着个擦鞋工具包准备去干活。姐妹俩悄悄向小西摆了摆手,脸上流露出无比羡慕的神情。她们的母亲跟在后面低声呵斥女儿:"快去干活,人家是中国人,男孩子,当然得去学校念书,你们两个丫头只要会干活将来就不怕没男人要,用不着读书的。"

米洛的话隐约飘进小西耳中,他问二姑:"喀麦隆没有未成年人保护法吗?如果亚莉和萨莉自己想读书,Madame 米洛也没权阻拦的。"

二姑笑了:"那是中国法律。在喀麦隆孩子读不读书由他们父母决定,政府管不着,因为政府根本就没钱管。"

苏马边开车边说:"小西,圣路易中学可是全雅温得最好的中学,这个学校的学生将来都是做上等人的。等你小西做了上等人就替苏马大叔换辆带空调的车吧,你看这辆车开到圣路易中学门前多没面子,人家孩子可都是坐雪铁龙、雷诺来上学的哦。"其实小西听不懂苏马的话,苏马是说给老板二姑听的。苏马想开好车,得借着送小西上学的理由向老板提要求。

二姑拍拍苏马的驾驶座靠背:"好好开你的车吧,要是小西能在圣路易中学读出好成绩,换辆车算什么?"

苏马大喜过望,从后视镜中对小西挤挤眼:"拜托啦年轻人,好好用功啊。"

圣路易中学虽是雅温得最好的学校之一,但只要付得起学费,像小西这样插班就读并不困难。一个管教务的女秘书只看了一下小西的中国学历证明,就把他带到了四年级教室。喀麦隆曾是法国殖民地,至今仍然沿用法国的中学体制。初中、高中各为三年,从六年级往前读,读到一年级就等于高中毕业。小西进了四年级,相当于国内初三。

小西走进教室时,米歇尔先生正在上数学课,他朝最后排一个空座位努了努嘴,就算把新生安顿好了。教室里有一半是白人小孩,小西猜想他们大概是法国人,只不过他们似乎都对新成员没太大兴趣,一个个低头演算着米歇尔先生写在黑板上的方程式题。小西并不希望成为众人眼中焦点,然而潜意识里却也担心在异国他乡被孤立在团体之外。他无奈取出纸笔,准备加入到解方程式队伍中去,当他抬头望了一眼黑板上的题目,简直不敢相信自己眼睛。中学四年级的数学课居然还在教一元一次方程式,那是中国小学五年级孩子都应该掌握的低级玩意儿。

小西不费吹灰之力做完题目,环顾四周,不少同学或咬着笔杆冥思苦想,或抓耳挠腮找不到解题门路。他们的表情将小西先前的担忧一扫而空,他甚至可以带点优越感来欣赏他未来的学习团队。

米歇尔先生卷起手指敲敲讲台:"做题时间已到,你们谁可以到黑板前来写出答案?"小西没完全听懂老师的话,但他看见周围学生一个个将脑袋往课桌下藏,心里全明白了。

大约是改变自己形象的冲动在激励着小西,他勇敢地举起了手。米歇尔先生朝黑板方向歪了下头,示意小西上去。小西连草稿纸都不用拿,空手走到黑板跟前,直接将方程式演算出来,十二道题目答案百分百准确。

米歇尔先生用十分夸张的口气称赞小西:"哇,宗,你们中国人的脑子太厉害了,简直就是数学天才。"老师的话引来讲台下一片掌声,还有人吹起了口哨,就像足球场上球迷为自家队员进球叫好,完全发自内心,没有丝毫虚假。宗小西记忆中从未享受过此等殊荣,在上海的学校里,不被老师拎出来当反面教材,于他已经算过节了。

这时米歇尔老师手机响了,他干脆把备课笔记放到小西跟前:"宗,请把这些题目也抄在黑板上,有谁不会做你教他一下。"米歇尔说完离开教室打电话去了,宗小西傻呆呆站在讲台上,不知如何是好。

有个坐在第一排的红头发男生站起来对小西说:"宗,你抄题吧,米歇尔先生情人太多,她们都喜欢选上课时打电话,男人有什么办法呢?"教室里又是一阵哄堂大笑,只有小西没笑,他压根没听懂红头发的话。不过小西还是照着米歇尔老师的吩咐做,他把题目抄上黑板,自己回座位去做题，做完后再跑到讲台把答案写在黑板上。米歇尔老师直到下课铃声响还没回来，教室里却很安静，所有同学似乎都认可了宗小西的数学才能，没人质疑他暂时取代老师站讲台的行为有什么不妥。

宗小西在他非洲留学生涯的第一天就交了不少朋友，那个红头发男孩叫奥利，奥利把自家地址和手机号码都写给了小西，邀请他去家里玩。小西跟奥利说话时，有个女生走过他俩身边，奥利问小西："你喜欢这样的大屁股女生吗？她是我家邻居，我可以介绍给你。"

小西吓坏了，因为此刻他听懂了奥利的话，要是在上海，侮辱女生说不定会挨耳光呢。可那女孩丝毫不生气，反倒像受人恭维后骄傲地仰起了头，还对小西抛了个飞吻。

傍晚，苏马开车来学校接小西回家，他那辆老爷车居然已经换成了银灰色的雷诺，看上去有八成新。苏马说："小西你可真是中国王子，早上送你上学后，惠芬就和我直接去了汽车市场，这辆车不会让你在圣路易中学丢面子吧？"

小西很兴奋，拉开车门，意外发现亚莉和萨莉蜷缩在后排座位上，两人都光着脚。苏马走过来解释道："她们姐妹一直向往上学读书，今天的活干完了，惠芬同意我带她们俩一块来接你，让她们看看学校也好。"整个旅馆上下都叫小西二姑"Madame"，只有苏马例外，他只叫女老板名字，小西觉得有点奇怪。

小西低声对苏马说："以后你带她们出门应该穿上鞋子，要不别人会笑话的。"

苏马一脸无辜："这话你得跟她们母亲去说，我又不想当后爹。"

不过在分别一整天后，小西看到小姐妹俩还是很高兴的，他有太多关于学校的新鲜事要与人分享。小西从书包里拿出一个酸奶纸杯给亚莉和萨莉分着吃，那是他午饭时留下的。

苏马见了酸奶大吼一声："别在车上吃这东西，座位套可是牛皮做的，弄脏了不好擦洗。"小西就把书包垫在小姐妹嘴巴下面，免得酸奶滴落下来。苏马很快意识到自己的仆人身份，笑道："当然，你小王子在车里干什么都行。"

晚饭前，二姑已接到米歇尔先生和校长的电话，知道小西在学校里过得不错，米歇尔先生还对小西的数学才能大加赞赏。二姑感慨道："真不知现在中国的学校怎么了，小孩子读书就跟上刑场一样，得大人逼着，哪有这儿的孩子自由快乐。"二姑让小西把自己上学第一天的感受告诉父母，免得他们担心。小西只在电子邮件里写下一句话："老爸老妈放心，我绝对有把握成为圣路易中学的精英。"

五

每逢星期五，是"新上海旅馆"全体员工最开心的日子，因为这天傍晚发工资。原先旅馆的财务大权由二姑一人独揽，现在来了个数学头脑不错的亲侄儿，二姑就让小西参与到这项重要工作中去。二十几名员工的工资奖金数额都由老板说了算，二姑念一个人名，小西就发放一个信封，里面全是现金，然后让拿到钱的人在名册上按个指印，因为不是每个人都会写自己名字。

这项工作通常要持续近一个小时，小西觉得有点浪费时间，他问二姑："为什么不像中国人那样一个月发一回工资呢？钱也可以通过银行账号转嘛。"

二姑说："那可不行，这儿的人花钱没计划，一个月的工资放在口袋里他可能一天就花完了，然后坐到你门口来要饭。再说因为国家穷，银行很少对本国人发信用卡，而老百姓也只相信现金。"

发过几回工资，小西大致了解到旅馆员工的收入情况。比如苏马工资最高，每周有30000中非法郎，折合50美元；厨娘兼清洁工米洛20000法郎，其余员工大多在10000至20000法郎之间。令小西高兴的是，二姑居然也给亚莉和萨莉小姐妹俩开了工资，每人周薪为1200法郎，合2美元。亚莉和萨莉兴奋得差点掉眼泪，她们像大人一样小心翼翼按小西指点在名册上留下指印，然后把小小的信封贴在胸前。

小西知道发工资带给当地人的快乐不会持续太久，他们大多在一个晚上就花完了一周的辛苦报酬，然后又重新回旅馆来干活。所以这些员工没有周末或节假日概念，完全根据自己口袋里的实际情况出勤。没钱了就来干活，有钱花时老板想找他都找不到。只有苏马和米洛母女是"新上海旅馆"最忠实的员工，因为苏马喜欢开车，米洛母女三人的家就在旅馆地下室里。

星期六早上旅馆里客人不多，二姑放米洛母女半天假，让她们带小西去逛雅温得最著名的"妇女市场"。因为两个女儿现在也挣工资了，Madame 米洛决定要为女儿们各买双新鞋，不能再让她们光着脚干活。

旅馆离"妇女市场"路比较远，二姑就让苏马开车送一程。苏马对 Madame 米洛说："快给你两个女儿买鞋吧，往后自己走路，别老蹭我车，我的车可不是给女佣人坐的。"米洛母女听了这话并不生气，她们知道苏马只是想在同胞面前提高自己身价而已。

车子进入市中心，苏马指着一座气势宏伟的建筑告诉小西："那是雅温得文化宫，是中国人帮我们建造的，所以我们喀麦隆人给它取名'友谊之花'，它对面就是总统府。"

小西心头自豪感油然而生，说："我们中国人很大方哦，虽然自己不太富裕，却乐意帮助朋友。"他这几句话是断断续续用法语说的，米洛母女听了直点头。亚莉和萨莉拍着手喊："amis, amis（朋友，朋友）。"

雅温得"妇女市场"是座五层楼高的圆顶建筑，因为售货员多为女性，出售的商品也价廉物美，是家庭主妇们最爱闲逛的地方，于是就被叫作"妇女市场"。整个市场为几百家小商铺所分割，商品琳琅满目，吃穿用玩应有尽有。苏马不想逛"妇女市场"，觉得挤在女人堆里有损男人形象，他宁可坐在车里等着。米洛说苏马其实是不愿离开他的宝贝车，好像天底下人都有可能算计着偷他的车。

小西跟着米洛母女走进商场，萨莉一眼就看到了卖鞋的铺子，她欢叫着拉母亲过去。这家小店专售女人塑料凉鞋，品种很丰富，从小姑娘到老太太都能在此处找到自己心仪的鞋子。亚莉挑了双玫瑰红的，鞋面上还顶着朵小黄花，漂亮极了。她又帮妹妹选了双湖绿色的，鞋面上开着粉色小花。姐妹俩选好鞋子，试穿了一下也正合脚，她们便眼巴巴望着母亲，希望她快点付钱买下来。

Madame 米洛让女儿脱下鞋,仍旧放回货架上,她手里紧紧攥着个手绢包,显得有些犹豫。亚莉和萨莉拉扯着母亲长袍,求助的眼光却投向了小西。小西心算了一下,说:"Madame 米洛,这鞋才 580 法郎一双,不到 1 美元,亚莉和萨莉现在每星期都能挣 2 美元,足够给自己买两双鞋了,您快付钱吧。"

米洛不好意思地笑道:"小西,我不是舍不得让女儿穿鞋,只是这鞋真有点贵。小孩子脚长得快,明年也许就穿不下了呢。"

小西忽然感觉十分难过,在上海时父母动辄给他买上百元的鞋,可他从来没珍惜过,脏了不洗不擦,坏了也不愿去修,就让父母再买新的,他怎么会想到眼前的小姐妹俩想穿双鞋那么不容易呢。小西说:"Madame 米洛,这两双鞋买定了,如果您不想付钱,那么我来付吧。"小西掏出钱包,里面有二姑给他的零花钱,他今天一定要让亚莉和萨莉穿上新鞋回家。

米洛红着脸阻止了小西的举动:"我买,我买,我这就付钱,哪有母亲不肯为女儿花钱的事。"米洛小心地打开充当皮夹子的手绢包,里面尽是些零碎小钱,她数出几张纸币,再凑上几个硬币,为两个女儿买下了鞋子。

亚莉从商铺角落里捡来几张废纸,仔仔细细把自己和妹妹的脚擦干净,然后才穿上新鞋。小西蹲下身子替姐妹俩摘掉鞋扣上的货品纸牌,他突然兴奋高叫:"看啊,Made in China,这鞋是中国生产的。"

亚莉和萨莉从小西手里夺过纸牌,举到母亲跟前:"妈妈,C'est la Chine(这是中国)。"

做成了生意的女老板也讨好地对小西说:"嗨,年轻人,我店里差不多都是你们中国货,价廉物美,每天能卖掉好多双鞋呢,你往后多带朋友来啊。"

走出商场时小西发现亚莉和萨莉好像不会走路了,姐姐踮着脚尖,妹妹一瘸一拐,他有点奇怪,以为是她俩的鞋子不太合脚。亚莉说:"我们是舍不得穿着新鞋踩地,那样会磨掉鞋底上好看的花纹。"

小西说:"这种鞋可牢了,下雨天穿都不怕水,穿坏了就再来买,你们俩不是都在挣钱吗?"

小姐妹这才放了心,她们走在街上,故意把腿抬得高高,大概想让行人都注意到她们的新鞋吧。

这一天是米洛母女的节日,地下室里不断传出母女三人的说笑声,旅馆里所有员工也都知道米洛的两个女儿穿上了中国鞋。

六

宗小西从来没像现在这样期盼着去学校。在雅温得,小西觉得每个星期一早上的阳光都特别灿烂,因为他又能和圣路易中学的同窗聚在一块,度过开心的五天。以前在上海时,小西每每想到星期一早上雷打不动的综合测验和班主任那张永远眉头紧锁的脸,真希望自己在星期一死掉。如果说宗小西是条鱼,上海的学校则是一片沙滩,让他感到行将窒息般的憋闷;而圣路易中学环境犹如辽阔无际的大海,他可以自由自在地畅游跳跃。

苏马的车刚停在校门口,红头发奥利和几个男生就过来招呼小西。奥利说:"嗨,宗,下个周末是我生日,在家开派对,邀请班上一些同学去我家,你去吗?"

小西点头道:"当然,我还应该送你生日礼物呢,你喜欢什么?"

奥利耸耸肩膀:"礼物嘛,随便。不过开完派对我们大伙骑车去蒙非贝山郊游,还带上滑板和飞碟,你有什么好玩的东西?"

小西想了想说:"我带蜻蜓风筝吧,那是中国玩意儿,给你们见识见识。"

男孩们说笑着走进教室,今天又有米歇尔老师的数学课,那是最能让小西露脸的课目。如今小西除了法语课略微逊色外,其他功课成绩都在全班名列前茅,虽然这个学校从不将学生成绩排名次,也不存在尖子和差生之间的区别,反倒让小西对读书这件事情本身增添了不少兴趣。

周末,苏马开车将小西和他的自行车及蜻蜓风筝一块送到了奥利家,小西给奥利带来的生日礼物是中国京剧人物脸谱,他和二姑专门去中国商店买来的。奥利很欣赏小西送的礼物,久久戴着那张脸谱不肯摘下。

奥利父母亲都是法国驻喀麦隆大使馆的外交官,他们家很大,雇用了五六个当地仆人。奥利对大伙说:"用黑人干活最便宜了,他们一个月的工资只够在法国超市里买一公斤牛肉。"

小西无意中发现,今天获邀参加奥利生日派对的同学除了他一个中国人外,几乎都是白人,班上的当地同学竟无一受到邀请。

奥利的父母不在家,大概故意躲出去了,好让这群少男少女们玩得无拘无束。吃过生日蛋糕后,有人跳进花园里的游泳池嬉水,有人玩着奥利最新款的手掌游戏机,等到奥利一声令下,大伙又纷纷骑上自行车,浩浩荡荡向蒙非贝山出发。

骑出好长一段路,小西发现有个黑人男孩跟着他们的车队跑步,他认出那是奥利家中的小仆人。奥利说:"让他跟着吧,待会儿我们玩飞碟时好叫他去捡。"

小西于心不忍:"那样他多累啊,待会玩飞碟我们自己捡好了。"

奥利脸上浮起讥笑:"累?他们黑人能给我们白人干活就是福气,要不像他这样笨的家伙上哪儿找挣钱吃饭的地方?"

小西反唇相讥:"黑人也有聪明的地方,比如他们唱歌跳舞水平很高,黑人田径运动员跑得快,你不能无缘无故瞧不起黑人。"

奥利猛然刹住车,将自行车横在小西跟前,故意怪声怪气道:"黑人再聪明也不如你们中国人啊,你们会做假货,造假名牌,然后把它们卖给全世界。"奥利的话引起同行者一阵大笑。

小西满面通红对奥利喊:"你是种族主义,我不想跟你玩了。"说完调转车头准备回家。

男孩女孩们的笑声戛然而止,奥利更是显得有些尴尬。自从跟着父母来到非洲,他已经习惯这样看待当地人,谁也没指责过他的言行是种族主义,连当地人自己也没反驳,宗小西这个中国人为什么这样敏感呢?

有个女孩说:"奥利,你刚才的话就是种族主义。再说今天我们都是你请来的客人,哪有主人把客人气跑的?"

另一个男生推了把奥利的山地车:"快去追宗小西吧,你得向他道歉,中国人可爱面子了。"

奥利在众人目光下不得不收敛起往日的傲慢,他也不想真的惹宗小西生气，往后数学课上还得借这个中国人的光呢。于是奥利奋力蹬起山地车，赶上了气鼓鼓的宗小西。奥利摘下头盔说："宗，我收回刚才的话，我可不是种族主义，我只是想开个玩笑而已。"

小西其实也觉得扫兴，好好地出来郊游，半道却独自打道回府，怎么跟二姑和苏马他们说呢？于是他也停住了车，算是接受了奥利道歉。不过小西又提了个条件："得让那黑人男孩跟我们一块玩，不能只叫他捡飞碟。"

奥利耸耸肩表示妥协："OK，一块玩就一块玩吧。"

终年绿荫葱茏的蒙菲贝山是雅温得制高点。小西和伙伴们来到半山腰一处略微平坦的坡地，登高望远，萨纳加河和尼昂河如同母亲温暖的双臂，将整座城市环抱在怀中。奥利指着远方钦加山巅上的建筑讨好地对小西说："宗，你看，那是'友谊之花'文化宫，你们中国人造的。"

小西早就听苏马介绍过"友谊之花"文化宫了，可他还记着先前奥利讽刺中国人造假货，所以故意夸张地大喊："哇，是我们中国人造的啊，太了不起啦。"

奥利没有食言，他叫那个黑人男孩过来一起玩飞碟。那男孩光着脚，却跑得比谁都快，总能在飞碟将要落到地面的刹那间伸出手去抓住那片红色光环。奥利心服口服，他知道若是跟那黑人男孩比赛，自己和伙伴们都不是对手。

小西打开了他的蜻蜓风筝，山上风大，不一会儿蜻蜓就飞远了，只隐隐约约听见鸣叫声。这时候头顶还是蓝天白云，黑人男孩却叫小西赶紧收线把风筝拉回来，说是暴雨很快就会来临。小西还有点不相信，一眨眼工夫天边果真有大片乌云朝蒙菲贝山飘来。黑人男孩抢过小西手上的线轴飞快摇着，眼看大蜻蜓就要回到地面，一阵风刮来，风筝挂到了一棵高大的椰子树上。

疾风裹着豆大的雨点卷过山坡，小西和伙伴们都迅速跑到附近一家宾馆的停车棚去躲雨。只见那个黑人男孩冲向大树，猿猴般灵巧地爬上树梢，将蜻蜓风筝取了下来，居然还顺手摘了两颗野生椰子。

十几分钟后，雨停了，天空如同纯净无比的蓝色水晶。男孩女孩们喝着甘甜的椰子汁继续嬉耍，一直玩到夕阳西下。

回程途中，奥利和小西轮流驮着黑人男孩，那男孩高兴得一路哼着小调。临别时，黑人男孩对小西说："等我挣够了钱，要买一辆中国自行车。"

<h2 style="text-align:center">七</h2>

　　二姑要去尼日利亚参加华商协会年会，会期有十来天，所以她打算利用此次机会锻炼一下侄儿，让小西担任"新上海旅馆"的临时老板。司机苏马不出车时也帮忙照应大堂和前台，苏马是旅馆老员工了，二姑请他协助小西。

　　小西十分高兴，来雅温得好几个月了，他吃住在这家旅馆里，已很熟悉二姑那套管理流程。再说他数学好，经常能帮助二姑把账目算得一清二楚，所以对当好临时小老板信心十足。

　　二姑走后，小西除了上课，暂停其他一切课余活动，一本正经扮演起自己的老板角色。每天早上小西去学校之前，都会学着二姑的样，召集全体员工讲话，既是例行公事，也为了展示一番自己身份的尊严。员工们没有谁因为小西的年龄而小看他，在当地人眼里，中国人生来就有做生意头脑，当老板是天经地义的事。

　　这天有对从多哥来的夫妇入住"新上海旅馆"，因为第二天要赶飞机，他们事先关照旅馆服务台早上五点钟电话叫早。可是一个叫拉姆的值班员工忘记了这件事，等到那对夫妇自己醒来，发现已经误了航班时间，夫妇俩非常生气，直接跑到老板办公室来投诉。

　　小西叫来拉姆，谁知拉姆一脸无辜："我从来没戴过手表，也不喜欢看着钟点做事，既然飞机飞掉了，那就等明天再说吧。"拉姆根本没意识到自己有何过错。

　　小西以老板身份叫拉姆向多哥客人道歉，拉姆就朝那对夫妇鞠了个躬，又嘟嘟囔囔说上几句不关痛痒的话。小西说："拉姆，由于你工作失误造成了客人的直接经济损失，飞机票必须改签，先生太太还得多住一天旅馆，这些钱得由你支付，我会直接从你的工资里扣除。"

小西话刚说完，拉姆这个二十多岁的大小伙子居然一屁股坐在办公室地上号啕大哭起来："上帝啊，你这个小中国佬实在太厉害啦，我只犯了这点错，你就要扣我那么多钱啊？"

小西被拉姆突如其来的举动惊呆了，说实话，二姑不在家，他擅自下重手惩罚员工，心里多少也有点犯怵。可小西一想到自己目前的老板身份，决定顶住拉姆的哭喊声。如果此刻退却，那么他宗小西在员工们眼里的威信就会一扫而光，别想再二次翻身。于是小西沉住气对拉姆说："你要是不服可以走人，我们这儿不想雇用没有责任心的员工。"

没想到小西此话一出，拉姆立刻从地上爬起来，擦干眼泪表示认罚，他知道要是离开中国人开的旅馆，自己很难在雅温得再找到一份稳定工作。不过拉姆又扮出一副可怜兮兮的样子："下星期是我女朋友生日，现在我连送个蛋糕的钱都没有了。"

拉姆受罚以后，小西无意中发现旅馆员工们都变得喜欢看服务台墙上那个电子钟了，大多数人开始做到准点上下班，并且按时完成各自分内的活儿。一天下班时，小西特意买了个蛋糕，让拉姆去送给他女朋友。拉姆好像完全忘记了小西对他的处罚，热情拥抱着他的小老板："嗨，宗，你真是我的好兄弟。"

小西送给拉姆蛋糕的消息不胫而走，旅馆雇用的当地员工一个个都跑来朝小西张口："宗，给我买件衬衣吧"或者"我想要辆自行车，旧的也行"，好像宗小西口袋里揣着印钞票机器，理应满足他们的要求。小西发火了："你们年龄都比我大，要买东西得自己努力工作挣钱，怎么好意思开口问我要呢？"

一个黑人胖大嫂反驳道："你们中国人很有钱，来喀麦隆都是当老板的，为什么不肯送点小东西给我们呢？"

小西说："中国人的钱是靠自己劳动挣来的，不是问别人讨来的，只知道伸手朝别人要东西，永远过不上好日子，懂吗？"小西态度很坚决，因为二姑告诉过他，当地人已经养成了依赖国际援助或别人施舍的惰性，当老板就不能惯着他们。

围在小西身边的员工一个个散去，那胖大嫂还在嘀咕："小中国佬比他的女老板二姑更厉害。"

晚上，小西坐在二姑办公室里清点一天的营业额，他发现某天上午的钟点房收入与客人登记数不符。一位客人订四个小时房间，结果两小时后就离开了，这个房间又进入了第二位客人，然而营业额账目上只记录第一位客人付的钱。钟点房本来由老板亲自经手，二姑临走时委托苏马暂管。小西就把苏马找来，将账目摊开请他解释。

苏马一开口便承认自己拿了第二位客人的钱，说："第一个客人已经付了四小时钱，第二笔钱就是上帝的恩赐，既然让我碰上，就该归我。"

小西说："你在这儿工作已经得到工资，怎么还能自说自话拿走客人付的钱呢？要是每个员工都像你这样，旅馆还怎么开下去？你得把钱交出来。"

苏马也不示弱："宗，我告诉你，我可不是拉姆，就是你二姑惠芬回来，也得对我客气点，这钱我就是不交。"

小西也亮开嗓门："要是你不交出钱来，我就开除你，从明天起你不要来上班了，我自己骑自行车去学校，不坐你的车。"

小西和苏马争执时，Madame 米洛正好进来打扫办公室，她朝苏马使了个眼色，苏马就退出去了。

米洛轻声对小西说："宗，你可不能像对待别人那样对苏马哦，说不定哪天苏马会娶了咱们女老板，那他就是你家亲戚啦。"

小西呆呆望着米洛，想从那她脸上看出此话的可信度究竟有多少。小西知道二姑在上海当售票员时有过一个男朋友，就是跟她搭班的司机，后来因为想结婚又买不起上海的房子，两人才分了手。二姑也因此决定到非洲来淘金，发誓要当老板赚大钱。如果二姑真的跟苏马结婚，小西是赞同的。苏马虽是黑人，没读过几天书，却生性善良幽默，对二姑和这家旅馆也算忠心耿耿。但要是苏马因为跟二姑的关系非同一般，现在就不把自己当外人，随意将营业收入放进腰包，小西是不能答应的，除非二姑亲口批准让苏马享有此种特权。

苏马跟小西争吵后一直蹲在办公室门外抽烟，他心里也挺后悔，要是宗小西在他二姑跟前讲几句坏话，惠芬还会相信他吗？不如趁惠芬回来之前，把钱交出去算了。苏马觉得中国人个个都是鬼精灵，不论年龄大小，他这样的黑人根本不是对手。于是苏马决定把私吞的钱全都交给小西，他吞吞吐吐对小西说："宗，给苏马大叔一个面子吧，别把这事跟你二姑说。"

小西没想到苏马一个大男人这么快就会认输，心里很得意，一口答应："OK，我们中国人讲究信用，你知错就改，我既往不咎，保证不跟第二个人说。"

八

圣诞节前夕，宗小西收到一张寄自法国巴黎的明信片，法航班机上认识的漂亮女孩莱娜没有忘记小西，她和父母亲要在圣诞节假期来非洲旅行，第一站就是喀麦隆。莱娜请小西为她一家人预订下"新上海旅馆"的房间，还想请他当导游。小西非常高兴，他和二姑选中旅馆内一处面积最大、设施也最全的套房，准备接待莱娜一家。二姑还把苏马和他的雷诺派给小西使用，让他可以在法国客人面前当一回像样的东道主。

莱娜和她父母都没想到，巴黎戴高乐机场一别才数月，小西竟然已能讲一口流利的法语。倒是莱娜，回法国后没机会说汉语，此番见到小西除了"你好"，再也蹦不出更多中文来，她干脆跟小西说法语。莱娜问小西："你来非洲后看到过哪些动物？"小西说："我一直待在雅温得，城市里哪有野生动物？"莱娜父母都是职业外交官，业余爱好旅游。他们真诚邀请苏马和小西一起去喀麦隆西南边看大海，然后去俾米格人部落参观。

苏马开车载着莱娜一家和小西来到海滨城市杜阿拉。只见雪白的沙滩镶嵌在蔚蓝色的几内亚湾海边，沿海公路蜿蜒曲折，一排排高大的椰子树如同盛装仪仗队，整齐划一摇曳着宽大树叶，欢迎远方来客。椰子树与白色的沙滩和雪浪花，还有那些停泊在海边的独木舟，构成一幅幅风景旖旎的彩色画面。

苏马将车停在一个倚山傍海的小镇，大家准备买些吃的东西就地野餐。整个团队只有苏马是喀麦隆人，自然由他去采购。苏马在小镇上逛了好一会儿,买到一条烤羊腿和几块木瓜,还有用塑料瓶装的本地啤酒。

莱娜父亲用刀将烤羊腿切成块,可以拿在手里啃。莱娜母亲在地上铺了张塑料布当餐桌,苏马用牙齿咬开啤酒瓶盖,给大伙人手一瓶。莱娜和小西本来不想喝啤酒,苏马说:"这地方可买不到你们爱喝的饮料和矿泉水,不喝啤酒就去喝海水吧。"

他们一伙坐在海边就着啤酒啃羊腿,刚吃到一半,周围已站满了当地孩子,少说有二三十人。那些孩子大多光着身子,几乎无人穿鞋,他们个个瞪大眼睛看着地上的食物,不知不觉把自己肮脏的手指放在嘴边吮吸。小西和莱娜从未见过如此饥饿的眼神,两人不约而同放下了手中的羊肉和啤酒。

莱娜父亲说:"如果你们几个和我一样不太饿的话,就少吃些,把东西留下吧。"同行者立刻响应着站起身来,准备回到苏马的车上去。

还没等他们走开,那些围观的当地孩子一拥而上,争抢着地上食物。大孩子从小孩子手上抢过羊肉,小孩子只好把木瓜皮捡起来塞到嘴里,场面充满了原始野性。铺在地上的塑料布经海风一吹飞得很高很远,好几个孩子追着它跑,紧接着又是一阵撕打争夺。

小西和莱娜久久没说话,那是二人有限人生记忆中不曾出现过的画面,他们无法为自己找到解释语。

苏马会说俾米格土语,第二天他带领大伙去俾米格部落。途中,苏马跟莱娜开玩笑:"法国小姐,你想当白雪公主吗?因为俾米格族尽是小矮人。"

汽车沿着一条土路向前开,道路很窄,路面又不平,因而车速很慢。道路两旁树林茂密,满目绿荫,那些硕大的植物叶片不时扫过车顶,甩下绿色的水珠。不知走了多久,前方终于出现了人类生活的痕迹,苏马把车停了下来。

穿过一大片杧果树和芭蕉树林,小西看到几间茅舍,都是用树枝、藤蔓、树皮或树叶糊上泥巴搭成的。茅舍前有一块空地,几个手持梭标的俾米格男人站在那儿欢迎远方来客。那几个男人真的很矮,身高最多不过140厘米,从背影看像尚未发育完全的小孩。他们有的赤膊,有的穿着脏兮兮的T恤衫，个个挺胸凸肚，走路带着点外八字。

苏马跟一个握着梭标的男人说了几句话，那男人突然仰起头来吹了声口哨，转眼间男女老少俾米格人三三两两来到空地上，把小西、苏马和莱娜一家团团围住。大人小孩纷纷伸出手来向客人讨要吃的，似乎并不觉得有什么不好意思。苏马说这是俾米格人的习俗，有好东西要大家分享。

莱娜父亲说："我们既然来到人家的领地，就按主人要求做吧。"他带头把背包里能吃的东西都掏出来递给身边的俾米格人。

小西和莱娜也赶忙仿效，把食物都分到了伸过来的手里。小西悄悄问苏马："背包里的东西都给了他们，我们自己吃什么呢？这地方也没有商店。"

苏马神秘一笑："放心，俾米格人不会让你饿肚子的。"

果然，不一会儿，两个俾米格女人抬来一口粗大的瓦罐，瓦罐里面是用芭蕉叶包起来的烤木薯，打开叶子，热气腾腾的木薯散发着香味。接着又有两个男人抬来一根树枝，上面挂着几条烤鱼，男人往烤鱼肚里抹了些盐巴，就请客人们品尝。这时候，那些吃过客人东西的男女老少都知趣地离开了，他们已经享用过别人的食物，现在该轮到请客人吃饭了。俾米格人至今不会使用货币，他们和其他部落或外界的交易都是以物换物。

小西学着苏马的样子用手抓过一块烤木薯，然后裹着烤鱼一块往嘴里塞。他从来没这样吃过饭，感觉自己像历史课本里说的原始人。

莱娜母亲问苏马："喀麦隆政府为什么不动员俾米格人去交通方便的地方居住呢？那样外界可以向他们提供更多的生活必需品呀。"

苏马说："不是政府不关心他们，是俾米格人不愿改变他们祖祖辈辈的生活习惯，他们不肯离开这片伊甸园。"

莱娜父亲说："城市里的人总以为越现代化的生活越幸福，其实每个人对幸福的理解不一样，也许这儿俾米格人内心幸福指数远远高于我们几个呢。"

小西很赞同莱娜父亲的话，说："我就觉得来到非洲后比在上海时更幸福，因为我可以做自己想做的事情，不用再看着父母和班主任的脸色过日子。"

莱娜说:"那你的幸福就是 liberté(自由),我们法兰西精神的第一条。"

不过小西很清楚不能让父母知道自己在俾米格部落像野人一样用手抓着吃饭,那样会把他们吓坏的。

客人们吃完饭后,几个俾米格孩子提着用树叶编成的小篮子走过来,篮子里有几条蹦跳着的小鱼儿,他们想用篮子和小鱼换小西的旅游帽还有莱娜脖子上的丝绸围巾。小西摘下帽子,又别上一枚从上海带来的纪念章,交到一个男孩手里。男孩兴奋得咕噜咕噜说了好多感激话,可惜小西一句也听不懂。

莱娜也慷慨解下了丝绸围巾,系在一个俾米格女孩脖子上。那女孩转身张开双臂,小鸟儿般飞向一处茅舍,大概要让她的家人来分享快乐。

临别时,苏马刚发动车子,那些俾米格男女老少又从树林里钻了出来,他们挥舞树枝唱着跳着跟在汽车后面跑,直到汽车不见了踪影。

小西和莱娜一直在汽车窗口朝热情的俾米格人挥手,不知什么时候,两人脸上都挂起了泪水。小西说:"我还会再来看他们的。"莱娜说:"当然,我也会的。"

九

雨季开始了,淅淅沥沥的雨下个不停。晚饭后,不怕花钱的客人喜欢打车去雅温得市中心泡酒吧看电影,想省钱的就聚在旅馆大堂里看电视,倘若第二天要赶飞机,那就索性伴着雨声早早睡觉。

小西在上海时习惯了每天晚上做那些永远做不完的习题,不熬到深更半夜无法睡觉,父母亲会像监工一般监视着儿子。来喀麦隆后,小西发现圣路易中学的学生压根就没有家庭作业概念,因为所有与学业有关的功课都可在学校里完成,学生有权支配自己所有课余时间。于是小西决定每天晚上给亚莉和萨莉姐妹当小老师,教她们写字和做算术。

二姑和苏马两人的恋情已完全公开化了,晚饭后苏马总是开车带着女老板出去消遣谈情说爱，二姑就让小西坐镇办公室，因而这段时间二姑的办公室也成了亚莉和萨莉的课堂。

小西先教小姐妹俩写法文字母，然后教拼写法。亚莉和萨莉都出生在雅温得，大城市里人大多说法语，再加上法文单词能念就能拼写出来，所以姐妹俩进步很快，几个星期后就会用法文造简单的句子了。小西又教她们写阿拉伯数字和加减法，至少让她们会计算自己劳动得到的报酬，买东西时也能算清账。

Madame 米洛很感激小西，她不想让女儿像自己一样当睁眼瞎，可她一个寡妇，能养活两个孩子已十分不容易，哪里还有钱供她们上学呢。小西给亚莉和萨莉讲课时，Madame 米洛总会从厨房里拿来些好吃的东西，比如火腿奶酪面包或是冰淇淋。这些东西大多是米洛在客人自助餐前悄悄留下的，但她决不许两个女儿眼馋。在米洛心目中，小西是东家主人，而她们母女都是仆人，永远都该记住自己身份，不能奢望跟东家平起平坐。

小西明白 Madame 米洛心思，他会想出各种各样花招把这位厨娘支开，或是请她去大堂服务台看看有无新来的客人，或是要她去厨房取瓶矿泉水，米洛体形胖走路慢，按小西吩咐打个来回差不多得十几分钟。小西跟亚莉和萨莉就趁机一块分享那些好吃的东西，吃完后立刻擦干净嘴巴，这套把戏让三个孩子玩得很起劲，只有 Madame 米洛蒙在鼓里。

这天晚上小西正跟亚莉和萨莉背着 Madame 米洛分吃冰淇淋，他忽然看见小姐妹俩不约而同用双手捂住嘴巴，原来她们的母亲又返回来了。米洛慌慌张张叫喊着："宗，你快去看看吧，拉姆跟客人打起来了。"

小西来到大堂，只见在服务台值班的拉姆跟一个乍得旅行团导游互相拽住对方衣领，目光怒视，犹如两头脾气火暴的雄狮。说来也奇怪，当他们二人看到小西出现，竟然同时松了手，垂下头来一声不吭。

拉姆大概自觉有了后台，于是先发制人道："宗，你可是在圣路易中学读书的有学问人，来评评理吧。这个旅行团14个人吃了两天早饭，每人每天300法郎，两天总共8400，可这个导游只肯付8000，赖账不算还想打人，喊。"

拉姆话音刚落，那个乍得导游从裤兜里掏出一把火柴棍甩在桌子上，随即像变戏法般一五一十算起账来,他怎么算也只该付8000法郎。小西心里发笑,一个只会用火柴棍算账的人居然能当导游,而且还是出境游。

小西让拉姆回服务台去,自己按住乍得导游肩膀,耐心地用火柴棍跟他算账。小西很快发现乍得导游漏掉了两根火柴,他反复演算给那导游看,导游终于心悦诚服,这会儿他却坚持认为自己应该再付600法郎才对。

小西的耐心已经被火柴棍消磨殆尽,他收下400法郎交到服务台,把另外200法郎硬塞回乍得导游的口袋,说:"这就算我给你的小费吧。"

乍得导游欣喜若狂,猛地抱住小西肩膀说:"Merci, mon ami chinois(谢谢你,我的中国朋友)。"

小西咬住嘴唇怕自己笑出声来,他看见拉姆在服务台里面朝他做鬼脸。

一场风波就此平息下来,Madame 米洛感慨万分:"中国人就是聪明,瞧瞧宗才多大,两个大人脑子加起来还顶不上他一个呢。"

十

苏马已经在圣路易中学门口等了半个多钟头,仍不见小西出来,放学后学生都走光了,苏马只好向门卫打听有没有看见他的小东家。门卫老头问苏马:"是那个小中国人吗?好像跟红头发奥利一块走的,去哪儿我可不知道。"苏马一遍遍打小西和奥利的手机,可两部手机都无法接通。一种莫名的恐惧涌上苏马心头,小西该不会遭绑架吧?非洲各国近年来似乎经常发生绑架有钱外国人的事件。苏马决定先开车回家报告女老板,然后再想办法找小西。

二姑一听小西不见了,从老板椅上惊跳起来。小西是哥嫂的独生子心肝宝贝,是她的亲侄儿。当初她硬要带小西来喀麦隆留学,要是孩子在国外有点闪失,那让哥嫂和她自己该怎么活下去呀。二姑当即打电话报警,过了一个多小时,雅温得警察局的白色警车才笃悠悠停在了"新上海旅馆"门前。

为首的中年警官进门后并不急着询问案情,倒是对大堂墙上的中国菜广告很感兴趣,他对二姑说:"Madame,能告诉我这些菜怎么做吗?回家让我老婆也做几个尝尝。"

二姑听懂了警官的意思,连忙吩咐厨房做菜,一面亲自陪同警官和他两名部下去餐厅。一道道色香味俱全的中国菜很快上了桌,三个警察也不客气,摘下帽子挽起衣袖开始大快朵颐,还鼓着油汪汪的大嘴巴称赞中国菜好吃,那模样不像来办案,倒是三个地道食客。二姑强忍下内心焦虑,她深知入乡随俗的道理,要不把这些警官老爷伺候好了,小西恐怕真会命在旦夕。

三名警察一阵风卷残云,餐桌上顿时杯盘狼藉。那头儿打着饱嗝对二姑说:"Madame,呃……,我看您完全不用着急,要真是绑匪绑架您家小主人,总该有个目的吧,为什么到现在也没打电话来要赎金呢?您不妨再耐心等等,说不定孩子去哪儿玩了,过会就回家了呢。"警官说完站起身来,两名随从跟在身后,警车呼啸着离去。

二姑绝望地大放悲声:"小西,你在哪儿啊?"她哭喊着一头栽倒在地上。

苏马抱起自己的恋人和老板,发誓道:"惠芬,你在家里等着,我就是找遍喀麦隆也要把小西找到,否则我没脸回来见你的。"

其实这天下午小西本该像平常一样等着苏马来接他回家,可下课铃响时奥利告诉小西,离学校不远处那家网吧新添了好几种游戏软件,问小西想不想一块去看看。小西一听乐得蹦了个高,家中电脑里那几套游戏软件还是从中国带来的,他早就玩腻了。于是小西迫不及待跟着奥利从学校后门抄近路去网吧,把苏马和他的雷诺车忘得一干二净。

网吧老板见到小西和奥利,脸上立刻展开殷勤的笑容:"欢迎,欢迎,中国朋友,法国朋友,你们可是最尊贵的客人啊。"

小西有点不习惯老板的过度热情,而奥利在非洲待久了,总是理所当然全盘照收当地人的恭维。他问老板:"楼上包间腾出来了吗?把你的新货色都拿出来吧。"

老板应声道:"包间归你们二位用,最新的游戏软件已全都装上了。"

小西和奥利一人面对一台电脑,很快沉浸到《恐龙世纪》与《帝国战争》

的虚拟世界里。为了不受干扰,二人都关闭了手机,他们不知道家人正在发疯似的寻找自己。若不是后来小西和奥利肚子都饿了,他们甚至想不起来身在何处。

离开网吧时夜幕已经降临,小西掏出手机,想让苏马来接他和奥利回家。这时周围几条黑影窜过来,小西只听到奥利喊了一声:"宗,坏了。"接着他俩的嘴巴都被臭烘烘的东西堵住,眼睛也被蒙上。小西拳打脚踢试图挣扎,脑袋上挨了一棍,他昏沉沉地倒在地上。

不知过了多久,冷雨浇醒了小西和奥利,他们扒下蒙眼睛的布条,发现自己从头到脚都裸露着,浑身上下被剥得只剩下一条裤衩。手机和钱包也没了,书包里的课本及文具却一样不少,看来抢劫犯并不喜欢读书。不过那些抢劫犯好像还有点人性,在小西和奥利身边扔下两件非洲男子常穿的旧袍子,小西和奥利冷得直打战,就把长袍披在身上,居然还挺合身。

他们听到有汽车驶过,明白此地就在马路附近,跟跟跄跄走了几步,才认出遭抢劫的地方离那网吧只隔一条小街。奥利提议先回网吧,好借用老板的电话跟家里联络,小西也同意,两人互相搀扶着朝网吧走去。

网吧门前围着好些人,小西一眼看到苏马那辆银灰色的雷诺,原来苏马正沿着小西平日里喜欢去的地方一一寻访。

小西哭喊着:"苏马大叔,苏马大叔。"便一瘸一拐跑了过去。

苏马惊喜万分,双手捧住自己脑袋:"感谢上帝呀,感谢上帝,把我的中国小王子送回来了。"苏马让小西和奥利上车,自己立刻给二姑打电话,然后他又把手机交给奥利,让奥利也给父母报个信。

奥利父母在电话里告诉儿子,由于奥利和宗小西都是外国人,他们短暂的失踪已分别惊动了法国和中国驻喀麦隆大使馆,此刻雅温得电视台正在一遍遍反复播出他们失踪的消息。

小西回到家,二姑一把将他抱在怀里,泪流满面久久不肯松手。Madame 米洛和两个女儿亚莉和萨莉也在一旁淌眼泪,不知是高兴还是难过。小西对二姑说:"千万别让我老爸老妈知道这件事啊,要不他们准得让我明天就回中国去。"

半夜时分,先前三位警察又一次来到"新上海旅馆",让小西叙述事情发生的全过程。做完笔录后，那警官对二姑说："Madame，为了感谢您的中国菜，我保证在一个星期内破案。"

小西和奥利都在家休息了两天，第三天刚进校门，米歇尔老师就把他们带到校长室。校长正在和为小西做过笔录的警官谈话，墙角边蹲着三个男孩，一个个抱着头。令小西和奥利万分惊讶的是，三个当地男孩身上竟穿戴着他俩那天晚上被扒去的衣裤和鞋帽，他们的手机、MP3耳机和钱包也在校长办公桌上。

那警官问小西和奥利："认识这群笨贼身上的东西吗？小混混们从来没穿过名牌，抢劫了你们的衣服后就天天穿着招摇过市，所以警察一逮一个准。"

警官命令墙角边三个男孩抬起头来，那是三张充满稚气的脸，看上去年龄都跟小西、奥利差不多大。此时那三个男孩目光中流露出羞愧和恐惧，他们不敢跟两个受害人对视，很快又低下了头。

小西和奥利分别在一张单子上签了字，拿回各自的手机和MP3，只是钱包均已空空如也，钱早就被小混混们花完了。

警察要三个男孩脱下属于受害人的衣物，小西突然上前阻拦说："衣服我不要了，他们也给了我们非洲长袍，就算交换吧。"

奥利说："我也不要衣服了，总不能让他们光着身子从这儿出去吧。"

米歇尔老师对那三个男孩说："叫你们的爸爸少喝点酒，省下钱来送你们上学，免得以后三天两头进警察局。"

这一整天，小西和奥利都在想着同一个问题，警察会把那三个小混混男孩送到哪里去呢？

十一

又到了晚上小西给亚莉和萨莉姐妹上课的时间，可只有妹妹萨莉一个人来。小西问她："你姐姐呢？怎么不来上课？"萨莉红着脸，抿紧嘴唇拼命摇头。

小西拿出一块巧克力放在萨莉面前,小姑娘抵挡不住诱惑,犹豫地说:"那我告诉你吧,你可不能说我说的噢。"小西就把食指放在自己嘴边,做了个保密手势。

萨莉说:"我姐姐要结婚了,妈妈说女人读书本来就没有用。"萨莉道出了秘密,心安理得地把巧克力放进嘴里。

小西哈哈大笑起来:"亚莉要结婚?她还不满十一岁呢,肯定是你骗人,或是亚莉偷懒不来上课。"

萨莉想分辩,巧克力差点儿堵在嗓子眼:"真的,亚莉真的要结婚了,下个星期天人家就要来送结婚衣服和礼物,你看着吧。"

小西无心再给萨莉上课,又给了她几块巧克力,让女孩自己回去抄生词。小西把萨莉的话告诉了二姑,想从二姑那儿得到证实。

二姑说:"Madame 米洛早就有意把女儿嫁出去,她一个人养活两个孩子实在太艰难了。"

小西几乎喊叫起来:"可是亚莉还那么小,怎么可以结婚?这个国家没有婚姻法吗?"

二姑摇摇头:"这个问题你最好去问苏马,我也不太清楚。"

第二天早上小西坐苏马的车去学校,途中他问道:"苏马,喀麦隆女人长到几岁可以结婚呢?"

苏马说:"那不一定,只要她父母同意,刚出生的女婴也可以嫁给别人,因为喀麦隆男人少女人多,一个男人只要有实力,想娶多少个妻子都行,法律是允许的。"

小西又问苏马:"那你以后若是真跟我二姑结婚的话,还要娶别的女人吗?"

苏马吓得脸色发白,来了个急刹车,说:"我的小王子,你可别瞎说啊。你二姑惠芬可是我最想要娶的女人,我一辈子只要有她一个妻子就足够了。"

其实小西并不为二姑担心,但苏马的话证实了小姑娘萨莉没有说谎,她姐姐亚莉很可能会按照母亲意愿早早就嫁出去。

星期天上午,两辆日本产的丰田轿车停在旅馆门口,一个身材高大的中年男人指挥几个小伙子，往米洛母女住的地下室里搬东西。箱子里装着送给亚莉的衣服鞋袜，还有许多蛋糕饮料之类的食物。

亚莉被母亲打扮得真像个小新娘，一身新衣服，头上梳了许多根细细的小辫子，嘴上还擦了口红，小西知道亚莉今天穿的衣服还有口红都是二姑送的。

苏马在一旁看热闹，他悄悄告诉小西："看见那个高个子男人了吧，就是亚莉的未婚夫，比我年纪还大呢，都三十九岁了，家里有七个妻子。"

小西惊讶不已："他为什么要那么多老婆呢？"

苏马耸耸肩，不无嫉妒地说："天知道，有钱男人就喜欢跟人比谁的老婆多。"

亚莉的未婚夫送完礼物，来到二姑办公室，恭恭敬敬地发出邀请："Madame 宗，我父亲听说这家'新上海旅馆'是中国人开的，非常希望能认识您，请您和这位年轻的宗先生下个周末去我家参加我和亚莉的婚礼。"

二姑立刻接受了邀请。她知道亚莉未婚夫的父亲是当地一位酋长，掌管着方圆五百多千米领地。据说二十多年前酋长生过一场大病，是中国援非医疗队大夫救了他的命，从此酋长只要听说哪里来了中国人，就会千方百计请到自己家中作客。而二姑身为旅馆老板，也很需要跟当地人交朋友，尤其像酋长这样有身份的当地人。

这日午后，小西拿着他的宝贝蜻蜓风筝，喊上亚莉萨莉姐妹和他一块去后坡上放风筝。本来 Madame 米洛不想让大女儿亚莉出门，自从收下酋长儿子的礼物，亚莉就算订过婚了，不能再随便同男人出去玩。不过米洛不敢违背小西的意愿，在当地人眼里，一个女人是不合适当老板的，所以小西将来也许会取代他二姑成为"新上海旅馆"的真正老板，米洛可不想得罪他。

蜻蜓风筝借着风力扶摇直上，渐渐成了个彩色小圆点，飘浮在半空中。小西和亚莉萨莉坐在草地上吃巧克力，小西问亚莉："你为什么要跟那个男人结婚呢？他比你妈妈年龄还大。"

亚莉笑了："妈妈说那个男人家里有钱，跟他结婚我就不用再擦鞋了，每天都可以吃饱饭。"

小西对亚莉的糊涂脑筋有点生气："可你还小呢，应该上学读书，不是结婚，懂吗？"

萨莉在一旁插嘴："宗，那你什么时候结婚啊？你会娶我们喀麦隆女人吗？比如说娶我。"

小西把拳头伸到萨莉面前晃了晃，做了个让她闭嘴的手势："我是中学生，离结婚还早呢，反正我是不会跟一个没读过书的女人结婚。"

萨莉说："我现在不是跟着你读书了吗？你以后娶我吧，你们中国人有钱又聪明，可以娶很多女人的。"

小西脸上浮起轻蔑神色："中国男人只能有一个妻子，跟你们不一样。"

"噢……"小姑娘叹了口气，"那你肯定不会第一个就娶我的。"

亚莉不再参与妹妹跟小西的谈话，她仰起头来眯着双眼，惬意地享受阳光，似乎在憧憬即将开始的婚后生活。

宗小西有点失望。

十二

亚莉出嫁那天，酋长家派来一辆大客车，把旅馆所有员工都当作新娘的娘家人请去参加婚礼。亚莉被打扮得漂漂亮亮，坐上大客车头排，小西和二姑则乘坐苏马的车。

车子从雅温得出发，在丛林和草地间颠簸了大半天，才抵达大酋长的城堡所在地——一个叫布巴的小镇子。苏马告诉二姑和小西，这个大酋长声名显赫，掌管着方圆五百千米的生杀大权。

车子在酋长的"宫殿"门前停下，小西看见大门里面搭起一个宽大的平台，有点像中国唱戏的舞台。台上坐着一位六十来岁身穿白色长袍的男人，他戴了副很时尚的宽边眼镜，见客人进门，立刻起身相迎。苏马悄声说："那就是酋长，亚莉的公公。"

酋长走到二姑和小西跟前："欢迎你们，尊贵的中国朋友。今天是我儿子结婚的大喜日子，能见到中国客人光临，比儿子结婚这件事本身还令我高兴。"酋长年轻时曾留学法国，说一口流利的巴黎口音法语，小西还是头一回听到一个黑人说这么好听的法语。

酋长饶有兴致地领着中国客人参观他的"宫殿"，这是由几十间泥土屋连接起来的巨大建筑群，房顶上铺着厚厚的树叶，泥土墙砌得很结实。因为老酋长本人娶过十六位妻子，共有五十多个孩子，只有这样的建筑群才有可能容下这样的大家庭。酋长的"宫殿"里各式家用电器一应俱全，小西认出了中国产的海尔空调和美的微波炉，他感觉十分亲切，好像在异国他乡见到了亲人。

将要成为亚莉丈夫的男人是酋长的长子，等他娶进第八位妻子后，父亲就将退位，把酋长宝座让给他，也就是说，亚莉现在已是准酋长夫人了。

离酋长"宫殿"二三十米处，有十来栋独立的尖顶小屋，门前都站着一位年轻漂亮姑娘，原来她们就是亚莉丈夫已经娶进门的七位妻子。其中有两三个看上去比亚莉大不了多少，像亚莉的姐姐。她们看见有陌生男子走来，尖声笑着逃进屋里去了。

新郎请二姑和小西去参观一下他的新房，也是同样的独立尖顶小屋。屋内有一张大床，地上铺着新草席，沿墙摆放着大大小小的瓦罐，当地人爱把自己所有的生活用品都放在瓦罐里。

二姑按中国人习惯送给新郎新娘一个大大的红包，里面有 500 美元。小西带来了那只蜻蜓风筝，他知道亚莉非常喜欢这个玩具，所以他决定把风筝当作结婚礼物送给新娘。小西对新郎说："先生，亚莉很喜欢放风筝，结婚后你有空陪她去放风筝好吗？"

新郎说："我向中国朋友发誓，一定好好待亚莉，让她在我家过得像女皇一样，你放心吧。"

小西笑了，他无意中看见 Madame 米洛眼中溢出了激动的泪花。

婚礼在"宫殿"外一片草地上举行，宾主人人载歌载舞，二姑和小西也在苏马带领下舞进了人群中。傍晚时分，篝火燃烧起来，大伙一起就着杧果酒吃木薯饼和烤羊肉。小西有生以来第一次像真正的男子汉那样大碗喝酒大块吃肉，很快便醉得不省人事。

第二天早上离开酋长家时,小西想跟亚莉告别,可怎么也找不到她。苏马说:"从今天起亚莉不能在未经丈夫同意的情况下随随便便见男人,因为她不再是小姑娘,而是一个结了婚的妻子。"

小西最后看了一眼那栋尖顶小屋,心里默默祝福小伙伴亚莉。

尾　声

二姑终于决定跟苏马结婚,她要回老家上海去举行婚礼。小西也在父母亲一再要求下,跟二姑一同回上海去过寒假。

"新上海旅馆"贴出停业一个月的通知,员工们欢天喜地开始享受一段难得的带薪假期,只有 Madame 米洛和小女儿萨莉依然留在旅馆内,这里已成为她们真正的家。

萨莉和小西在门口告别,小姑娘问:"宗,你还回雅温得来吗?"

小西说:"当然,我喜欢雅温得,一定会回来。你好好看家,等我回来时给你带个老鹰风筝。"

萨莉有点奇怪:"为什么是老鹰?蝴蝶或者蜻蜓不好吗?"

小西解释道:"因为老鹰可以比蝴蝶和蜻蜓飞得更高更远啊。"

萨莉咧开厚厚的嘴唇笑了,她又掉了颗门牙,张开嘴巴就可以看见一个可爱的黑洞洞。

白金护照

一

F 大学语言学院两年里跑掉了三个年轻女教师。"跑掉"一词在语言学院有其特定含义，那就是利用公派出国学习或工作机会一去不复返，滞留国外不归。这三个女教师都是单身，被派往美国的孔子学院教授汉语，其中一人工作期限满了之后不愿回来，寄回一纸辞职申请与 F 大学拜拜。后两位继任者更绝，临行前就分别写好辞职信，到了浦东机场各自寄出一封特快专递，待学院领导收到快递信件，她二人已踏上了美利坚的土地。

假若时光倒退二十年，这几个年轻女教师的行为似乎很容易让人理解，因为那年月一个"穷"字便能解释诸多与此情节大同小异的故事。学院里几位八九十年代出国的"海归"教授们，谁没有一本当年"洋插队"的血泪账？要是今日中国高校教师们还拿着每月几百块钱住在筒子楼里，你看看海归们归不归，说到底发扬爱国主义精神也得有一定的经济基础为前提。

留美归来的吕建华教授在放寒假之前例行院务会上大发感慨："这几个小姑娘真是不知天高地厚，以为跑到美国去就能在马路上捡美元啦，做梦去吧。放着好好的中国大学老师不当，还要辞职，到头来不过落得个美国家庭妇女，有什么出息？"吕教授是应用语言学学科带头人，博士生导师，国内语言学界权威，加上自身留美博士的学术背景，在 F 大学语言学院向来一言九鼎，吕教授一张口，没人会自讨没趣与之辩论。

谢如芳心里并不赞同吕教授的说法，她与那三个跑掉的女教师曾经住在同一栋单身青年教师楼里，相互间多少有些了解。人家好歹也都是高学历的博士、硕士，不至于头脑简单到想在马路上捡钞票才选择滞留美国。不过谢如芳不会当面顶撞吕教授，她是吕教授带出来的博士生，又刚靠着导师关系留校任教，报恩还报不过来呢。谢如芳笑着说："吕老师，要是她们几个也像您一样当上'双别教授'，当然就不会跑掉啦。"

吕建华是语言学院第一个住上别墅，开上别克私家车的教授，因而人送外号"双别教授"。谢如芳知道导师不反感这个外号，内心深处甚至还有些感谢送他这个外号的人。果然，吕建华仰面哈哈大笑："什么'双别'，听上去跟'双规'差不多。"吕教授很高兴谢如芳在大庭广众之下提起他的外号，这样他便可以顺理成章将话题引至许多同事尤其是青年教师羡慕不已的别墅和私家车。如今的大学教授不能只满足于学高为师，身正为范，教授的生活派头也是博得学生和后辈尊敬的重要原因。

其实谢如芳在吕教授门下读博士时，最欣赏导师身上的海外做派。比如吕教授进门出门会习惯成自然地让女人先行，自己用身子挡着门。课堂上不小心打了个喷嚏从不忘记说声"对不起"，即便他一人独处，这声"对不起"也绝不会省略掉，那是融化进血液的文明习惯。吕教授留学海外多年，精神和行为都烙上了西方文明标记，这种标记有时会比可以量化的金钱更吸引人。

散会时吕教授叫住谢如芳："小谢，你去'又一村'订一桌六个人的晚餐，有位留美老同学回上海来，我得尽一回地主之谊，你们几个都来作陪吧。"

"又一村"是 F 大学校园餐厅，本校师生用餐后发票可在科研经费里报销，因而成了科研经费充足的教授们最喜欢的请客地方。谢如芳知道吕教授所说的你们几个，是指包括她在内的吕门博士弟子。吕教授从不带家人出来应酬，请客吃饭时多半是他的得意门生作陪。

吕建华教授和他四位弟子在"又一村"餐厅的小包间里等了老半天，喝完一壶碧螺春茶，主角仲昆还没到。吕教授略带歉意对弟子们解释："我这位老同学啊，在美国待了二十多年，可回国来偏偏连出租车都不肯坐，非得挤地铁坐公共汽车，这回又不知堵在哪儿了。"好像为了印证吕教授的话，手机响起来，果真是仲昆打来的。他坐公共汽车前来赴宴坐过了站，想回头又找不到反方向车站，只好向吕教授求援。

吕建华哈哈大笑："仲兄，你拦一辆出租车过来吧，偶尔为之嘛，别太环保了。"吕教授挂断电话后又朝弟子们挤挤眼道："仲先生是美国人，不至于没钱坐出租车，主要是环保意识太强的缘故。"博士弟子们心领神会，跟着导师一块放声大笑。

仲昆被服务员小姐带进小包间时，吕建华和弟子们已喝完三壶茶。仲昆个子矮小，又穿着件深颜色皱巴巴的老式花呢西装，看上去形象就有点萎靡，远不如吕建华那般春风得意。仲昆一入座便率先抄起筷子，对着已经摆在桌上的开胃冷菜小碟自顾自大快朵颐，根本用不到旁人请，十足的美国人不拘小节派头。吕建华见状只好招呼弟子们跟着动筷，看上去今天做东的好像是仲昆，吕建华和他的弟子们倒成了客人。

开始上热菜时，仲昆总算放下筷子，悠闲地点起一支烟后发出感叹："到底是中国菜对胃口啊，能吃上几顿像样饭菜，这十几个钟头的飞机也算没白坐。"

吕建华接口道："想吃中国菜你在美国也能做啊，我们读书那会儿你就是留学生圈里有名的'中国大厨'嘛。"

仲昆将一大杯啤酒喝干，胳膊搭到吕建华肩上："吕兄你不知道，这两年里我在美国买了十套房子，租出去九套，整天开着车四处催收房租，哪里还有闲工夫下厨做中国菜？"

包房里刹那间安静下来，吕建华和弟子们都被那十套房子震得表情都凝固了。在座的除了吕教授已住上别墅，其余跟谢如芳差不多时间参加工作的博士们大多住在青年教师公寓或在外面租房，实在无法想象人一辈子如何能买得起十套房子。

仲昆很满意自己制造的效果，他吞下一大块油腻腻的片皮鸭，眼光正好转向谢如芳，他从女博士脸上察觉出一丝惊羡。于是仲昆看着谢如芳的眼睛说："这就是美国，天堂一般的美国。"

二

　　谢如芳决定寒假回浙江老家去，她已经连续三年没回家过年了。苏杨把谢如芳送上火车，两个小时后，他自己也得坐长途汽车回安徽老家。谢如芳与苏杨在学校举办的"博士论坛"活动中相识，谢如芳的专业为语言学，而苏杨则在资源与环境学院做博士后，两人所学专业相距十万八千里，本来是没有多少共同语言的。谢如芳明白自己至今与苏杨保持这种不即不离的关系，是因为两人都单身。

　　年近三十还未出嫁的谢如芳几乎成了父母亲乃至兄嫂们的心病。谢如芳刚踏进家门，哥哥嫂子侄儿侄女纷纷探头朝她身后张望，三年没回家，这趟回来总该带个准女婿上门吧，谢如芳知道她又一次让全家人失望了。

　　嫂子体谅小姑心情，热情万分地接过谢如芳手中行李说："如芳你回来得正好，前街彩芹来寻你好几趟了。你不晓得吧，彩芹二胎养了个美国儿子，满世界发巧克力喜蛋。你们俩从小要好，这喜蛋你是一定要去讨来吃的。"嫂子说完不住地对谢如芳使眼色，又朝如芳母亲那边撇撇嘴。

　　谢如芳很清楚自己进门前一家人肯定在谈论她的终身大事，要是母亲得知她三年过去依旧毫无动静，便会一声接一声长吁短叹，搅得全家人都没心思过年，而罪魁祸首当然是她谢如芳。于是谢如芳顺势将行李丢给嫂子，一阵风似的跑出门去找彩芹。

　　谢如芳上大二那年彩芹就结婚了，嫁给一个比她大十岁很有生意脑筋的建材批发商。如今彩芹的女儿已经上小学，批发商生意越做越大，心心念念要生个儿子日后继承家产，反正家里有钱，不怕生二胎罚款。可是谢如芳不明白嫂子说彩芹养了个美国儿子是什么意思，自从建材批发商在宅基地上盖了三层楼带院子别墅后，彩芹的全部天地就在这栋气派很大的房子里，她总不会去找个美国人生儿子吧？谢如芳一路猜测着来到彩芹家，门口有个穿红色滑雪衫的小女孩见了她立刻大声欢叫起来："如芳姨姨来啦，如芳姨姨来啦。"谢如芳这才认出小女孩是彩芹的女儿。

　　彩芹闻声从院里出来，张开双臂拥抱好友，很洋派的动作，让谢如芳又想起嫂子说彩芹生了个美国儿子，身为美国人的娘自然应该很洋派。

谢如芳挣脱开彩芹的臂膀笑道："快让我看看，你这百分百的中国女人怎么养得出美国儿子来，是黄头发蓝眼睛吗？"

彩芹拍了一下谢如芳肩头："什么黄头发蓝眼睛，不好瞎讲噢，儿子是我和老公的纯种，只不过有张美国护照罢了，从法律上讲就是美国人。儿子是美国人，我自然就是美国人的娘了。"

彩芹怀孕四个月时，一些靠老公做生意发财而成了阔太太的女人们给她出主意，与其生二胎被罚款，还不如办个旅游签证去美国的海外领地塞班岛生孩子。一来塞班岛签证容易办，二来按照美国现行的出生地国籍法律，只要孩子降生在那个太平洋小岛上，就可自然而然成为美国公民，美国人不受中国法律法规限制，想生多少都行。彩芹与丈夫商量后，与一家专做"生美国孩子"的中介公司签了合同，那家公司提供从签证到找产院及之后办理孩子美国护照等一条龙服务。彩芹总共支付了五万元人民币，顺顺当当在塞班岛生下了一个法律上的美国儿子。

彩芹丈夫逢人便说这笔生意做得太值了，孩子拥有美国护照，就不用再受中国二胎罚款，将来等孩子年满二十一岁后，还可将父母都接到美国去享受绿卡。而如今彩芹夫妇一夜之间成了美国人的爹娘，在乡亲们眼中，身份也显得比往日高贵了些，跟美国这样一个有钱国家沾上边，总是件风光事情。

小毛头裹在大红大绿的花毛毯里，正津津有味吃着自己手指，一双黑亮的眼睛朝天花板转动，那是他刚刚看到的崭新世界。他不知道自己的出生证和美国护照已经用一个精致玻璃镜框镶了起来，这样可以随时随地向来客展示，又不至于被弄坏。

彩芹把玻璃镜框递到谢如芳跟前说："你是读书人，大博士，总归晓得这张护照的价值吧。人家中介公司说中国护照是纸做的，美国护照是白金做的。"

谢如芳假装不明白："这美国护照不也是纸做的吗？"

彩芹丈夫在一旁抢过话头："拿了美国护照想去全世界各地畅通无阻，中国护照到东到西都要办签证，这就是纸护照和白金护照的价值不一样啊。"

谢如芳嘴角勉强牵出一丝笑意，不再出声。她深知自己虽然读了二十多年书，读成了博士，却至今尚未跨出国门一步，因而最好别在此类话题上多纠缠，免得让乡里姐妹们小瞧。

这天晚上，谢如芳躺在床上辗转反侧大半夜。家里房屋多，她三年不回来，这个房间三年没住过人，从墙壁到地板都散发出似有似无的霉味，好不容易聚拢起些许睡意都让这不愉快的味道给驱散了。谢如芳索性将双臂枕在脑后，睁开眼睛在黑暗中想心思。白天看到的一切在脑子里来来回回过电影，尤其是住在三层楼别墅里的彩芹和她那一双人见人爱的儿女，镶在玻璃镜框中的美国护照，不停搅动着谢如芳心底的羡慕之情。住在上海F大学青年教师公寓里时，谢如芳从来没有想起过彩芹，不管她嫁了个多有钱的丈夫，连中学都没正经上完的彩芹不可能成为谢如芳的羡慕对象。谢如芳不知道彩芹是否羡慕过她的博士学位和大学教师身份，但此刻谢如芳无法欺骗自己的感觉，她真的很希望也能拥有彩芹这样衣食无忧、儿女成双的温馨生活。

大年初一早上，跟侄儿们一块放了大半夜鞭炮的谢如芳睡意正浓，枕头边手机响了，是苏杨发来的贺新年短信。虽然被搅了好梦，谢如芳心里还是觉得一丝甜蜜，至少有人在这个时候牵挂着你。谢如芳把手机拿进被窝回复苏杨，短短几句话删了又改，她不想让苏杨觉察出自己收到短信的兴奋心情，她得一如既往保持在男人面前的那份矜持。短信刚发出，谢如芳忽然又后悔了。苏杨是迄今为止与她交往时间最长的异性，她如果真的羡慕彩芹，就不该随意忽视人生路上与她相逢的男人。于是谢如芳赶紧追发一条短信，告诉苏杨她回到老家后因无法上网，寒假中想查点论文资料都很困难。这条短信及时弥补了她的冷淡，却也不至于让苏杨感觉她对他有多热情，谢如芳要的正是这种效果。

谢如芳没料到之后苏杨的短信会一条条接踵而至。苏杨也正为在家里不能上网犯愁，他每天骑自行车往返十几公里去镇上网吧，一坐就是几个钟头。苏杨问谢如芳过完年能否提前回F大学，他有重要事情跟她商谈。

谢如芳读着短信胸口一阵猛跳，难道闷葫芦般的博士后突然开窍了，想跟她挑明那层关系吗？除此之外他跟她之间还有什么重要事情好谈呢？谢如芳吻了一下手机，故意拖到第二天才回复苏杨的那条短信。她说自己很想年初五就回上海，手上的论文得尽早完成，待在老家上不了网实在不方便。谢如芳得让苏杨明白，她之所以决定提前返回学校仅仅是出于自己的需要，而非因为他想谈什么重要事情。

按乡下习惯，过了正月十五才算把年过完，可谢如芳没跟父母兄嫂打招呼就去买了大年初五回上海的火车票。母亲很不高兴："三年才回来一趟，自己房间被窝都没睡热就急着走，在上海又没个正经家。"要是以往谢如芳听见母亲这番唠叨没准会甩脸子，可这回她却嬉皮笑脸搂住母亲肩膀："那你还不早点放我回上海去好找个家呀。"

嫂子笑着接上口来："妹妹你要是在上海相中了对象，千万记得带回家来让爹妈点个头，可不兴自作主张的哦。"

很少跟妹妹开玩笑的大哥拍了一下谢如芳后脑勺："其实一个女人读那么多书有啥用，有几个男人会喜欢戴眼镜的女人？"

谢如芳抬腿回敬了大哥一脚，谁都听得出家里人是多么希望眼看三十岁的她尽快有个自己的家。谢如芳没去向彩芹等一帮小姐妹告辞，匆匆回到了Ｆ大学。

三

苏杨发短信告诉谢如芳，他正在老地方等她。谢如芳看了短信不免有些扫兴，苏杨说的"老地方"就是Ｆ大学四十年前建造的毛泽东主席巨型塑像。如今那座塑像成了Ｆ大学校园内最容易辨认的地标，离苏杨所在的实验室很近，苏杨把约会地点放在那儿，完全是为他自己方便，毫无浪漫意味。

谢如芳去老地方时忽然意识到自己有些自作多情，也许苏杨要跟她谈的事情根本与感情无关，她怎么会一厢情愿地朝那方面去想呢？难道自己潜意识里期待着苏杨的某种表示。谢如芳放慢脚步，努力做了几下深呼吸让自己冷静下来，她不允许自己在任何一个男人跟前流露出内心那份渴望，况且苏杨又不是温莎公爵，谢如芳怎么可能心甘情愿让他抢占感情制高点呢。

苏杨要跟谢如芳谈的事情果真与情感无关。苏杨一见面便急切问道："如芳你知道吗？今年国家教育部要公派2000名博士出国进修，国外高校或研究机构可以自行联系，你我都符合公派条件的。我已经下载了好几所美国大学的资料，跟你我所学专业相关。"苏杨把一个精致的文件夹递给谢如芳，里面是厚厚一叠已经打印好的美国大学资料。

虽然这次约会的主题与谢如芳内心期待相距甚远，但她依然感受到一种从未品尝过的甜蜜。一个男人如此热心地为你提供帮助，总不能完全摒除感情因素吧。

谢如芳坐在毛主席塑像下的台阶上，借着周围绿化丛中的泛光灯翻阅那些资料。资料是英文的，字母又小，在这样的光线下读起来很费神，谢如芳只不过用这个举动表示她对苏杨的好意领情了。

苏杨坐到谢如芳身边，谢如芳可以闻到他身上特有的男人气息，她心跳开始加速，大冷天竟然不由自主用手上的文件夹当扇子扇着。谢如芳对苏杨说："我们学院刚跑掉几个单身青年女教师，我听说眼下学院内部有个不成文的规定，今后只派已婚教师出国呢。"

苏杨咧了咧嘴，露出一丝嘲讽："喊，还有这回事，那岂不等于婚姻歧视吗？"

谢如芳显得有些无奈："有什么办法？我们这些小人物的命运从来不是掌握在自己手上。"

苏杨看了一眼谢如芳，又仰起头来把视线投向正在大挥手的毛主席，像是要从毛主席那儿汲取智慧和力量。突然，苏杨猛拍一下谢如芳肩膀："有办法了，你马上嫁给我吧，这样你就不是未婚，而是已婚女教师，你们学院还有什么理由不让你出国呢？按我们专业行话来说，就是利用现有资源最大限度改善生存环境。"

谢如芳差点惊跳起来，呆呆望着苏杨那一脸不真不假的表情，感觉像是受了侮辱，她跟苏杨至今尚未真正确定恋爱关系，怎么可能一步到位直接谈婚论嫁。如果苏杨仅仅为了帮她出国才出此招数,那谢如芳宁可一辈子不出国门也不愿接受苏杨的好意。

苏杨唯恐谢如芳误会自己意思,立刻站起身来,一把拽住谢如芳胳膊:"如芳,咱俩又不是大一大二的小孩,不该太在意那些虚套浪漫把戏吧。我喜欢你,更希望有机会与你一块出国深造。我想了好久才敢把这些话说出来,你不要拒绝我好吗?"苏杨本来说话有些轻微结巴,可这几句话却说得异常流畅,大概之前反复操练过的。

谢如芳的心在快乐地欢笑,她曾经猜测和期盼的一幕终于出现了,虽然不如预想中那般美妙或让人刻骨铭心,但实质的收获是苏杨亲口承诺要跟她结婚。谢如芳摆出一脸不屑,将那个精美的文件夹摔向苏杨怀中:"你们学理工科的人真是抠门到家了,几张破纸就把求婚过程都省略掉啦?"

苏杨醒过神来,狂喜地大喊:"不省,不省,我向毛主席保证,一定给谢如芳小姐打一枚漂亮戒指,然后找个没人的地方跪下一条腿来正式求婚。"

谢如芳以语言学教师的口吻挑剔道:"真是老土,如今哪里还有'打'戒指的地方,得去首饰店'买',连个动词都用不好,还博士后呢。"

苏杨把文件交还给谢如芳,讨好地说:"以后在你谢老师教导下,我的语言表达能力一定会天天向上。"

谢如芳没想到苏杨的实际行动来得如此之快,几天后一个傍晚,苏杨约谢如芳去F大学博士活动中心茶室喝茶。茶室里人不多,苏杨将一个大红丝绒盒放在茶桌上,请谢如芳打开看看。谢如芳虽有心理准备,却也不能在这种时候表现得过于迫不及待,她故意不去看那个小盒子,略带几分矜持品尝着杯中的上好龙井。苏杨说:"那好吧,这盒子你带回去看也行,我先在你跟前跪一下把婚给求了。"

谢如芳差点将口中茶水喷出,她满脸羞得通红,瞪了苏杨一眼道:"大庭广众之下你发什么神经,不怕人笑话吗?"

苏杨本没真打算下跪,得此令便顺势坐回椅子,把桌上那小盒子打开,里面有一枚精致细小的钻戒。苏杨说:"这戒指很小,只有零点几克拉,却货真价实,我请系里实验室老师用仪器检测过。"

谢如芳将左手轻轻伸到那小盒子旁边，示意苏杨替她戴上戒指。这一刻谢如芳心里除了感动还有几分满足。苏杨只是个博士后，没有正式收入，即使买这样一枚小小的戒指也不是件容易事情。而一个女人能让男人如此心甘情愿地为她付出，应该有理由满足的。

谢如芳手上的戒指吸引了青年教师公寓里无数双眼睛，不管探究的或好奇的目光扫来，谢如芳一律坦然面对。用不着他人挖空心思来一番旁敲侧击她便主动相告："送戒指的人是资源与环境学院博士后苏杨，我的未婚夫。"然后同样坦然地接受恭喜与祝福。青年教师公寓住房一直很紧张，那些刚进F大学的青年教师自然希望谢如芳早日出嫁，那样公寓里就会有房间空出来。

语言学院本来女教师多，好几位与谢如芳一样拥有博士学位，至今依旧独守闺房的"剩女"对谢如芳手上的戒指羡慕得要命，下课后叽叽喳喳涌入谢如芳那间办公室，办公室很快成了农贸市场。剩女们百思不得其解，平日里看上去安静低调的谢如芳如何能完成这项惊人之举，不声不响竟然钓来个专业上相距十万八千里的资源与环境博士后金龟婿。谢如芳要的就是这个效果，她希望全学院的人都不要再把自己划归单身女教师圈子，谁都无权拦住她的公派出国之路。

自谢如芳戴上那枚戒指，苏杨的后续行动更迅速得令她吃惊。不过二十来天，苏杨已为自己和谢如芳联系上赴美国进修的大学，甚至连美国导师也找好了。谢如芳读着加利福尼亚大学的邀请信，真想狠狠亲吻一下苏杨以示感谢和奖励，可一张口却是："苏杨，像你这样出色能干的人，怎么会到了博士后才找女朋友呢？"

苏杨眼光黯淡片刻，随即反问："我是不是也可以向你提出同样的问题呢？"

谢如芳脸上一副处惊不乱表情："那有什么奇怪的？大城市里优秀的女人比男人多，阴盛阳衰，像我这样自然只好当剩女啦。你没听人说吗？如今婚姻方面的城乡差别是，老姑娘都在城里，打光棍的尽是农村男人。"

苏杨垂下头来，看着自己脚尖说："我就是从农村来的，老家太穷，所以在认识你之前我不敢在上海找女朋友。"

"那你怎么会有钱买这个戒指呢？"谢如芳将戴着戒指的左手伸到苏杨眼前。

"我正好帮着导师完成一个国家级环保项目，用得到的项目报酬买的，钱不多，所以只好买这么小的钻戒。"苏杨老老实实回答。

谢如芳心里发烫，她给了苏杨一个长长的吻，说："我会戴它一辈子的。"

谢如芳本想趁"五一"假期带苏杨回一趟浙江老家，让父母兄嫂见见准女婿，可她很快便打消了这个念头。谢如芳想回老家后少不了会碰到彩芹那帮小姐妹，到时候自己伸出手来，那戒指比彩芹手上的小了许多，很没有面子的。虽说苏杨是堂堂大博士后，做学问比彩芹那个只晓得卖瓷砖涂料的男人强十倍，但她总不能像彩芹那样，把苏杨的博士学位证书也用玻璃镜框镶起来展示给人看吧。

四

按照教育部规定，公派出国进修人员须通过外语水平考试，谢如芳和苏杨双双来到外国语大学参加外语强化训练。暂时离开 F 大学工作岗位重新当学生，尤其是可以躲避熟人的眼光，两人都觉得身心无比自由。谢如芳是语言专业出身，外语本来就是强项。苏杨口语能力稍弱，但毕竟做到了博士后，平时也没少接触原版外文资料，因而从不怵各类外语考试。大多时候，谢如芳和苏杨牵手在外国语大学校园散步，这份浪漫尽管来得有点晚，却依然令人向往。

通过外语水平考试那天下着小雨，空气中飘散着青草和花香混合的好闻气息。苏杨望着窗外若有若无的雨丝说："如芳，我们今天去办理结婚登记手续吧。现在所有出国文件都已准备齐全，就等去美国领事馆办签证了。"

谢如芳知道那张结婚证书与办理出国手续关系并不直接，可苏杨是个非常传统而且理性的男人，他渴望与谢如芳进一步肌肤相亲，却总在获得那张结婚证书之前却步。谢如芳内心的失望中夹杂着些许感动，苏杨是个有责任心的男人，这样的男人才值得她托付终身。

办完结婚登记手续，谢如芳和苏杨买了些巧克力，分送给F大学同事，算是宣布两人都告别了单身贵族日子，连青年教师公寓房间也换成了双人房。苏杨开始频繁进出美国领事馆，领签证表格、申请面谈预约，还抽空去各家航空公司售票处打听机票价格。谢如芳则安安静静待在公寓楼里准备自己另一个重大出国计划，她从不甘心自己在任何方面输给彩芹那样没读过多少书的女人。谢如芳决定趁这次公派出国机会去美国生个孩子，她想让未来的孩子拿上美国护照，自己则过把当美国人娘的瘾。谢如芳没跟苏杨商量过这件事，苏杨事业心太强，他完全把出国进修看作事业更上一层楼的机会，未必会同意谢如芳的计划。

谢如芳顺利怀孕了，欣喜若狂之际她脸上依然保持往常的平静。直到去美国领事馆面谈前一天晚上，她才向苏杨透露这个喜讯。

苏杨在最初的喜悦过去之后，长期养成的理性思维习惯使他陷入了莫名的紧张和困惑之中。苏杨的第一个反应是："我们俩拿了国家的钱出国进修，为期仅一年，要是跑到美国去生孩子，进修计划怎么能完成呢？"

谢如芳说："你别老是谈什么进修啊事业的，既然上帝给了我们生个美国孩子，当美国人父母的机会，我们总不能放弃吧，不是每个中国人都有这份好运气的。"

苏杨觉得谢如芳的想法有点好笑："如芳，你为什么要为我们的孩子选择当美国人呢？中国经济发展如此之快，你能想象二十年后的中国是什么样吗？等我们孩子长大后，说不定会责怪我们强加给他的美国护照呢。"

谢如芳想起彩芹替儿子镶嵌在玻璃镜框中的美国护照，说："孩子成了美国人，我当母亲的就有了美国居留权，什么时候想出国都行。"

苏杨说："在中国你是受人尊敬的大学教师，待在美国你能干什么？当家庭妇女吗？要不你的导师吕教授怎么会选择当海归，他那个留在美国的老同学仲昆至今还是无业游民呢。"

谢如芳无言以对，她不能否认苏杨对这个问题的思考理性而且实际。其实谢如芳不是没有过担心，她和苏杨都是第一次出国，在美国举目无亲。

国家公派博士生出国进修，仅仅提供学费和最低生活费，而在美国生孩子是要花一大笔钱的，苏杨不是彩芹的大老板丈夫，他不可能为谢如芳提供像彩芹那样舒适豪华的生孩子环境和条件。

苏杨内心则更不平静，他觉得谢如芳的做法事实上既欺骗了 F 大学，接下来也意味着将要欺骗美国领事馆。因为国家不可能花钱公派一对夫妇出国生孩子，而美国政府也不欢迎外国孕妇为了让孩子获得美国国籍而进入他们的国家。苏杨想起曾经看过一部电影，影片描写一个贫穷的墨西哥乡村女人，为了让孩子生在美国领土上当美国人，不再受穷，那女人就在即将临盆时冒着生命危险钻过美墨边境线上的铁丝网。结果孩子虽然降生在美国，母亲却被国境线上巡逻的美国大兵开枪打死了。苏杨此刻被脑海中血淋淋的电影画面刺激得胸口发疼，他甚至有点生谢如芳的气，一个受过高等教育的女性怎么会像乡下女人那样缺乏远见，为了给孩子弄张美国护照居然用自己的名誉和生命去冒险。

此后一段日子，谢如芳和苏杨都处在一种十分焦虑的生活状态中。谢如芳是个要强的女人，从不轻易改变自己的决定，况且腹中胎儿一天天长大，这件事情也无法再回头。而苏杨本来已在导师帮助下做好了赴美进修的全盘计划，这个计划关系到他是否能顺利完成博士后科研成果，现在计划全被谢如芳打乱了。最令苏杨忧虑的是，申请赴美国的签证必须去领事馆面见签证官，万一谢如芳被美国签证官看出已经怀孕，申请人的诚信便会受到怀疑，他们两人的签证很可能泡汤。而且一旦有了被拒签的经历，将来他们俩去世界上任何国家都将变得十分困难。

谢如芳安慰苏杨："去领事馆面谈时我不过才怀孕三个月，穿上件宽大衣服，哪里会看得出来？签证官又不是妇产科大夫，怎么可能知道我怀孕了呢？"

苏杨压低声音说："这件事现在除了你我不能让第三个人知道，要是有人往美国领事馆网站发个邮件，你我全都完蛋。听说还有人下了飞机被美国海关拦住打道回府的呢，别忘了你是持学习签证进入美国，不是去生孩子的。"

谢如芳特地买了两件上海街头正在流行的宽下摆裙衫，她本来很不喜欢这种看上去既不像裙子又不算衬衣的流行服装，总觉得那种裙衫太后现代，只有尚未养成自己独立品位的小女孩才会跟风。可这款裙衫最大的好处是从胸部开始往下呈喇叭状，正好掩盖住自己将要日益凸起的腹部，于是只要一出门，谢如芳就换上宽下摆裙衫。

衣着服饰向来是女同事间的敏感话题，有人开玩笑："哟，谢老师要去美国了，追赶起现代派来了。"也有人背后说："又不是二十来岁的小姑娘，装什么嫩呀。"不管别人说什么，只要没人觉察出她穿宽下摆裙衫的真实原因，谢如芳心里便十分欣慰，她要的就是这个结果。

去美国领事馆面见签证官那天，谢如芳不但穿上宽下摆裙衫，还在脖子上系了条彩色丝巾，丝巾打出个小小的蝴蝶结，活泼中带着点羞涩。签证官是个年过半百的老男人，大概当时心情不错，一直对谢如芳面带微笑。他很快翻完了谢如芳的签证材料，说："谢小姐原来是新婚，那就权当去美国度蜜月吧。"说完便给她发了签证，顺利得几乎让谢如芳不敢相信。紧接着苏杨也在这个签证官手上获得了签证，走出领事馆大门，夫妇二人甚至后悔没给这位签证官带几包喜糖来。

谢如芳开始把腹中胎儿叫作"美国人"，一有空便上网浏览西方人的育儿经，比如西方女人生孩子后不坐月子，没等孩子学会走路就开始让他学游泳。

苏杨在一旁笑话她："你还真把孩子当作美国人了。"

谢如芳一脸认真回应道："不但孩子是真的美国人，连你我都是真的美国人父母。"

苏杨叹了口气："美国人可不是那么好当的，国家给咱俩在美国的生活费加起来不过两千美元，去掉租房子、吃饭和交通费已所剩无几，我们又没买美国高额医疗保险，听说生孩子前后上医院的费用简直就是个天文数字。"

苏杨担忧的事情其实也是谢如芳一块心病，可她嘴上却说："吕教授已经去信请他那位在美国的老同学仲昆为我们提供帮助，再说只要让孩子生下来就成为美国人，拿上'白金'护照，我们花再大代价也值。"

苏杨苦笑了一下，没有与谢如芳继续争论这个话题，事已至此，他不能让怀孕的妻子承受更大精神压力。

五

中国东方航空公司班机如同一只大鸟，翱翔在无边无际的夜空中。晚餐早已用完，乘客开始裹上毯子或戴起眼罩睡觉。谢如芳没胃口吃晚饭，飞机又遇上气流不停颠簸，搅得她五脏六腑翻江倒海一般直想呕吐。苏杨问空姐要来一杯热开水，劝谢如芳喝下去，还在她耳边低语："你既然想当美国人的娘，就得挺住，这会儿让中国航班上空姐看出你是个孕妇问题不大，等到了旧金山机场海关无论如何不能露出破绽，否则可能前功尽弃。"

谢如芳神态坚定地点点头，将那杯热开水一饮而尽，说："放心吧，我带了好些话梅糖，塞在嘴里就不想吐了。"

苏杨感动地将谢如芳揽在怀里，心想要是这个孩子生在中国该多好，那就用不着这样提心吊胆了。

飞机飞临旧金山上空时，谢如芳去了趟洗手间，认认真真收拾一番自己那张隔夜面孔，努力使自己看起来精神焕发。在旧金山机场入境时，谢如芳心口突如其来一阵猛烈跳动，她用手轻轻捂住左胸，竭力让自己平静下来。海关一位黑人女官员大约值了一夜班，眼皮直往下垂，她抬头瞥了一眼谢如芳，便无精打采地在护照上盖上入境章，前后不过几十秒钟。谢如芳没想到踏上美国领土竟然如同去领事馆签证一样顺利，也许上帝真的想让她当美国人的娘，才会处处为她打开绿灯。

仲昆受吕教授之托前来机场接谢如芳和苏杨，他开着一辆老掉牙的福特。说实话，如今上海街头还真不容易看见这么破旧的车。仲昆见谢如芳目光打量着他的车，便说："这车是我二十五年前买的，那时候的中国人有辆自行车就风光得不得了啦。"

谢如芳因与仲昆已有过一面之交，又蒙导师吕教授写信托付过，说话就不怎么拘谨："仲先生，这辆车拉我没关系，要是哪天吕教授来了您可得换辆好车，吕教授在上海可是开别克的，喜欢坐好车。"

谢如芳话没说完，苏杨用手指在她后背上戳了一下，这个动作完全被仲昆看在眼里。仲昆哈哈大笑："那当然啦，在中国大学里当教授怎能开破车，怎么也得在学生跟前撑住面子吧。但美国人都开一百多年私家车了，见到再好的车也不稀奇的。"听仲昆的意思他不是开不起好车，而是车好车坏在美国人眼里与身份贵贱毫不相干。

　　谢如芳上车时扭了一下身子，吃力地登上那辆老爷车。仲昆无意中瞥见她微微隆起的腹部，不免有些吃惊。仲昆应老同学吕建华教授请求，才同意把房子租给谢如芳和苏杨，没想到谢如芳竟然准备来美国生孩子，等孩子出生后少不了吵闹，那样会影响其他房客。要是有房客以此为理由退租或要求降低房租，损失的可就是房东仲昆。仲昆不好意思在谢如芳和苏杨刚下飞机就把话说白，当天晚上他一个越洋长途电话打给了老同学。

　　仲昆想起吕建华如今当着体面的"双别教授"，连他的学生谢如芳第一次来美国都用不屑一顾的眼光挑剔他仲昆的汽车，心里真有些酸溜溜的感觉。吕教授那头刚拿起电话，仲昆便半真半假发问："老同学，那谢姓小女子真是苏杨的妻子吗？不会是你吕大教授的'二奶'吧？如今中国有钱人很流行把'二奶'送到美国来生孩子，那样国内后院就不会起火啦，我说你吕大教授怎么会如此热心替学生在美国找房子住呢。"

　　吕教授在电话里暴跳如雷，也许家人在身边，他不得不尽可能压低嗓门："仲昆你少胡说八道，谢如芳可是苏杨明媒正娶的老婆，两人都是国家公派赴美进修的博士，怎么可能专程去美国生孩子呢？"

　　仲昆听得出吕建华态度十分坦然，于是收起玩笑话一本正经道："既然谢如芳与你吕教授仅仅是师生关系，那咱们就亲兄弟明算账，我原先答应的每月400美元房租得涨至600美元。要知道我那套公寓共租给四个房客，日后要是多了个吵闹的小毛头，难说其他房客会不会退租，我得先收点风险保证金才行。"

　　吕教授讥讽道："资本主义本性暴露出来了吧，对同胞一点感情都没有，只知道钱，喊。"

　　仲昆毫不在乎吕教授的讽刺挖苦，说："另外我把话说在前头，你吕大教授只要求我把房子租给你的学生，不能让我承担其他额外义务哦。在美国生孩子花费可不便宜，况且你那女弟子又没买过美国医疗保险，谁知道日后会有什么麻烦呢。"

这一夜吕建华教授久久无法入睡，他一直认为谢如芳是个事业心很强的女性，却不明白她为什么选择如此宝贵的出国进修机会去生孩子，她也像那些没见过世面的女人一样把那纸美国护照看得很金贵吗？吕教授百思不得其解。

仲昆把谢如芳和苏杨送到住处。这是套四室一厅的老式公寓，房龄至少在三十年以上。四个房间各为十五平方米，租给四家房客。客厅很大，却只放了台十八英寸的旧彩电，看上去有些寒酸。仲昆告诉谢如芳和苏杨，客厅、厨房及卫生间等公用部位包括其中设施每位房客都能使用，但用完后必须收拾干净。房东仲昆每月第一天上门收取房租，只收现金，不能从银行转账，大概是为了躲税。仲昆临走时对谢如芳和苏杨说："今天是八月二十九号，这三天就免收你二位的房租了，谁让我是吕大教授的老同学呢！九月一号我会准时上门的。"仲昆说完急匆匆走了，扔下两眼一抹黑的谢如芳和苏杨。

谢如芳本来还想跟仲昆打听一下附近有无妇幼保健院之类的医院，但又不好意思刚来就给人家添太多麻烦，只好把话咽回去。幸好房客中有个年轻华裔男子，来自中国香港，大家叫他小丁。小丁是从香港去加拿大的技术移民，本来在蒙特利尔一家电脑公司从事软件开发，收入很不错。可经济危机一来，这家小公司被大公司吞并了，裁员一大半，也包括小丁。小丁只好从加拿大来美国碰运气，现在旧金山一家华人开的电脑公司打零工，三十五岁还是单身。小丁听说谢如芳要找妇幼保健院，满脸惊异："苏太太您是来美国生孩子的？那您买了美国医疗保险吗？听说生孩子时管产妇住院的那种保险每月得花 200 美元，不然的话您只能去公立免费医院，可那样的医院排队等上一两个月也不知能否看一回病。"

苏杨问小丁："那你们长期在美国生活的人怎么办？都买那样贵的保险吗？"

小丁苦笑着说："买得起那样的保险我就用不到打零工了。不过我是加拿大公民，在加拿大有全额医疗保险，现在有个头疼脑热就自己去药房买点药吃，或找家华人开的中医诊所看看，实在不行只好回加拿大去，我怎么可能买得起美国的医疗保险呢？"

谢如芳原以为像美国这样的高福利国家，孩子一出生就能成为美国人，享受美国公民的福利待遇，那说不定连母亲的产前检查都能免费呢。现在听了小丁的话，她心里一阵阵发冷，却又怕苏杨为她担心，便强作笑颜道："没什么，本来我也只想做一下产前检查，其实不做也没关系，我身体一向健康，孩子肯定随我。"

小丁说："苏先生、苏太太你们既然是房东的朋友，那就不妨请房东仲先生方便时开车带苏太太去公立医院登记个号做检查，我在美国用不起车，天天坐地铁上下班，我要有车的话也可以带你们去的。"

谢如芳和苏杨谢过小丁回到自己那间屋子，苏杨将手提电脑连上网络，吕建华教授的邮件已在等着他们。吕教授告诉谢如芳，仲昆要求将每月400美元的房租涨到600，原因就是谢如芳即将出生的孩子会使这处房子出租条件下降。谢如芳读完邮件，只觉得眼前一片漆黑，身子瘫软下来倒在床上。出国前，谢如芳为保证有足够财力在美国生孩子，她将自己的银行存款悉数换成美元现金带在身边，总共不过五千美元。她和苏杨从出国第一天起F大学就停发了两人国内工资，还得让他们自己花钱缴纳住房公积金、养老保险、医疗保险和失业保险等"四金"。而国家资助的出国进修生活费每人每月才一千美元，刚够美国人最低生活水平线，要不谢如芳也不用请导师吕教授出面找仲昆租房子。谁想到原先说好的400美元房租转眼间上涨了一半，真让谢如芳心疼不已。

苏杨安慰妻子道："600就600吧，人都到美国了，再心疼也来不及。过些日子等情况熟悉后我去找找打工机会，怎么也能挣出这点房租，你尽管放宽心好了。"苏杨说这话时其实心里一点把握都没有，他英语口语不怎么行，学的专业又偏，找打工机会谈何容易，总不能像当年吕教授那代人一样，出了国去餐馆洗盘子。

六

九月一日早上，谢如芳发现另几位房客很难得都没出门，像谁下了帖子一般齐齐聚在客厅里。不一会儿，房东仲昆准时推门而入，房客们拿出早已准备好的现金一一交清房租，仲昆收一份租金就例行公事似的去该房客使用部位张望一番，检查有无损坏屋内设施。仲昆接过谢如芳递上的600美元时，脸上闪过一丝尴尬："小谢，小苏，我想吕教授大概已经转达了我的意思，我这也是无奈之举。原来经济好的时候我买下十套房子，租出去九套，拆东墙补西墙用租金轮番还贷款。可经济危机一来，租金直往下掉，有几处房子根本就租不出去了。如今十套房子被银行收回八套，除了自己住一套，就剩这套公寓还算能赚点租金，所以房租实在不能再低了。"

苏杨说："仲先生，我们夫妇一下飞机就能有住处，少了很多找房子的麻烦，已经很感激您了。只是如芳怀了孕，想去公立医院做一下产前检查，可听说那家医院路很远，我们没车，不知您方便时能否带我们去认一下路？"苏杨和谢如芳事先已商量过，200美元房租不能说涨就涨，好歹得让仲昆提供些服务。

仲昆也意识到自己单方面涨房租有点过分，便一口答应："没问题，过几天我开车送小谢去趟医院好了。"

这家公立医院坐落在离沃伦高速公路不远的一个卫星小城，医院不大，门前却停着好几辆救护车，看样子条件还不错。仲昆替谢如芳办完产前检查登记手续，一位华裔护士态度十分和蔼地告知谢如芳，请她二十天后来医院做B超。谢如芳很吃惊，这样一个连上海地段医院都能随到随做的普通检查，在世界最发达的美国竟然要等上二十天。难道她今天好不容易坐了仲昆的车，来回几十公里，仅仅为了取回一张B超检查登记表？

仲昆苦笑着说："小谢，在美国上公立医院看病就是这样，除非你有高额保险去私人诊所。"

苏杨愤愤道："那要是穷人生了急病怎么办？也这样排队等死吗？"

仲昆说："在美国穷人最好不要生病，身体健康比什么都强。"

不知是否因为收了 600 美元房租的原因，二十天后仲昆主动开车来接谢如芳去医院做 B 超，一位女医生告诉谢如芳，她腹中胎儿位置不正，最好从现在起就住进私立医院保胎矫正胎位，以免日后生产时困难，而公立医院不提供这项服务。

医生的话让谢如芳如遭电击，脸部肌肉顿时抽搐起来。她用力憋出几句英语："大夫，我刚来美国，还没来得及买医疗保险，哪里有钱住医院呢？"

公立医院大夫对穷人无钱治病的绝望神态早已司空见惯，女大夫柔声细语回答："夫人，我只能在职业范围内尽力，至于其他问题我无法帮助您，也不便在此讨论，后面还有其他病人的预约，请原谅。"

回程途中，谢如芳坐在仲昆车里就忍不住哭了起来，苏杨不停安慰妻子，其实他自己也已心乱如麻，说出的话听起来那样苍白无力。仲昆一言不发只顾开车，他预感车上这对夫妇日后麻烦事多了，自己此时若是心一软搭上手，往后想甩也甩不掉了，他到底还得顾及吕教授的面子。所以仲昆打定主意不出声，他将自己与谢如芳和苏杨的关系限定在房东与房客范围内，多一事不如少一事。

这天晚上，谢如芳入睡后，苏杨独自下楼抽烟，因为租房条约中写明房客不得在室内吸烟。除了谢如芳腹中孩子，让苏杨烦心的还有自己专业进修。来美国快一个月了，他至今未正式选定自己的进修课程，F 大学教研室导师和同事已来电子邮件询问过几回，他们哪里想到苏杨这些日子天天在为老婆怀孕生孩子的事操心呢。苏杨不知该如何回复教研室同事的邮件，总不能实话实说，他拿了国家的钱跑到美国来，整天围着老婆和她肚子里的孩子转，那样的话 F 大学的人会怎么看待他们夫妇的行为？

房客小丁加完班回来，见苏杨脚边扔了不少烟蒂，小丁说："苏先生这么晚了还不睡呀，这地方可不能随便扔烟蒂，要不哪个爱管闲事的老美邻居说不定还会投诉你我的房东呢，发生这样的情况罚款得由房客缴纳，这是仲昆先生立下的规矩。"

苏杨捡干净地上的烟头，跟小丁一起回到楼上，顺便把谢如芳去医院检查的结果告诉了小丁。小丁虽年轻，却很热心，见苏杨肯把这样私密事情告诉他，显然是走投无路了，希望得到他的帮助。小丁想起自己打工的那家华人电脑公司常有从中国大陆来的孕妇进进出出，大多是来找老板太太的。小丁也听老板太太跟那些女人说起过什么月子中心，月子保姆之类的话，好像在做与女人生孩子相关的生意。小丁对苏杨说："苏先生你先别着急，待我明天去问一下老板太太，看看有没有什么办法。我们男人活在这个世界上也不容易，娶妻生子就是一道坎，要不我也不会三十好几还单身一个。"

苏杨点点头，眼眶湿了，情不自禁捶了捶小丁肩膀以示谢意。可苏杨心里想的是，男人娶妻生子天经地义，老婆生孩子本来是件喜事，要是在国内，他和谢如芳不仅会受到亲朋好友的关心祝福，最重要的是有公费医疗保障，根本不需要发愁。此刻他真有点埋怨谢如芳不知听从了谁的指点，非得万里迢迢跑到美国来生孩子，就为了给孩子弄个美国护照。可眼下孩子尚未出生，他们夫妇二人倒已陷入水深火热之中。当然苏杨不会把妻子来美国生孩子的真实用意告诉小丁，他怕被小丁看不起。其实小丁在美国和加拿大这两个世界上最大的移民国家生活多年，不可能猜不出苏杨夫妇把孩子生在美国的真实目的。

第二天，小丁特意去找老板太太，他刚开口说了谢如芳的情况，老板太太便甩出一连串反问："她男人是干什么的？银行户头里钱存够了吗？买了哪种美国医疗保险？"

小丁顿时语塞，他只能老老实实回答第一个问题："那对夫妇都是刚从中国大陆来的博士，拿中国政府奖学金到美国大学进修。"

老板太太脸上立刻显出一丝讥笑："原来是两个穷学生，我还以为是大老板带了'二奶'来美国生孩子呢。"

小丁说："那位苏太太肚里孩子胎位不正，又没钱住私立医院保胎，所以我才来请教您，看看有没有办法帮帮他们，大家都是中国人嘛。"

老板太太收起脸上笑意，一本正经给小丁算账道："要想进我开的那个月子中心可以，待产期间每月3000美元，生孩子顺产的话10000美元，请华人保姆照顾母亲和孩子每月2000美元，孩子出生后委托办理美国出生公证、护照等手续费5000美元。若是你说的那位苏太太眼下胎位不正，那还得支付一大笔产前保胎治疗和护理费用，那对夫妇准备好这些钱了吗？"

小丁低下头轻声道："他们要是有这些钱，我就不用来麻烦您了。"

老板太太再次面露冷笑："我开月子中心是为了赚钱，不想当慈善家。中国有十三亿人口，要是中国女人都能轻而易举跑到美国来生孩子，美国不就变成中国了吗？喊。"

这天晚上小丁依旧很晚回家，他不知该怎么面对苏杨和谢如芳夫妇期待的眼光。他看到苏杨和谢如芳坐在客厅里看电视，这台电视机太旧太小，色彩也很模糊，房客都很少使用，显然今天苏杨夫妇是借着看电视在等他的回音。

小丁无言地坐到苏杨身边那张旧沙发上，低下头盯着自己脚尖说："苏先生苏太太，我知道你们在等我，其实办法还是有的，可起码要花两万美元才能搞定。"小丁把老板太太的帐又算了一遍给苏杨和谢如芳听，三人同时沉默下来，客厅里只有电视机发出的沙哑声。

七

苏杨去大学象征性选了两门课开始旁听，又在一处实验室注册，好歹能有些实质性的进修内容向 F 大学那边导师和同事汇报。谢如芳也选了跟自己专业相关的课程，却一次课都没去听过，反正进修结束无须提供成绩证明，谁也不知道她在美国究竟如何进修的。谢如芳现在的头等大事是保护腹中胎儿，除了出门买东西，她基本上不跨出公寓楼，以免累及孩子。来美国前苏杨曾心心念念要去看大峡谷，还打算周末搭别人车子出去旅行，现在为了让谢如芳安心保胎，苏杨再也没提起过旅行话题，谢如芳觉得很对不起丈夫。

与谢如芳苏杨门对门的房客是个名叫艾玛的墨西哥女人，艾玛也是单身，但却常常带各式人种的男女朋友回来住宿，艾玛说那些人都是她在教堂里结识的教友。艾玛说英语时带着浓重的西班牙口音，谢如芳跟她交流有点吃力。这个星期天早上艾玛见谢如芳一大早就坐在客厅里看无聊的电视节目，便主动问道："谢，你愿不愿意跟我一块去教堂？在那儿可比看电视有意思。"

谢如芳知道艾玛常去的社区教堂离公寓楼不远，从厨房后窗就能看见教堂上那个朴实无华的十字架，教堂四周有大片碧绿的天鹅绒草坪，星期天早上做完礼拜，教友们会三三两两聚集在草坪上聊天。谢如芳也曾想过去那个教堂看看，她对宗教不感兴趣，认为那些进教堂的人跟中国寺庙里烧香拜佛的善男信女差不多，但若能走进当地人生活圈子里练练英语口语，也算来美国的一个收获吧。谢如芳红着脸对艾玛说："我怀孕了，胎儿位置不正，怕出门行动不当影响孩子。"

艾玛看上去跟谢如芳年龄相仿，这时却像母亲一般拍拍谢如芳脸颊："我可怜的孩子，要知道我是正宗产科学校毕业的助产师，现正在私人诊所当主管护士。听我话，越是胎儿位置不正越应该多活动，这样才有利于日后生产。"

谢如芳惊喜不已，真是踏破铁鞋无觅处，谁想到门对门住了好些日子的墨西哥女邻居竟然是位助产师，一位帮助产妇生孩子的专家，简直是上帝为她派来的救星。谢如芳毫不犹豫站起身来准备跟艾玛去教堂，苏杨见了心里却有点不踏实，问道："艾玛小姐，我妻子怀孕了，去那样人多热闹的地方恐怕不妥吧？"

艾玛双手插在胯部，面带讥笑反问："苏先生，您以为让您太太整天坐在客厅里看电视，孩子就会平安降生吗？我不否认您将来会成为一个好父亲，可那得等孩子出生后再说。在孩子出生之前，我比您更清楚您的太太应该怎么做。"

苏杨学着美国人的样子双臂朝空中上扬一下，立刻同意让妻子跟艾玛去教堂。谢如芳和艾玛刚出门，苏杨便如释重负，他关上房门开始阅读所选课程的资料。因为妻子怀孕，来美国后他已经耽误了太多时光，苏杨内心觉得很对不起F大学的导师和同事们，他们正期待着他在美国修成正果回去拓宽专业道路呢。

谢如芳在教堂门口受到许多陌生教友的欢迎，虽然她腹部隆起尚不明显，可在艾玛略显夸张的保驾护航举动下，教友们纷纷后退，让出一处较为宽敞的座位给谢如芳和艾玛。有几位老太太过来跟谢如芳打招呼，同时也称赞艾玛为主带回一头迷途羔羊。谢如芳恰好听懂了这几句英语，事实上她完全没有打算信教，不过是跟着艾玛来看热闹的，可此时此刻面对这样一张张热情的面孔，她不可能把真实心思说出来。

一位戴着金丝边眼镜举止儒雅的中年华人男子走上台去讲解《路加福音》中某一段落，艾玛悄悄告诉谢如芳："这位先生就是华人基督福音教会主教迈克·罗先生，罗先生的妻子开着一家私人妇科诊所，我就在那家诊所工作。"

谢如芳把目光投向台上正在布道的罗先生，她觉得今天真没白来教堂，要是待会儿能认识一下罗先生，然后找机会去罗太太的诊所做胎位矫正治疗，没准连医疗费用都能省下来呢。

礼拜结束后，谢如芳拉着艾玛故意在教堂门口磨蹭，一见罗先生走出来，谢如芳不等艾玛介绍，抢先迎上前去跟罗先生打招呼。罗先生笑道："谢女士刚来美国就参加教会活动，家里也有人信基督教吗？"

谢如芳明知母亲每逢初一、十五去寺庙烧香，家里还供着观音菩萨像，可她却紧接着罗先生的话音回答："是的，我母亲也信基督教。"

罗先生听了很高兴，说："谢女士，看来我们不光同为炎黄子孙，还是共同伺奉天主的教友，是兄弟姐妹啊。谢女士初来乍到，如有什么需要帮助的事情尽请告知，教友们理当互助友爱。"

谢如芳心头滚过一阵暖流，同样是华裔，罗先生的人生境界显然要比房东仲昆高出许多。艾玛在一旁不失时机地将谢如芳怀孕后未买高额保险，因而无法做产前保胎及治疗一事告诉了罗先生。罗先生沉思片刻后说："谢女士，你明天就让艾玛陪着来我妻子的诊所做检查吧，我太太来美国前是上海有名的红房子妇产科医院主治医生，她会给你免费的。"

谢如芳朝罗先生点点头，眼泪忽然止不住滚落下来，她甚至感觉到一阵胎动，难道腹中孩子也跟她一样高兴吗？这一刻谢如芳宁愿相信上帝存在，毕竟在她最无助的时候，信奉上帝的艾玛和罗先生及时出现在她身边，并且不约而同向她伸出了救助之手。

这天晚上，苏杨听说罗先生是华人基督福音教会主教，心里感觉有些别扭。他对谢如芳说:"我是共产党员,你是我老婆,跑到美国来跟教堂里的人混在一块不合适吧。"

谢如芳不以为然道:"现在你我首先要考虑的是让我们孩子平安降生,我又不是真的要去当信徒。在美国的土地上,除了艾玛和罗先生能看在上帝分上帮助我,我们还能向谁求助?"

苏杨沉默下来,他是个十分理性的人,他知道妻子的话一点没错,现在艾玛和罗先生太太的那个私人诊所,就是他和谢如芳实实在在的依靠,是他俩的孩子平安出生的保障,他还能挑剔什么?

谢如芳在艾玛陪伴下来到罗太太的私人诊所。这是一栋奶黄色小洋楼,门前铜牌上分别用中英文刻着"江美惠妇产专科"几个大字,谢如芳猜想江美惠大概就是罗太太的名字。诊所内布置得十分幽雅,候诊室的落地窗前垂挂着洁白细纱窗帘,既能透进阳光,又使光线变得很柔和,谢如芳坐在候诊室里,身心沉浸于轻松愉悦之中,而在公立医院永远不可能有这样的感觉。

罗太太来到候诊室,她一边摘下口罩自我介绍,一边朝谢如芳伸出手来:"小谢吧,我叫江美惠。你的情况艾玛和我先生都跟我说了,你先上楼做个B超,让我看一下目前胎儿位置。"江美惠说话声音温和,语气却果断简洁,那是资深医师才会有的职业习惯,谢如芳立刻就对江美惠产生了信任。

B超检查结果显示谢如芳腹中胎儿呈横位,这种胎位很容易造成日后难产。江美惠对谢如芳说:"小谢,从现在开始你必须每周做一次胎位矫正治疗,这样才有可能在预产期到来之前将胎儿矫正至竖位,以保证顺利生产。"

谢如芳认真听着江美惠说的每句话,但她对每周一次的治疗建议面露难色。谢如芳低下头来说:"江医生,我和丈夫才来美国不久,刚买了最低保额的医疗保险,怕是支付不起您这儿的医疗费。"

江美惠笑道:"虽然我和丈夫来美国后都信奉了基督教,可我这儿是私人诊所,不是慈善机构,看病还是要收钱的。我知道你支付医疗费有困难,所以跟丈夫商量出一个变通办法,不知你能否接受?"

谢如芳听说江美惠有变通方法，满怀希望抬头望着她。江美惠说："我的两个孩子都出生在美国，长着中国人的面孔不会讲中国话，本来我想把他们送回中国去学一年汉语，可听艾玛说你是中国大学的汉语教师，所以我想如果可能的话，请你给我那两个孩子当汉语家教，每周上两个小时课。我免收你来诊所的治疗费用，你也免收我孩子的学费，你同意这个变通办法吗？"

还没等江美惠把话说完，谢如芳便一个劲地点头："江医生谢谢您，这个办法太好了，我百分之百接受，我一定会认真教您的孩子们学好汉语。"

江美惠又笑着补充道："我跟艾玛说好了，往后你每周来诊所就搭她的车吧，这样比较安全。我那两个孩子周末去你住处上课，免得你奔波劳累。"

这天，谢如芳离开江美惠诊所时，又感到腹中一阵胎动，她的心被即将为人母的幸福感充填得很满很满。

八

罗小东和罗小西按约定时间来到谢如芳住的公寓，小兄妹俩看上去跟上海街头的男孩女孩毫无两样，可一开口却是地地道道的美国腔英语，语速稍快的话，谢如芳就跟不上了。

谢如芳认认真真备了课，她有信心在最短的时间内让小兄妹俩开口讲中国话，以此来报答孩子父母对她的帮助。可罗小东和罗小西对汉语拼音及方块汉字兴趣不大，他们接二连三用英语向谢如芳提出一个个关于中国的问题，比如中国每个小孩都吃过麦当劳吗？中国孩子会玩滑板吗？中国孩子在家里叫父母亲名字会挨打吗？中国小孩可以把自己的玩具带到学校里去卖给同学吗？对小兄妹俩而言，中国是离他们非常遥远却又有着千丝万缕关系的地方，那儿的一切他们都想知道，也应该知道。

谢如芳不厌其烦回答着小兄妹的中国问题ABC，她得努力让兄妹俩喜欢自己，她教罗小东罗小西汉语等于跟小兄妹母亲换工，马虎不得。等小兄妹俩的问题暂告段落，谢如芳不失时机拿出汉语课本来上正课，她希望小东和小西回家能尽快跟他们父母亲用汉语交流,这样才体现得出她谢如芳的劳动价值。

罗小西是女孩,自然心细些,她看着谢如芳微微隆起的腹部问道:"谢,艾玛说你是专门来美国生孩子的,你为什么要把中国孩子生在美国呢?以后让他长大了也像我们一样从头开始学汉语吗?多麻烦呀。"

谢如芳的脸突然红了,她不知道该不该诚实回答孩子的问题。谢如芳从未对艾玛或罗家夫妇透露过自己来美国生孩子的真实想法,可人家在背后一猜就猜到了,要不然罗小西一个小女孩怎么会提出这样成人化的问题呢?于是谢如芳笑着捧住罗小西的脸蛋说:"孩子是上帝送给母亲的珍贵礼物,没有人知道这份礼物什么时候会来到我们身边。既然上帝要让我在美国期间收到珍贵礼物,我当然不好改变时间啦,你说对不对呀?"

罗小西点着头哈哈大笑起来,小姑娘觉得谢如芳的比喻很有意思,她很快喜欢上了这个汉语老师,并且和哥哥罗小东一道按照谢如芳的要求,一遍遍朗读那些枯燥乏味的汉语拼音和生活常用对话。

此后每当小东和小西兄妹来上课,谢如芳总会事先准备好一些冰淇淋或油炸薯片之类的小零嘴,这样两个孩子就会看在零食分上努力做出对汉语感兴趣的样子。有一回谢如芳忘了为小兄妹准备吃的,临到上课想起冰箱里还有几个从唐人街买来的春卷,赶紧放入油锅炸了。小东和小西一进门就闻到了香味,嚷嚷着非得先吃春卷再学汉语。谢如芳便拿来醋碟子,教小兄妹将春卷蘸了醋吃,她自己则在一旁看着。小西问谢如芳为什么不一块吃,谢如芳说在中国早就吃腻了。其实她冰箱里仅剩下这几个春卷,她得尽量把两个孩子哄开心了。谢如芳很清楚她在这两个孩子身上花的所有心思都不会白费,小兄妹俩高兴了,他们的父母自然也高兴,江美惠在为谢如芳免费治疗时同样会尽心尽力,谢如芳等于是在为自己腹中的孩子效力。

谢如芳每个星期去江美惠诊所接受胎位矫正治疗时,都会看见一个年轻漂亮的少妇,从那少妇腹部隆起的程度猜测,她的预产期应该在谢如芳之前。因为候诊时间差不多,谢如芳和那少妇渐渐就面熟了。少妇身边有个二十来岁的女孩,每次来诊所都是那女孩跑前跑后搀扶少妇或替她拎包,不像妹妹，大概是小保姆。有一回少妇让小保姆去候诊室角落处取一杯矿泉水，小保姆顺便替谢如芳也带了一杯过来，谢如芳谢过小保姆同时也谢了那位少妇，两人便攀谈起来。谁知那少妇一开口竟然是浙江口音，谢如芳顿时感觉二人之间亲近了不少。

少妇名叫金小珍，才二十四岁，听说谢如芳是从国内大学出来的，开口便称"谢老师"。谢如芳说："我比你大几岁，按我们浙江老家习惯，你就叫我阿姐好了。"

金小珍很高兴："阿姐，我一看到你就觉得面善，原来是老乡。我在美国住了好几个月，闷都闷死了，现在认识阿姐就好说说家乡话了。"

谢如芳说："你家先生不在美国吗？看样子你的预产期在我前头呢，老公总该陪着吧。"

金小珍脸上闪过一丝尴尬，随即又满不在乎地说："生孩子是女人的事情呀，男人在旁边也帮不上忙的。"

谢如芳突然想起彩芹曾经告诉过她，国内一些大款包了"二奶"又怕后院起火，干脆就把"小三"送到美国来生孩子，让两头女人离得远些，想吵架打架都找不着门。没准金小珍也是人家的"小三"，不然像她这样年龄似乎还不具备到美国来生孩子的经济实力。

几天后一个下午，金小珍给谢如芳打来电话，问阿姐是否有空去她家喝茶聊天，她会让人开车来接阿姐。谢如芳虽然在加州大学分校注册了，但挺着越来越大的肚子去听课自觉没趣，索性整天待在公寓楼里不出门，闲下来给未出生的孩子打几件毛衣毛裤消磨时间，有时也不免感觉无聊。所以这会儿谢如芳立刻接受了金小珍邀请，反正苏杨最近转到伯克利大学去进修了，不到天黑不会回来的。

开车来接谢如芳的正是那位常伴在金小珍身边的小保姆，金小珍家离旧金山最大的唐人街区不远，从公寓楼窗户望出去可以看见唐人街入口处那座绿色琉璃瓦牌楼，牌楼上刻着孙中山先生名言"天下为公"四个大字。四周也都遍布中国商店或餐馆招牌，乍一看让人有种回到了中国的感觉，想来生活在这儿的中国人哪怕一句英语都不会说也无交流障碍。

金小珍家很大，房子总面积不小于仲昆租给谢如芳等四家房客的那套公寓，除了贴身伺候产妇的小保姆，公寓里还有个五十多岁的中国女人专替金小珍做饭打扫房间，看来金小珍在美国过的日子要比谢如芳滋润得多。

谢如芳和金小珍坐在客厅里喝着中国龙井茶嗑瓜子，小保姆和那老女人很识相地退缩进厨房，主人不招呼她俩不会出来打扰，大概是做惯了这一行的，十分清楚规矩。谢如芳是客，坐在人家客厅里不便主动开口，她慢悠悠嗑着瓜子喝茶，等待金小珍道出今天邀请她来做客的真实目的。

金小珍说："谢老师，既然喊你阿姐，我就真把你当自家人了，反正我不说你也看得出来，我就是人家背地里说的'二奶'或'小三'。那男人原先是我老板，有自己的家，女儿都上大学了。我怀了他的孩子后，他两头都不肯放弃，就帮我办了投资移民到美国来了，这套房子也是他送给我的，值70万美元呢，产权都归我。"金小珍说着抬起头来望着客厅天花板，露出心满意足的神情。

谢如芳问："你生孩子时他也不来美国吗？"

金小珍苦笑道："他在国内有好几家公司，脱不开身。好在他每月往我信用卡里打进20000美元生活费，开销保姆、阿姨和产科诊所的费用足够了。他说好等我肚里孩子一落地，生活费翻一番，还要买个大钻戒送给我，连他老婆都没有呢。"金小珍脸上浮现尚带一丝稚气的憧憬。

"那你生完孩子以后做什么？还回中国去吗？"谢如芳没话找话。

"我本来就是移民，生完孩子成了美国人的娘，理所当然拿美国护照，吃美国政府的福利，还回中国去做什么？再说他那个黄脸婆放话出来，说要是再看见我恨不得用硫酸泼我脸呢。"金小珍说这番话时不住朝谢如芳摆手，好像是谢如芳要把她送回中国去似的。

金小珍嗑瓜子速度很快，面前的茶几上已经堆起一坨瓜子壳，于是她喊那个中年女佣来收拾茶几，顺便下两碗宁波猪油汤圆。吃汤圆时金小珍对谢如芳说："阿姐，等你生完孩子也不要回中国去了，孩子生下来就能拿美国护照，母亲可以办理延长居留签证，将来说不定还能换成绿卡呢。"

谢如芳说："我可没你那样好福气，每月信用卡上有两万美元。我们夫妇拿中国政府奖学金来美国进修，每人每月只有1000美元，日子过得比在中国时还寒酸。"谢如芳这一刻真的从心底里羡慕金小珍，生活在美国还能住得如此宽敞舒适,且不说有保姆女佣伺候,至少金小珍在生孩子这件事情上不用操半点心,因为她有谢如芳想买却买不起的高额医疗保险。

金小珍笑道:"阿姐,我今天请你来就是为了让你看看这房子,要是你愿意的话,等生完孩子你们夫妇就搬来和我一起住吧。这儿有的是空房间,我也不要你付房租,就图你们俩都是有学问的人,跟你们住在一起能长知识。不然我整天对着小保姆和阿姨两个,人都要变傻了。"

谢如芳这才明白金小珍请她上门的真实意图,她有点心动,要是真搬到这里来住,每个月能省下600美元房租呢。这天晚上谢如芳把在金小珍家的所见所闻细细告诉了苏杨,言语中仍然掩饰不住对金小珍的羡慕。

苏杨听完谢如芳叙述,不免有些惊奇,问道:"如芳,要是在国内的话,你一个戴过博士帽的大学教师,会不会去眼热被人包了当'二奶'的女人?"

九

苏杨在超市里来来回回巡视了好几趟,仍然没决定要不要再买只肉鸡回去。谢如芳身子一天天沉重起来,如今上超市购物这样的体力活不得不由他独自承担。苏杨听母亲说过女人怀孕生孩子喝鸡汤最能补养,而在美国超市里鸡又恰好是最便宜的荤菜,于是苏杨几乎每天给谢如芳炖鸡汤喝,直喝得她倒胃口。其实美国超市里出售的肉鸡大多为机械化饲料喂养的,肉质粗口感差,炖出的鸡汤连点鲜味都没有。

谢如芳知道苏杨去超市肯定不敢多看一眼海鲜产品货柜,虽然那里面的对虾和三文鱼谢如芳很喜欢吃,可这些东西在美国贵得要命,他们夫妇一次都没买过。每个月的奖学金去掉房租和日用品交通费开销,剩下的全花在伙食上也不见得能吃上什么好东西,上餐馆更是想都不要想的事情。谢如芳不擅长烹调,因而也从不挑剔饮食,粗茶淡饭照样吃得津津有味。可现在为了腹中的孩子,她不得不考虑提高一日三餐的可口程度和营养价值,母亲有责任让孩子健健康康来到世界上。谢如芳对苏杨说:"下回你去唐人街中国人开的超市吧,听金小珍说那里有卖猪内脏之类的东西,美国人不吃可中国人喜欢，而且价钱也不贵。"

苏杨点点头，心里泛起些许歉疚之情。妻子怀孕了，他身为丈夫竟然没有能力让妻子吃得可口些，走进超市尽搜罗些便宜货打发她嘴巴，想想真对不起还未出世的孩子。可要不是谢如芳一门心思来美国生孩子拿美国护照，他们本来不用过这样寒酸的生活，怪不得谢如芳会羡慕金小珍这样有钱人的"二奶"。

金小珍三天两头打电话来，不是跟谢如芳在电话里聊天，便是邀谢如芳去她家喝汤。金小珍新近认识了唐人街上"冠园"中餐馆老板娘，那家餐馆有位广东厨师，一手煲汤绝活远近闻名，金小珍尝过一回便爱得不得了，天天让"冠园"伙计为她送各式美味营养汤上门。反正她肚里孩子的父亲每月给的钱都花不完，喝点汤算什么。

谢如芳虽知金小珍邀她上门完全出于好意，可她仍然以各种借口谢绝了。苏杨说得对，她谢如芳是戴过博士帽的大学教师，怎好觍着脸去占一个"二奶"的便宜，她得守住自尊心的最后底线。

谢如芳精打细算花着每一分钱，她把自己和苏杨的日常生活开销都控制在2000美元奖学金之内。出国时夫妇二人把各自的积蓄换成美元带来美国，那是为腹中孩子准备的。有时谢如芳走过婴儿用品专卖店，总忍不住要进去看看。那些色彩鲜艳质地柔软的宝宝衫，带着音乐铃声的婴儿摇床，甚至婴儿用的一次性尿片，都会让她流连忘返，她的心也在这一刻变得异常柔软。然而谢如芳却没有在婴儿用品专卖店里为将要出世的孩子买过任何东西，这里的东西实在太贵了，她看一眼价格牌子便会倒吸口气。于是她在心里对自己说，用不着花这样的冤枉钱，没准这些东西还都是Made in China呢。

女大夫江美惠到底是从中国大陆出来的，很能体谅谢如芳眼下的生活处境。她对谢如芳说："在旧金山由我接生的孩子数都数不清，他们的父母大多跟我保持着联系，哪家都有孩子用下来的东西，扔了可惜，要是你不嫌弃的话，我去要来送给你倒真是物尽其用呢。"

谢如芳喜出望外，连声道谢："江大夫你想得真周到，我谢你都谢不过来呢，哪里还会嫌弃？"

此后一些日子，艾玛从诊所回来时隔三岔五会从车子后备厢里拿出江美惠托她带给谢如芳的婴儿用品，当然都是旧的，有折叠式婴儿床，洗得很干净的旧衣裤，还有一些婴儿玩具。谢如芳把这些东西分门别类归整好放在屋子一角，等孩子出生后，那个角落便是孩子的新天地，她可没有能力像金小珍那样专为孩子准备个婴儿房。每天晚上入睡前，谢如芳总要去摸摸小床和那些玩具，跟肚里的孩子说说话，再后来，连苏杨也加入了妻子的游戏。

金小珍如愿以偿生下个男孩，让小保姆开着车往所有认识的或还不算太熟悉的人家里送红蛋报喜讯。红蛋是用巧克力做的，外面包着烫金红纸，喜庆中透出富贵气。金小珍送给谢如芳的那盒红蛋整整十二枚，谢如芳吃不了那么多巧克力，便请房客小丁和艾玛分享。不料艾玛见了巧克力红蛋皱起眉头："你们中国人生孩子就请人吃蛋，我工作的诊所里差不多天天有人来送蛋，吃得我见了巧克力肚子就饱了，还不如送我个汉堡包呢。"

谢如芳分完红蛋，见装红蛋的盒子里还有一张印制考究的请柬。原来这回金小珍生了个男孩，孩子父亲高兴得特意飞越太平洋来到美国，要为儿子隆重庆生，酒席订在唐人街上的"冠园"中餐馆，金小珍便邀请谢如芳夫妇到时候去喝她儿子的满月酒。谢如芳对着请柬发起愁来，原以为吃几颗红蛋算不了什么，到时候自己生了孩子礼尚往来就行，谁想到金小珍还要办满月酒，赴酒席总不能空着手吧，这送礼无疑又是一笔意外开销。

晚饭后谢如芳把金小珍的请柬递到苏杨跟前，苏杨沉默片刻，从口袋里掏出一百美元说："这钱你拿去买礼物吧。生孩子对任何一个女人来说都是大事，既然人家请了你，最好不要扫人家的兴。"

谢如芳很惊讶苏杨会如此爽快拿出钱来，因为两人每个月的奖学金都由她掌管，苏杨口袋里最多只有些买地铁票的零钱。苏杨读出谢如芳眼中疑问，只好从实招来："我这几个周末其实不是去实验室加班的，而是跟着仲昆去给人家当'钓鱼导游'，就在贝法姆岛那边。我小时候在老家就是钓鱼高手，替人选地点下鱼饵从来不会空钩，这些钱就是人家给的小费。我看你怀孕后还穿着原来的衣服，本想攒钱给你买几件漂亮孕妇服的。"

谢如芳忽然觉得鼻子发酸："苏杨，都是我和孩子拖累了你，让你一个博士后在这儿替人家拎塑料桶提鱼竿。"

苏杨努力做出满不在乎的表情："那有什么,我本来喜欢钓鱼,现在过了瘾还能挣上钱,何乐而不为呢?反正F大学的人又看不见,天知地知你知我知。"

谢如芳依旧神情紧张："要是哪天仲昆漏了嘴告诉吕教授,你我不是要被F大学的人笑话死吗?"

苏杨笑道："仲昆才不会对吕教授讲呢,要是让吕教授知道他仲昆待在美国二十多年还在靠收房租和替人扛鱼竿挣银子,那仲昆比我更丢不起人。"

谢如芳把带着苏杨体温的纸币放入钱包,然后挺着肚子坐到丈夫身边说："你听,孩子又在拳打脚踢了,那是向你道谢呢。"苏杨把耳朵贴在妻子肚皮上,一脸满足的笑容。

十

这天早上艾玛开车带谢如芳去诊所时,发现谢如芳近几天来脸和脚都肿得厉害,艾玛便劝她索性住进江美惠的诊所去待产,但谢如芳笑着婉拒了艾玛的好意。谢如芳明白自己是用教两个孩子汉语来换取江美惠对她的免费治疗,已经很难为人家了,哪里好再提出进一步要求。艾玛虽然从职业角度出发希望谢如芳能在医护人员监管下全天候保胎,但她毕竟不太了解中国人之间的交往习惯。谢如芳支付不起住进诊所保胎的费用,而诊所是江美惠开的,艾玛自己只是个护士,由不得她来替谢如芳做主。

其实谢如芳对身体出现的变化也心怀不安,她想起F大学那些年轻女同事,因为不想让人看见怀孕后的臃肿体态,哪个不是早早休了产假在家里或住进医院静养,直到生完孩子恢复了以往的苗条身材才肯来上班。要是在国内,谢如芳本来也可以像那些女同事一样养尊处优的。然而这里是美国,她不是金小珍,背后也没有个大款撑着,能在江美惠的诊所接受免费治疗已属幸运,她无法也不可能要求太高。

偶尔一人独处时，谢如芳会抚摸自己腹部跟孩子说话："宝宝，妈妈把你带到美国来是为了让你一睁开眼睛就看到你的美国护照，你是世界上最发达国家的公民，将来走到哪儿都让人羡慕。你长大后，不用像中国孩子那样起早贪黑苦读书，也不用加入令人恐怖的高考大军，美国政府提供的优越社会福利能让你舒舒服服过一辈子。等你满了十八岁，连爸爸妈妈也能申请美国绿卡，我们一家人都能在美国过上富裕幸福的生活。"谢如芳这些话与其说在跟孩子讲，不如说是讲给她自己听的。她得一遍遍重复来美国生孩子、让孩子拥有美国护照的愿望，只有这样，她才能消解眼下在美国土地上产生的一切心理不平衡。

这天早上天没亮苏杨就起床了，他对谢如芳说房客小丁买了辆二手车，可以捎他一段路。谢如芳明知苏杨减少睡眠时间去搭小丁的车，是为了省下那张地铁票，她虽心疼丈夫，却又很无奈。自从来到美国，夫妇俩似乎已经习惯凡事从省钱角度考虑，能不花的钱尽可能不花，他们得为将要出生的孩子攒下每一分钱。

白天客厅里只有谢如芳一个人，她开着那台老旧的电视机，一边为孩子打毛衣。吕教授几次发来电子邮件，问起谢如芳在美国有没有写新的论文，谢如芳不知如何回答，只好敷衍导师说自己不急着写论文，而是想努力了解美国学者做学问的思维方式。不过有一点可以让谢如芳自感安慰的是，在怀孕待产的日子里，因为终日伴着这台老电视机，她的英语听力提高很快。

这会儿谢如芳将电视频道锁定 CNN 滚动播出的新闻，那个已经满头白发的主持人正在评论奥巴马总统竭力主张的医疗改革。突然，一条临时插播的新闻中断了主持人滔滔不绝的声音，电视画面上出现了直播镜头，画外音报道说就在二十分钟之前，柏克利大学发生一起校园枪击案，至少已造成十多人伤亡。

谢如芳心口一阵激烈狂跳，立刻扔下手中的毛线活给苏杨打电话，不料被苏杨用作手机铃声的《欢乐颂》音乐在床头响起来，天哪，原来苏杨今天一大早急着搭小丁的车出门，竟忘了带手机。谢如芳试图往苏杨所在的实验室打电话，她记得苏杨曾经告诉过她电话号码，可她没用心去记，她来到美国后唯一全身心投入的事情便是生下一个拿美国护照的孩子。此刻谢如芳发疯一般抓起拎包出门，她想去坐 BART 线地铁赶往伯克利大学。谢如芳忘了自己是个孕妇，她几乎一路小跑着奔向地铁站。她内心一遍遍祈祷上帝保佑她丈夫，她不能失去苏杨，她腹中的孩子不能没有父亲。

其实谢如芳赶往伯克利大学的时候苏杨已经离开了实验室，他跟仲昆约好今天去贝法姆岛海湾为一个退休老人钓鱼比赛活动当导游，那些老人都很富有，给小费时出手一定也很大方。苏杨不知道伯克利大学校园内发生了什么，他这个白天根本没机会看到电视新闻。

谢如芳第一次坐 BART 线地铁，换乘枢纽站有一处长长的通道，通道内光线很暗，她只觉得冷风往脖子里灌，她的去路也被挡住了。两个男人堵在谢如芳面前，他们都穿着深色羽绒服，头戴绒线帽，帽子拉得很低，谢如芳看不清他们的脸，只是本能地将拎包抱在胸前，颤抖着喊了声："我是孕妇。"

一个男人伸手夺过谢如芳的拎包，另一个在她喊出第二声之前朝她脸上猛击一拳，然后将她推倒在光线更暗的通道拐角里，两个男人飞快离去，前后只不过几十秒钟。不知过了多久，清扫工发现这个躺在血污中的女人，立刻拨打报警电话，警察把谢如芳送到医院时才知道她是个孕妇。这家医院的大夫紧急为谢如芳施行剖腹产手术，才避免大出血可能引起的生命危险，保住了母亲和孩子的生命。

谢如芳被推进了手术室时，警方根据她手机中保存的电话号码找到江美惠的诊所，江美惠和艾玛一起驱车赶往收治谢如芳的那家医院，才知道她们曾经花费不少心血的小生命已经诞生，是个可爱的女孩。但由于产妇受到外伤，婴儿又系早产，接生大夫告诉江美惠和艾玛，这个孩子很可能会落下先天性疾病。江美惠和艾玛听了不禁相拥而泣，同为女人，这一刻她们不知该如何去面对和帮助即将从麻醉药中清醒过来的谢如芳。

产后第三天，谢如芳还没有见到女儿。孩子被留在重症监护室的暖箱里，二十四小时由医护人员监护着。由于孩子从降生这一刻起就成了美国公民，可以免费接受一切治疗。然而母亲谢如芳只买过最低保额的医疗保险，每住一天医院的费用对她而言都是天文数字。于是谢如芳不得不听从江美惠劝说，暂时离开孩子，住到江美惠的诊所里去静养，不然她哪里付得起那家医院的费用呢。

仲昆陪同苏杨去了趟社会安全局，凭着医院开具的出生证明，仅花了半个小时，就替孩子办好了社会身份号码，也等于拿上了美国公民护照。

谢如芳和苏杨决定为女儿起名叫苏中美，女儿满月那天出了院，她的小脑袋沉甸甸垂在胸前，脖子也不会转动，医院诊断为轻度先天性脑瘫。谢如芳的泪水无声滴落在女儿那本崭新的美国护照上，她不知道这是不是上帝的旨意，也许上帝在给予的同时总要夺走些什么，所以这个世界上没有人可以说自己的生活十全十美。

仲昆和几位房客一起替苏中美开庆生派对。蛋糕是艾玛亲手烤制的，上面插了根大大的红蜡烛。小丁在客厅四周装上星星点点的彩灯，一闪一闪如同梦幻世界。仲昆则自告奋勇开车出去买回一箱啤酒和烤鸡等卤菜，身为房东他还是头一回这么大方地请客。

苏中美裹着大红绸缎婴儿斗篷，依然像蜷缩在母亲子宫里安睡，连她的哭闹声都听不见。于是庆生派对成了房客们自娱自乐，苏杨和仲昆小丁三人轮番敬酒喝酒，谢如芳与艾玛互相为对方切蛋糕吃，派对上的气氛显得有些沉闷。

艾玛安慰谢如芳："你不要太难过，中美这孩子虽然有些先天不足，但美国医疗条件好，她又是美国公民，可以享受免费治疗，等孩子长大一些情况也许会有好转，你作为母亲也可申请在美国长期居住的。"

可是仲昆竭力反对谢如芳夫妇因为孩子而滞留美国，仲昆说："苏杨、如芳，你们俩千万别轻易放弃中国大学的教职，苏杨搞理工科的还好点，如芳这样读文科的外国人留在美国根本找不到像样饭碗，到头来最多也就混成个拿着美国护照或绿卡吃救济金的无业游民，我就是你们的榜样。"仲昆在酒精刺激下有些口齿不清，说着说着竟然哭了起来。房客们面面相觑，他们从没想到原来当房东的仲昆也有满腹酸楚。

十一

女儿出生后,谢如芳和苏杨一直为去留问题烦恼,苏杨态度很明确,他不能仅仅因为女儿日后可以享受美国的免费医疗而留在美国,这未免太目光短浅。他有博士学位,有自己喜爱并决心终身从事的专业,他在中国的个人发展前景无限广阔,最重要的是他不想留在美国变成第二个仲昆。

谢如芳明白她没有权力强求苏杨。为了当初让孩子拥有美国护照的念头,她已经让苏杨牺牲得太多,承受了太多的委屈。可要是苏杨回中国而她和孩子留下来的话,她们娘儿俩只能靠孩子的社会福利救济金生活,连温饱都难保证,她不是金小珍,背后也没个大款包养着。仲昆说得很对,像她谢如芳这样读文科的人,在美国根本找不到一个稳定饭碗,最多只能教教汉语。可旧金山华人随处可见,不管操哪种中国方言,好像只要认识汉字的都在教汉语,哪里还轮得上她。当然谢如芳也不敢想象日后与苏杨天各一方的生活,来美国这些日子里,苏杨表现出的宽容忍让及责任心,为她和孩子撑起一片充满安全感的天空,她怎么可以失去这片天空呢?

谢如芳和苏杨来到中国驻旧金山总领事馆,为女儿办理去中国的签证。女儿出生在美国土地上成了美国公民,现在要去她父母的祖国就得像外国人一样向中国使领馆申请签证。

一位中年女签证官热情接待了谢如芳夫妇和孩子,办完签证后,女签证官得知孩子所患的疾病,主动写下一个姓名和电话号码交给谢如芳说:"我有位亲戚在上海儿童医院工作,是治疗儿童先天性脑瘫病的专家,你们回上海后可以去找他。"

走出总领事馆大门,天上飘落起细细的雪花。谢如芳扯下自己的围巾加盖在女儿身上,无意中看到女儿正咧着小嘴,她惊喜万分对苏杨喊道:"快看,我们女儿会笑了。"

伦敦眼

一

夜幕刚刚降临，叶兆其就关闭了"明宫"中餐馆屋檐下的红灯笼，放下铁皮卷帘门准备打烊。以往这个时候，中餐馆晚间生意才开始进入高潮，每张台子不换两三回桌布应付不了一批批前来用餐的顾客。可自从前几天晚上伦敦北部托特纳姆区发生骚乱后，位于泰晤士河以南的拉宾街也突然变得萧条起来，一到傍晚街上除了飞驰而过的汽车，见不到行人。

这里与北部骚乱地区环境相似，也是移民聚集地，拉宾街上很少能见到真正的英国白人，居民几乎都是有色人种。叶家邻居大多来自英联邦国家的印度或巴基斯坦，他们擅长经营小杂货店，而非像华裔那样喜欢开餐馆。左邻右舍中的非洲人很少愿意亲自当老板，他们年长一点的干着大都市里最脏最累的活儿，如清洁工或搬运工，但若想把饭碗传给子女却不那么容易。不少年轻黑人出生在这个国家甚至这座城市，因为没有受过良好教育，又不像父辈那样心甘情愿吃苦耐劳，找不到工作便整天闲逛街头，成为地区治安炸药包上的导火索。

妻子苏宛如坐在空无一人的餐厅里看电视，几家主流媒体无一例外聚焦于骚乱现场，电视屏幕上充斥着汽车燃烧的火光和被砸碎的橱窗玻璃，看得人心惊肉跳。苏宛如左手拿遥控器，右手按在电话座机上，每隔几分钟就拨打一遍女儿手机，神色紧张到崩溃地步。

叶兆其在妻子身边坐下，把她的手从电话机上挪开，攥在自己掌心中："放心好了，我们家伦敦不至于那么糊涂，不可能跟着那帮小混混去闹事的。"

"那她怎么到现在还不回来？手机也关掉了呢。"苏宛如亮起嗓门，满脸恐惧。

叶兆其搓揉着妻子手背："没准今天咱们女儿进入病房实习了，你知道威斯敏特医院里住的尽是有钱人，哪能允许一个小护理员口袋揣着随时会响的手机呢？就是普通病人也需要安静呀。"丈夫的话让苏宛如稍稍松了口气，只要女儿安然无恙，她便别无所求。

女儿叶伦敦半夜才回来，到家后便冲进浴室用刷子拼命洗刷自己双手。小姑娘才十六岁，就读于一所护理中专学校，此刻她一边洗手一边向父母哭诉起来："那白人老太临终拉了满床粪便，没人肯收拾，护士长就指定我干，扔给我五十英镑，说是老太太家人给的小费。"

"那你该把钱甩到护士长脸上然后走人啊，凭什么让你干那样的活儿？"苏宛如脸涨得通红，显然比女儿更气愤。

"那怎么行？伦敦好不容易才找到这么家体面医院去实习，该忍的时候还得忍，谁让咱们是外来移民呢。"叶兆其双手分别抚摸妻女头顶，想为他至亲至爱的两个女人降降火气。

不料苏宛如听到"移民"二字愈发气恼，转身甩开丈夫手臂："你有没有搞错，伦敦跟你我不一样。她出生在这座城市里，出生证上的英文名字是英吉娜·叶，连中国名字也叫叶伦敦，标准的大英帝国公民，凭什么要比白人低一等，英国不是最崇尚平等的国家吗？"

"妈，那谁叫你把我生在这儿？你跟爸两个上海人结了婚干吗要跑到英国来过日子？我这张面孔就是移民标记，总不能天天把出生证贴在脑袋上吧。"女儿到底年轻，双手洗干净后火气也就消了大半，甚至还能展开笑容跟父母幽默一把。其实自女儿懂事起，曾不止一次问过父母为什么要到英国来，却始终未从父母口中得到过真实答案。

二十年前叶兆其和苏宛如结婚后双双在上海一家杂志社当编辑，那时身边有不少同事朋友先后卷入了出国留洋潮,很令小夫妇俩羡慕。苏宛如尤其向往外面的世界,她通过香港一位远房亲戚担保,先将叶兆其送到英国去读语言学校,随后自己也办了旅游签证来到伦敦与丈夫团聚。

苏宛如没想到伦敦的生活费用那么贵,她第一次坐公共汽车时,算出票价是上海的十五倍,吓得差点跳下车逃跑。来到伦敦才十几天,叶兆其和苏宛如就双双打消了在此求学的念头。然而夫妇俩都曾费尽心思才走出国门,实在不甘心这样打道回府。三个月签证到期后,苏宛如经人指点,与丈夫分别站在某处防盗窗铁栅栏前拍了张照,谎称在国内受到迫害,向英国移民局申请政治避难。那年月为了取得所在国长期居留权,不乏有人使用各类骗术歪招来达到目的,叶兆其和苏宛如也走了这条路,以难民身份在伦敦居留下来。他们搬了好几次家,差不多住过这座城市所有较大的贫民街区,以此切断与熟人来往。夫妇二人没有向国内亲朋好友透露过留在英国的真实身份,二十年来从未回过中国,尽管女儿出生后夫妇俩作为监护人已经漂白了过去的难民身份,但他们依然没有足够的勇气回去。

叶兆其和苏宛如自踏上英伦土地伊始,便辗转于伦敦各处中餐馆打工,干遍了从洗碗工到二厨、大厨、收银员等各个岗位,比当年在上海当编辑还要专业些。1997年香港回归祖国后,老板要回香港发展,就把这家"明宫"餐馆低价盘给了叶兆其夫妇,从此这一家三口才算在伦敦安定下来。

女儿叶伦敦自小在贫民街区长大,上的也是免费贫民学校。同学中绝大多数为有色人种的移民后代,偶尔看见一两个白人孩子,上前一问也是来自东欧贫穷国家。因而叶伦敦虽然出生在英国首都,却不会说纯正的伦敦英语,她的口音早就在移民孩子群里被同化了。女儿初中毕业后,苏宛如为她选择上中等护理学校。英国早已步入老龄化社会,各类养老院或医院都缺少护理员,女儿将来就业不成问题。移民女孩子在这个国家很难找到体面工作,当护理员至少比加油站和便利店售货员工作稳定,收入也高一些。可谁想到在英国即使当一名给人端茶倒水擦身洗澡的护理工,也得经过三个月以上的自费实习期,否则拿不到资格证书没人敢聘用。

这个夜晚,等女儿入睡后,苏宛如将自己盘算已久的计划向丈夫全盘托出："我们把伦敦送到上海的医院去实习吧,她外婆好歹当过市级医院总支书记,尽管退休多年,但从前的部下现在不少都身居要职,这点人情面子总归要讲的吧。"

叶兆其听了妻子的话,猛吸了几口烟后点头道:"可以试试看,至少回到上海我们女儿不会再遭人歧视。"

"那当然了,上海人看到我们女儿的英国护照眼红都来不及,哪里还敢歧视?"只要一提及女儿国籍,自信与骄傲便在母亲心里油然而生。二十年来异国他乡的拼命奋斗,尝遍辛酸苦辣,不就为了让女儿拿上大英帝国护照吗?

二

伦敦希思罗国际机场永远那样拥挤。吱呀作响的行李推车卡在凹凸不平的门框上,进不去也出不来,急得叶兆其满头大汗。

一辆豪华旅游大巴士停靠下来,车门刚打开,男人女人便纷纷奔向机场退税处,都是些在英国买了奢侈品想赶在飞机起飞前办理退税的中国游客。有个年轻小姐用上海话尖声呵斥叶兆其:"哪能啦,到底是进去还是出来,不要挡路呀。"

叶兆其蹲下身子用力抬起车轮,总算将行李车拖进门内,他擦着额头汗水同样用上海话道歉:"对不起,对不起噢。"

小姐有点不好意思:"喔哟,也是上海人呀?不怪你,只怪英国飞机场太落后,像第三世界,哈哈。"

苏宛如站在叶兆其身后,听见女人和丈夫对话,心里酸极了,朝那群大声喧哗的同胞狠狠斜了一眼:"没教养的暴发户,跑出来买点化妆品、手表、箱包有啥了不起,还敢嫌英国落后,喊。"

女儿俯在母亲耳边问:"妈,你不是说好多上海人一家三代挤在鸽笼一样的弄堂房子里,连卫生间都没有,那他们怎么有钱到英国来旅游,还买得起那么贵的奢侈品呢?"

叶兆其代替妻子回答女儿："那是二十年前的情况，现在中国经济发展得快，上海人有钱了，住房条件自然也天翻地覆，你大舅家新近买了四室两厅商品房，说好这回把带卫生间的卧室让给你住，放心好了。"

苏宛如打断丈夫的话："上海再好也比不上伦敦。那里冬天没暖气，夏天热死人，要不是女儿得找家医院实习，我还舍不得让宝贝去吃这份苦呢！"

女儿看着父亲和母亲，似乎想判断谁的话更接近事实。可她毕竟从电视里看到过北京奥运会和上海世博会的盛况，并不真的担心去上海会像母亲说的那样吃苦，于是女儿搂住母亲脖子："妈，你太夸张了吧。"

办理登机牌时，又遇上了刚才的上海小姐，她的座位恰好在伦敦旁边。叶兆其赶紧上前打招呼："小姐，我家孩子跟你同一航班去上海，她头一回出远门，拜托一路上多多关照。"

上海小姐也认出了叶兆其："先生放心好了，都是上海人，理当互相关照，用不着客气的。"

苏宛如心底那股酸劲又泛腾起来，故意问道："你们好不容易出国一趟，哪能不想办法留下来，还回去做啥？"苏宛如本意是想提醒上海小姐注意她一家三口的海外华人身份，这也是她眼下唯一能在财大气粗同胞面前炫耀的资本。

不料上海小姐瞪圆双眼反问："留下来做啥？英国这种地方玩玩还行，过日子哪有上海惬意？我在上海住别墅开汽车，可好些伦敦人还住半地下室呢，像老鼠一样的，嘻嘻。再说现在中国人出国很容易，欧洲我都跑过三趟了。"

"那你们为啥还要出国抢购奢侈品，国内买不到吧？"苏宛如不想示弱，她得继续保持心理上的优势。

上海小姐笑道："其实这些东西上海都有，只不过税率高一些。反正我行李箱还有空，就多带些回去送给亲朋好友做做人情，好歹花了飞机票钱，赚点回来嘛。"上海小姐似乎并未觉察出苏宛如的真实用意，回答得很自然。

苏宛如的心隐隐作痛，她在异国他乡二十年千辛万苦奔来的房子汽车，似乎一夜之间不少上海人也拥有了。她的优越感在上海小姐不经意的话语中快速缩水，几近荡然无存。但苏宛如仍不甘心就此败下阵来，她嘴角牵出一丝冷笑："上海再好总归比不过大英帝国首都吧，要不那么多中国富人为何要来伦敦买房子？还争相把孩子送出来读书。"

上海小姐眉尖跳了几下，十分洋派地耸耸肩："阿姐，你讲的那是富人呀，富人在哪个国家都能过好日子，跟你我没啥关系的。我们小老百姓过日子就得讲究实惠舒适，当然是上海好啦。"上海小姐显然看出苏宛如一家在英国所处的阶层，极有把握将自己跟苏宛如都划归为小老百姓。所不同的是，她把自己说成小老百姓时还多少带了点谦虚低调的意思。

苏宛如终于偃旗息鼓，女人与女人的争斗很多时候不需要通过言语，一个眼神便能掂量出对方底气。眼前这位上海小姐至少是个受过高等教育的白领，苏宛如听见她领登机牌时那口流利英语。此刻倘若再缠斗下去，自己不会有多大赢面。

叶兆其在一旁见妻子跟上海小姐聊得热乎，心里很是宽慰，至少女儿在飞机上能得到故乡人关照，增加不少安全感。

乘客进入登机通道后，苏宛如望着女儿逐渐消失的背影，恋恋不舍地转身跟丈夫回家。从希思罗机场回家途中，苏宛如控制不住情绪，在丈夫跟前极力贬损上海小姐："暴发户，乡下人，有几张钞票跑出来开洋荤就不知天高地厚了。"叶兆其这才明白妻子是在吃那群上海游客的醋，于是赶紧帮腔："上海人嘛，有了钱就喜欢招摇甩派头，你又不是不晓得。"

车子拐上拉宾路，远远看见路尽头升腾起火光和烟雾。苏宛如惊叫："不好，小流氓又来闹事了。"

叶兆其单手把住方向盘，另一只手按住妻子肩膀："别怕，我们家餐馆停业好几天了，卷帘铁门天天拉上的，谅这帮小流氓也无从下手。"叶兆其说着将车子改变方向，从后面小街绕道回家。

"明宫"中餐馆门前残留着两只烧毁的旧轮胎，呛人的浓烟弥漫在整条街上。叶兆其停车后四处察看一番，确定肇事者已经离去，这才放心让妻子下车。

餐馆卷帘铁门上有几个遭重器敲瘪的凹痕，屋檐下的灯笼也被砸烂，人行道上洒满玻璃碎片。大概那帮小流氓想抢劫中餐馆,未能得手便砸坏灯笼和卷帘门泄愤。

叶兆其替妻子搓揉胸口压惊,一边安慰道:"不幸中的大幸,外面东西砸坏了还能修,损失究竟有限的。"

夫妇二人走进店堂,又赶紧将铁门拉下。这时苏宛如手机响了,有个女人在电话里哭泣:"叶太太,我是拉丽亚的妈妈,我们家遭了大难,能不能让我女儿去跟你家伦敦小姐住一晚啊?"拉丽亚是女儿伦敦的好朋友,两个女孩从小一块长大,现在又是护理学校同窗。苏宛如应声答道:"当然可以,我马上去你家接拉丽亚。"

当叶兆其夫妇来到拉丽亚家时,只见那对开便利小店的印度夫妇和他们三个孩子坐在店堂里抱头痛哭。小店门窗玻璃都被砸得稀烂,暴徒抢走了收银箱和店里所有货物。要不是母亲把女儿藏在半地下室的纸板箱里,拉丽亚恐怕早被流氓欺负了。

苏宛如不敢相信自己所看见的场景,她颤抖着嘴唇问便利店女主人:"报警了吗?赶快报警呀。"

便利店老板娘哭天喊地一般回答:"早就报警啦,可警察局说今晚伦敦有几十处骚乱,警力不够,天哪,叫我们一家往后怎么活啊。"

叶兆其对印度夫妇说:"我们女儿今天去中国了,她的房间正好空出来,就让拉丽亚和她两个弟弟住到我们家去吧,反正这几天餐馆也不敢营业。等你们家收拾好了,我再把孩子们送回来。"他忽然想起拉丽亚好像还有个哥哥,便问:"你们家老大呢?要不要让他也去我们家住。"

印度太太捶胸顿足:"我和他父亲都管不了他啦,不知在哪里鬼混,从昨天起就没回过家。"

拉丽亚父母把三个孩子送上车,两人双手合十频频对叶兆其和苏宛如鞠躬:"还是你们中国人好啊,危难之中讲人情,肯帮忙,我们不会忘记的。"

拉丽亚和两个弟弟经历了刚才的恐怖一幕,早已筋疲力尽,三个印度孩子脸上挂着泪痕,在中国人家里睡着了。

苏宛如整夜未眠,反反复复问丈夫一句话:"这里还是伦敦吗?是世界上最文明最发达的大英帝国吗？"

三

　　上海浦东国际机场接机大厅人头攒动，苏振兴携妻女挤在人群中，迎接从英国飞来的外甥女伦敦。女儿苏小依做了个大大的纸牌，上面写着中英文黑体大字：欢迎叶伦敦（英吉娜）小姐。
　　这是叶伦敦生平第一次回到她父母亲的祖国，看到那么多和自己一样黄皮肤黑眼睛的同胞，感觉十分亲切。可她手持英国护照，无法从中国公民绿色通道入境，只好排在外国人队伍里。那位同机抵达的上海小姐一路上热心照顾女孩，此时她对伦敦说："小姑娘你不用担心，我先过去后在海关窗口旁边等你，然后陪你一块去取行李。"伦敦安下心来，努力说出一句上海话："谢谢阿姨。"
　　苏小依眼尖，远远就看见了推着行李车出来的表妹，她举起纸牌高喊："伦敦，伦敦，小妹，我们在这里。"
　　叶伦敦也看见了大舅一家，兴奋地加了把劲，推起行李车飞跑。
　　那位上海小姐跟在伦敦后面跑过来，气喘吁吁对苏振兴说："好了，先生，我任务完成了，你快点给小姑娘爸妈打个电话报平安吧。"苏振兴谢过上海小姐，拨通了妹妹家的电话。
　　苏振兴听到苏宛如在电话中长长吐了口气："阿哥，英国发生大骚乱，我家中餐馆也歇业了。幸好伦敦去了上海，拜托你们一家照顾她，最好暂时不要让她回英国来。"
　　苏振兴还想多关照妹妹、妹夫几句话，可苏宛如已挂下电话。那是她二十年来养成的习惯，总怕越洋电话太费钱，其实苏振兴如今哪里还在乎这点小钱呢。苏振兴不想把伦敦持续骚乱的情况告诉外甥女，免得她刚下飞机就开始担心。
　　苏振兴一家三口两年前随旅行团去过英国，因而女儿苏小依此刻在上海见了表妹亲热得不得了，两个女孩相拥在一起，又是笑又是跳。苏小依比伦敦大一岁,明年想考复旦大学外语系,这会儿逮着个英国来的表妹,自然不肯错过练口语的好机会,干脆说起了英语。

苏振兴趁两个女孩不注意,把苏宛如电话里说的事情悄悄跟妻子耳语了几句。妻子叹了口气:"你那妹妹和妹夫真是走错路了,要是在上海,说不定早就评上高级职称当主编了,哪里还用得着在外面辛辛苦苦开餐馆谋生,被厨房里油烟熏得满面孔皱纹,赚来的钱还得防人抢,换了我才不要过这种日子呢。"

银灰色的本田车飞驰在高速公路上,苏振兴开车,妻子坐在他身边,宽大的后排座位就让给了两个小姑娘。叶伦敦望着车窗外不时闪过的高楼大厦和花园般的别墅群,无法把自己从小听母亲形容的上海跟眼前景象联系起来。在母亲的描述中,上海是个脏乱无比的城市,马路上挤满了破旧自行车,连自行车书包架上都坐着人。可叶伦敦出了浦东机场还没见到自行车,大舅开的本田比她父母那辆装货坐人两用的老式旅行车舒适豪华得多,此时车里开着空调,音乐声在车内缭绕。

伦敦问小依:"这是你家的车吗?"

小依点点头:"这是我爸的车,后备厢大,好帮你拉行李。我妈平时上班也开车,她那车小一点。"

伦敦不解:"你们上海人不骑自行车了吗?"

小依说:"骑啊。我平时住校,在校园里就骑自行车,不骑回家来的。"

大舅家住在徐家汇附近一处花园小区,九层楼上还有个复式小天地。大舅、舅妈和外公外婆住楼下三室二厅,楼上两个复式小房间暂且成了小依和伦敦的私密空间。伦敦很喜欢房间外面宽大的露台,站在露台上,视野顿时开阔不少,大片城区尽收眼底。尤其是晚上,路上车流汇成河,闪烁着红黄二色光波,与四周高楼大厦的霓虹灯相映生辉,流光溢彩。

晚饭桌上,伦敦忍不住说:"上海真漂亮,比我英国家门前那条拉宾街现代化得多,不像我们那个城市尽是些破旧老房子,几年都不造一栋新楼,只怕全英国能跟上海相比的城市也不多吧。"伦敦自小生活在国外狭小破落的移民街区,没见过真正的高楼大厦群,眼前的上海景象完全颠覆了母亲向她描述过的故乡画面,女孩不由得真心赞叹起来。

外婆慈爱地夹起一只大虾放在外孙女盘中,轻微叹了口气:"你爸妈要是不出国,说不定现在住的房子比大舅家还好呢,他们当年的同事如今不少成了知名人士,个个开好车住好房子,哪里用得着像你爸妈那样,费尽心机赖在国外不回来,还不是一年到头辛辛苦苦打理餐馆,太不值了。"

苏振兴明白母亲不满意自己女儿是有原因的,当年苏宛如和叶兆其为了获得英国长期居留证,谎称在国内遭受迫害。有知情人把消息传回上海,身为市级医院党总支书记的母亲羞愧万分,自觉无颜在此岗位上工作下去,便提前办理了退休手续。而苏宛如和丈夫因为申请了政治难民身份,就不能再回中国大陆。十多年前苏振兴陪同老父老母去了趟香港,与妹妹、妹夫在香港见面。老母亲曾劝说女儿女婿回国,那时他俩工作过的杂志社老领导尚在位,答应帮忙恢复二人原有职位。出国后吃尽苦头的叶兆其倒有些动心,但苏宛如毫不犹豫拒绝了母亲的好意,她无论如何不肯放弃自己头上"旅居海外"的光环,她不想让国内的同事们看笑话。再说她有个出生在英国的女儿,女儿那本英国护照就是她生活的全部希望和精神寄托。

苏振兴时常在心底里惋惜妹妹走错了一步棋,要是她能早些预料到中国经济的发展速度,也不可能死守着伦敦的小餐馆挣辛苦钱了。如今妹妹把她拿着英国护照的宝贝女儿送回老家上海,目的就是想为女儿争取最好的人生前途,正如当年她心心念念要让孩子出生在异国的土地上一样。苏振兴理解妹妹心思,既然走错了棋,那么一旦发现有挽回损失的机会,自然不应再错过。

可是这一切,出生在海外的叶伦敦又怎么能够理解呢?女孩听懂了外婆的意思,说:"外婆,我也不喜欢爸爸妈妈开餐馆,家里一年到头都是油烟气。可要是不开餐馆爸妈就失业了,得像那些黑人一样每周去领政府救济金,我在学校里会让同学看不起的。"叶伦敦说完低下了头,用筷子拨弄盘子里的大虾。

"好了,好了,人家外国人想法跟中国人不一样的,全世界哪里没有中餐馆?要是中国人跑到外面都不肯开饭店,那些老外还不馋死,上哪儿去品尝中国美味呀。我说得对吧,伦敦?"大舅妈开玩笑似的替女孩解围,她可不想让外甥女第一天到上海就不高兴。

一直沉默不语的外公叹道:"希望英国城市骚乱早点结束,不要祸害到我们女儿家的餐馆才好。"

四

英国时间中午十二点整,叶兆其和妻子坐在电脑前,等候与远在上海的女儿视屏对话。虽说伦敦骚乱已逐渐平息,三个在此避难的印度孩子也回了他们自己家,但中午前来用餐的客人依然寥寥无几,因而"明宫"索性继续歇业,确保自身与餐馆设施安全是叶兆其夫妇眼下的头等大事。

电脑屏幕跳动了几下,女儿的笑脸清晰闪现出来,"爸爸,妈妈,我今天去外婆的医院实习啦,是大舅开车送我去的。那医院好大好气派,比哈罗斯百货公司还要豪华呢。"

苏宛如如释重负:"那就好,宝贝,你好好实习,等满了实习时间,爸爸妈妈去上海接你。"

女儿:"真的吗?妈妈你真的回上海来?那我就赚钱给你和爸爸买飞机票。上海医院里实习生都有报酬的,中午还有一顿好吃的免费午餐。不像在英国老人院,自己交费实习还受人气。"

叶兆其用身体顶开妻子,占据了电脑键盘:"好女儿,爸爸得提醒你,一般病人通常心情不好,你当护理员就得忍让点,千万不能跟病人吵架。外婆给你找到这么好的医院实习不容易,得珍惜啊。"

女儿:"我可没像你们中国人说的'走后门',因为我会讲英语,医院把我派到外籍人士住院区当护理员。病房里哪个国家人都有,像个小联合国。病人要跟中国医生护士沟通,少不了我当翻译呢,我可是中、英文桥梁喔。"

叶兆其庆幸自己当初不顾妻子反对,坚持每个周末送女儿上华文补习班,没有让女儿变成黄皮肤黑头发的"香蕉人",如今女儿才能凭借着语言优势,实现她人生的最初目标。

苏宛如关闭电脑后对丈夫感慨道:"看来中国人真是有钱了,连我们出生在大英帝国首都的女儿都羡慕上海,难道我们决定居留海外真是个不聪明的选择吗?"

叶兆其苦笑:"你我都非神仙,谁能预料二十年后发生的事,别忘了当年你从英国寄回去的照片,也曾让多少上海的亲朋好友眼红呢。"叶兆其此刻十分理解妻子心情,然而人生之路已走了一大半,没有退回去的可能,又何必试图寻找后悔药呢。

有人在楼下敲门,叶兆其看了妻子一眼问道:"餐馆歇业牌子不是挂出去了吗?怎么还有人想来吃饭?"

夫妇俩立即相跟着下楼,见门外站着一男一女两名警察。那位女警察递过一纸通知:"叶先生、叶太太,南拉宾区地方法院不日将开庭审理本区内发生的骚乱案,您二位已被列入陪审团成员名单,请准时出席,谢谢。"

警察走后,苏宛如无奈地朝丈夫摇摇头:"又要义务劳动出公差啦。"

叶兆其仔细看了看日程表,惊讶不已:"庭审三天?不就是些未成年小混混聚众闹事嘛,到头来又是全部释放,不会真的判他们坐牢,倒白费了你我好些工夫,我还打算让餐馆下周重新开张呢。"

苏宛如垂下头来低声说:"我们当年以政治避难为由申请移民,如今虽然拿到永久居留权,身份也漂干净了,但恐怕得给英国人政治义务劳动一辈子了。"

叶兆其知道参加陪审团纯属吃力不讨好的差事,搭了工夫还得小心谨慎,若让那些小混混在法庭上记住面孔,说不定日后自家餐馆门窗玻璃就保不住了。叶兆其突然想起最近在中文网上看到的一句流行语:出来混总是要还的。

开庭那天,夫妇俩都刻意打扮了一番:苏宛如披了条长丝巾,有意无意遮住半边脸,叶兆其则是一顶长舌运动帽,帽檐压在眉毛上,而且很低调地坐在陪审团最后排边上。

几个参加骚乱的小混混被带上法庭,大多是有色人种移民少年,他们之中居然有一男一女两个白人孩子,纯粹的英国人。那白人男孩堂而皇之穿着抢来的价值200英镑的名牌运动衫,脸上毫无羞愧之色,反而朝法官呛声道："我们就是要抢，要把每一便士的价值都夺回来；我们就是要烧，要烧掉这个国家的不公平。"他身边的同伙顿时齐声喝彩吹口哨，为他们的英雄助威，这些未成年孩子丝毫不在意法庭威严，如同依旧闲逛在大街上。

法官用木槌猛敲桌子，法警也举起了警棍，小混混们这才平息下来。可那白人男孩依旧昂着头，要求在法庭上说话。得到法官允许后，男孩突然声泪俱下："我是伦敦一个普通人家孩子，父母亲都失业了，靠救济金生活。我每天下了课就去炸鸡店打工，一个月才赚300英镑，要想赚出将来上大学的学费那是做梦。我从来没穿过名牌运动衫，没用过时髦手机，为什么人家有的我没有？英国不是人权平等国家吗？所以我就去抢，抢我想要的东西。"

男孩说完后，小混混们没再起哄，那个白人女孩轻轻抽泣着。律师、陪审团连同法官席上都鸦雀无声，无人能回应男孩的发问。

苏宛如突然用肩膀顶了一下丈夫，并且用眼神向他示意着什么。叶兆其目光朝被告席望去，立刻明白了妻子的意思。他看见拉丽亚的哥哥哈桑姆也站在那群小混混之中，这个未满十八岁的男孩是印度小店主夫妇的长子。哈桑姆参与了伦敦街头骚乱，也许他还不知道自家小店也在骚乱中被砸毁了。

庭审间隙，叶兆其夫妇俩向法官提出，愿意以陪审团成员身份与哈桑姆交谈，这通常被视为挽救青少年的好方法。法官同意了，叶兆其和苏宛如被请进一间小屋子，不一会儿，哈桑姆也被警察带了进来。

哈桑姆认出了叶兆其夫妇，他们有个女儿是妹妹拉丽亚的同学，哈桑姆也曾随父母去"明宫"吃过中国餐。此刻他并没有在熟人跟前表现出丝毫羞愧，反而坦率问道："叶先生叶太太你们是来保我出去的吧，都说你们中国人有钱又讲情面。"

叶兆其有些尴尬地笑了笑，他竭力用温和的语气对哈桑姆说："我们夫妇只是偶尔被请来做陪审员，正好遇上你，所以想跟你谈谈。我们知道你不是主犯，又是未成年人，如果能向法庭认个错，应该可以免于刑事处罚的。"

谁知哈桑姆并不领情："认错？我有什么错？错的是这个国家。就因为我是个黑皮肤的印度人，这个国家就从来没给过我机会。我上不起大学，自然找不到体面工作，往后只好跟我父母一样当个小店主，这可不是我想要的生活。"

苏宛如做了个让对方安静下来的手势说："哈桑姆你知道吗？这些天发生的骚乱也波及你父母开的小店，有人砸坏了小店门窗，抢了里面的东西。"

哈桑姆听了苏宛如的话，不但未表现出痛心，反而抬起头来朝天花板哈哈大笑："砸了好啊，我早就腻透了这个不死不活的小杂货店。我真不明白父母亲当年为什么要离开自己的祖国，跑到这个倒霉地方来当下等公民。如今印度的经济也在高速增长，我至少可以上完大学吧，说不定还能成个IT行业精英呢。可现在怎么样呢？我好像不是英国人，也不算印度人，那我只能是个伦敦街头的小混混。"哈桑姆说完把头伏在自己膝盖上，低声抽泣着。

叶兆其和苏宛如互相对视了一眼，他们相信眼前这个移民男孩心里确实充满了委屈，这种委屈几乎是所有移民都无法躲避的，包括他们自己。

当天晚上，哈桑姆的父母带着女儿拉丽亚来到"明宫"中餐馆，他们不是来用餐的，因而很识相地走了餐馆后门。这对印度夫妇带来一块丝绸纱丽送给苏宛如，感谢中国朋友在发生骚乱时收留他们三个孩子。当然，今天他们上门的另外一个原因，是想请叶兆其和苏宛如以陪审员身份向法庭求情，从轻发落他们的大儿子哈桑姆。

印度太太撩起自己身上的纱丽，边拭眼泪边哭诉："我那大儿子要是坐了牢，那他这辈子就再也找不到一份体面工作啦。我们夫妇俩离开印度时卖掉了家里的土地，现在就是想回老家也回不去了。瞧您家女儿多幸运，能去上海那样的好地方。"印度太太从未到过中国，可她偏偏认定上海是个天堂般的城市。

苏宛如说："中国跟印度差不多，虽然经济发展了，但到底还是穷国家，上海怎么能跟伦敦比呢？我女儿不过是去上海实习一段时间，也要回来找工作的，她跟您家孩子一样，都拿上了英国护照，世界上不知有多少孩子想成为英国人呢。"苏宛如既为了宽慰印度太太也是想说服自己，身处异乡二十年来，她希望中国繁荣富强，好让海外华人扬眉吐气；可要是故乡的生活水准真赶上这儿，她又会感觉心理不平衡，那等于否定了她二十年前的选择，白白在异国他乡吃了那么多苦，苏宛如无论如何不想承认这个事实。

　　哈桑姆获释了，被罚在居住社区内无偿劳动一百个小时，当马路清洁工。男孩知道是中餐馆老板帮了大忙，他才能免于刑事处罚。于是他每天清晨先来"明宫"门前扫地，扫完后悄悄走开，不想面对叶兆其夫妇。

　　苏宛如在楼上窗户看见了哈桑姆扫地的身影，心里一阵发酸。她不敢想象哈桑姆这样的移民孩子将来能在这个国家拥有怎样一份生活，也许当清洁工才是他最现实的职业选择。这天，苏宛如给女儿发去一封电子邮件："宝贝，要是实习结束后你能在上海留下来的话，就尽量选择留在上海吧。"

五

　　早上刚交接班，护士长就过来对伦敦说："叶小姐，从今天起你去十五楼特需病房当护理员吧，那儿有个大腿骨折的病人，刚考上大学，还没来得及报到就出了车祸。病人父母听说你从英国来，指明要你去护理，顺便可以帮助病人练口语。我们医院要尽量满足住特需病房病人的要求，你看行吗？"

　　叶伦敦爽快答应道："当然可以，被病人需要才能证明我的价值呀。"女孩没想到如今中国人这般热衷于学英语，她在这家医院之所以受重用，并非因为她的护理经验，而是她能说流利英语。连表姐小依也对伦敦说："哪天要是你不想当护理员了，就凭教英语也能在上海找个饭碗。"

　　护士长领着叶伦敦来到十五楼，这里的特需病房每间只住一个病人，设施豪华得如同五星级酒店，即使在英国，也很少有人住得起这样的病房。1507病房主人是个大男孩，护士长叫他小蔡。小蔡打量了一番身穿蓝色护工服的伦敦，轻微皱了下眉："护士长，不是说给我找到个英国女孩吗？怎么像个外来妹？"

护士长笑了："人家叶小姐可是出生在英国喔，只不过面孔是中国人罢了。你要不信，开口跟她讲英语好了，如假包换。"

小蔡果真用英语跟伦敦聊了起来，几句话后语速明显赶不上女孩，中国人英语学得再好，到底难以跟人家母语斗。小蔡便问伦敦："你是英国人，为什么来当护工呢？只有乡下人才来上海干这种活啊。"

伦敦不太明白小蔡所说的乡下人是什么人，她老老实实回答："我在英国上护理学校，得有实习经历才能毕业，所以来上海医院实习。"

小蔡一脸惊讶："当个伺候人的护理工也要有文凭啊，在英国是不是扫垃圾都得大学生？"

伦敦以为小蔡不满意她，有些着急："您试用我一天好了，要是我不够格您尽管辞退我。"

小蔡也急了，连连摇头："我是说像你这样会讲英语的女孩当护理工可惜了，要是你真愿意护理我，我求之不得呢。"小蔡说话时不小心动了伤腿牵引支架，疼得额头渗出汗来。

伦敦赶紧过去帮他重新固定好牵引架，又用棉花球拭去小蔡头上汗水，动作十分专业。护士长在一旁满意地点了点头，放心离去。

下午，病人大多在午休，伦敦开始擦地板。她记得护理教材上讲过，病房及周边区域地面每天至少用消毒水清洁两遍，她得认真照章办事。

小蔡父母来看儿子，蔡太太见新请的护理工身材瘦小，立刻亮开嗓门："喔哟，我花一百块钱一天请的护工，哪能像个童工，能翻动病人擦身换床单吗？"

小蔡醒了，他用力坐起身子阻止母亲："妈，叶小姐读的就是英国护理学校，她刚才不仅帮我换床单擦身，连头发也洗了，一滴水都没滴到床上，水平高吧？"

蔡太太马上换了个笑脸："叶小姐，只要你能让我儿子满意，我就每天再付你五十块钱小费，毛毛雨啦。"

伦敦听不懂蔡太太的话，下意识看了一眼窗外，依旧是晴空万里，没有下雨。

蔡先生想把话讲得更直白明了些:"小姑娘,你好好护理我们儿子,不会让你白辛苦的,本来跟护士长讲好一百块钱一天,现在我翻个倍,两百怎么样?"

伦敦终于明白原来碰上了有钱人,可她知道自己能免费进上海市级医院实习已属不易,不该再要病人的钱。于是伦敦摆摆手:"谢谢,我是实习护理员,不能要病人钱的。"说完拎起拖把走出病房。

蔡太太嘴角斜扯了一下,悄声对丈夫和儿子说:"小姑娘脑子有点憨,跟钞票有仇啊。"

蔡先生则摆出一副很理解的神情:"人家是拿外国护照的,总归不好像乡下人一样见到钞票就急吼吼伸手,等一会儿交给护士长好了,让护士长去给她。"

小蔡听父母这样议论护理工,心里觉得对不起伦敦,说:"老爸老妈你们别把天底下人都想得只认钞票,好像叶小姐从英国来上海就为了赚你们小费似的。"

蔡太太瞪了儿子一眼:"不为赚钞票跑来伺候人做啥,学雷锋啊。这护理工又不是你女朋友,那么护着她。"

蔡先生永远是太太的应声虫:"就是,就是,我们儿子怎么可能找个护理工做女朋友呢?除非长江水向西倒流回去。"

小蔡不再理睬父母,闭上眼睛侧过脸,假装想睡觉,蔡先生蔡太太这才离开了病房。

下班时,护士长交给伦敦一个信封:"叶小姐,这是病人家属预付的十天小费,一天五十,共五百元。"

伦敦还是那句话:"我是实习护理员,不该收病人钱的,在英国也这样。"

护士长搂住女孩肩膀,把信封放入她口袋:"这里是上海,病人家属额外付给你钱,说明对你工作的肯定,拿着吧,星期天去逛逛街买点东西。"

伦敦知道护士长是自己实习期间的最高领导,她得听从护士长一切吩咐,于是她说声谢谢收下了钱。晚饭桌上,伦敦说起小蔡一家人和那五百元小费,小依叫起来:"伦敦你真好运哎,撞上'富二代'了吧。"

舅妈对小依使了个眼色:"什么'富二代'?一定是我们伦敦为病人服务得好,人家才会表示感谢。五百块钱够买身新衣服了,星期天跟小依一块去七浦路逛逛吧。"伦敦从英国带来的衣服在舅妈眼里有点土气。

伦敦说:"我不想要新衣服,等回到英国我就去坐一次'伦敦眼',因为门票得30英镑,爸妈从来没让我坐过。"

小依大笑起来:"干吗回英国坐啊?'伦敦眼'不就是摩天轮吗?上海锦江乐园里就有。等上海迪士尼乐园造好后,也许还有更高的摩天轮呢。"

外婆叹了口气:"伦敦她妈当年心高气傲非得出洋当外国人,死活不肯回上海来。现在怎么样,夫妇俩自己开小饭店,连个'伦敦眼'都舍不得花钱让女儿坐,还把女儿送到上海来当护理工,一家三口都干伺候人的活儿。"

很少说话的外公打断外婆话头:"伺候人怎么了?你当医院总支书记时不还常常教育年轻人工作不论贵贱,都是为人民服务吗?"其实外公话虽这么说,看到外孙女万里迢迢从英国跑来上海医院里当护工,心里同样不太好受。

伦敦到底还是个小女孩,有生以来头一回挣了那么大一笔钱,兴奋得不得了,差不多等于50英镑啦。她迫不及待给父母发去电子邮件:"爸爸妈妈我挣大钱了,500元人民币呢。"

六

小蔡的伤腿从牵引架上放了下来,厚重的石膏也换成了轻质锌氧膏,他穿上宽大的病员裤,挂着双拐能自行上洗手间了。父母见儿子恢复情况良好,便想让他早点出院回家休养,再高级的病房终究是病房,哪里比得上自己家舒适。

蔡太太有意让伦敦继续护理儿子,这小姑娘耐心细致有专业知识,能讲英语还不贪钱,可谓再理想不过的家庭护理员。儿子住院这些天里,最大的意外收获要数英语口语长进。花钱请护理员免费搭进个口语教师，等于买一送一，很划算的。蔡太太问伦敦愿不愿意去她家护理小蔡，伦敦一脸天真："我听护士长的，她叫我做什么我就做什么。"蔡太太放心了，儿子进特需病房第一天她就往护士长口袋里塞了个红包，想来请护士长说通伦敦不是件难事。

护士长见多了蔡太太这类病人家属，因为有钱，通常会提出些与众不同的要求。现在大医院开设特需门诊和特需病房，本来就是考虑经济效益，没有放着钱不赚的道理。护士长对伦敦说："小蔡回家休养，还是算我们医院的家庭病床，你去护理他的时间，自然也计在实习期内，到时候你的实习评语由我来写，我不会亏待你的。"伦敦听了护士长的话，立刻答应去小蔡家当护理员，还是每天八小时，跟在医院里一样。

外婆听说伦敦要去病人家里当护工，十分生气："现在的人有几个钱真不得了，护工都请到家里去了。我们伦敦清清白白的小姑娘，到他们家里算什么？丫头还是保姆？"

大舅也心生顾虑："妹妹把女儿送到上海来，我们就是她的监护人。在医院里实习我们尽可以放心的，但要是到了别人家里，难说那家人会怎么待她。"

而伦敦却沉浸在快活中："护士长说小蔡家天天有车接送我，小费翻一番，每天一百元，医院里原来的实习生报酬也分文不少，为什么不去呢？"

舅妈想出个折中办法："伦敦啊，你马上给爸爸妈妈发个短信吧，要是他们都同意你去别人家里当护理工的话，我们就同意你去。"舅妈自然有她的考虑，现如今谁家孩子不是父母掌上明珠，舅舅、舅妈怎好做主让外甥女去给人家当小佣人呢？知道的说是伦敦自己想去，不明内情的还以为他们夫妇不讲人情，没把外甥女当亲骨肉。

几分钟后，伦敦就收到了母亲的回复："有钱赚，当然去。"女孩把手机举到外婆和大舅面前，大舅沉默不语，外婆摇头叹了口气，回房间去了。

第二天早上，苏振兴谢绝了蔡家司机，亲自开车把外甥女送到位于虹桥别墅区的小蔡家，他得亲眼察看一番伦敦将要工作的环境。小蔡和他父母对伦敦很热情，连保姆都对这位专职护理工礼貌有加，一点没把小姑娘当成下人的意思，这让苏振兴放下心来。既然伦敦自己愿意干，又征得了妹妹宛如同意，他似乎不必再多虑。临走时苏振兴嘱咐伦敦："工作完了就打个出租回家吧，我和你舅妈下班晚，不一定来得及接你。"蔡太太听了立刻接上话："本来就说好由我家司机接送叶小姐的，苏先生你客气啥呀。"

伦敦第一天晚上从小蔡家回来，很认真地宣布："从明天起我就住到小蔡家去了，那样可以全天候照料病人，反正他们家有的是空房间，省去了司机每天接送，多浪费时间和汽油啊。"

外婆立刻表示反对："小姑娘哪能好随便住到人家男孩子家去？日后要让人家看不起的。"

伦敦说："外婆，我是护理员哎，当然是男人女人都要护理的，在我眼里他们都是病人，难道大夫给人看病动手术也得分男女吗？"

舅妈赶紧向伦敦解释："大夫在医院里给人看病，那是公共场合，自然不需要有这方面的担心。但是你现在清清白白一个女孩子，住到一个比你大不了几岁的男孩家里去，确实不太合适，这里不是英国，上海人的思想观念究竟还没开放到那样地步。"

伦敦心想外婆和舅妈既然不赞同自己住到小蔡家去，为什么不直截了当说出理由呢？那样含蓄地绕着圈子说话，实在叫人不明白她们的真实意思。

还是大舅找到了解决问题的方法，说："伦敦，你父母把你送到上海来，我们就是你的监护人。现在你跟我们大家的想法不一样，还是再打个电话给你父母，由他们来决定吧。"

伦敦觉得好笑："大舅，我都十六岁了，这种事情可以自己做主，不需要问爸爸妈妈，那样在英国会让人笑话的。"

外公也终于开口了："孩子，你眼下是在中国，得考虑别让中国人笑话才是啊。"

夜里，苏振兴给妹妹发了封电子邮件，请她务必阻止女儿住到小蔡家去，否则谁也无法预料会发生什么事情。天一亮，当他打开电脑时，苏宛如的回复已经来了："哥，我和兆其决定近期回上海。"

苏振兴把这个好消息告诉伦敦，只不过没说是他自己先发去的邮件。伦敦似乎有些意外，做出副夸张表情道："我妈以前说过她一辈子都不想回中国来了，怎么现在改主意了呢？"

七

终于决定回一趟中国。二十年来，回国对叶兆其和苏宛如而言是一个无法回避却始终感觉沉重的话题。政治难民身份早就漂白，如今的中国也日益开放，连八十年代末出去的那些文化名人都悄无声息返回了祖国，也没见哪个遇到麻烦。他们夫妇当年不过是杂志社两个小编辑，又有什么好担心的。

叶兆其早就动过回归故里的念头，却一直遭到妻子反对。苏宛如坚持好马不吃回头草，既然选择了永久性旅居英国，就没必要再把自己当中国人。然而叶兆其知道妻子不想回去的真实心态很复杂，要是不能在亲朋好友面前展现衣锦还乡的荣耀，倒不如继续顶着旅居海外的光环躲在英国更好。

二十年前他们夫妇犹如逃离了沉船的幸运儿，在英国倚着二手车拍张照片寄回去，都能惹得上海人羡慕不已。谁曾料想中国经济在近十年间会如此迅猛发展，眨眼间不少上海人也轻轻松松置起了房产汽车，大哥苏振兴一家居然还敢每人花两万元人民币来英国逛上十天，这个举动彻底打破了苏宛如的心理平衡。

眼下为了女儿，苏宛如不得不抛下可能尴尬面对昔日同事朋友的顾虑，她不能眼看女儿上小市民当。女儿有英国护照，堂堂的大英帝国公民，那个要女儿住到家里去当护理工的家庭，没准正是想利用女儿的身份，毕竟不是所有中国人都有幸拿上外国护照的。

苏宛如打算去离拉宾街不远的那家旧货店淘些二手衣服，送给父母、哥嫂和侄女。叶兆其一听呆住了："这几年中国生产的服装玩具卖遍全世界，哪里还看得上你带回去的二手旧衣服，这才要让人笑话死呢。"

苏宛如说:"中国衣服卖得再多,也都是些廉价货,你没见那些国内旅行团一来英国就抢购名牌东西,说明英国名牌在中国人心里还是很有分量的,我专淘旧货店里的名牌。"苏宛如嘴上这么说,心里终究缺乏底气。她不是没见过近几年出国旅游的中国人,他们的衣着行头随国家GDP增长而迅速变化,不少人热衷于抢购国外名牌其实是一种炫富行为,并不意味着他们也会青睐外国旧货摊。然而苏宛如还是决定冒一次险,去旧货店选购带给家人的礼物。

叶兆其见妻子执意要淘旧货,说:"那就索性把我的皮风衣带去卖了吧,一手出一手进。"那件黑色半长皮风衣是叶兆其出国时特地置办的最昂贵行头,二十年前就值五百多元人民币。来英国后他天天扎在油烟熏烤的餐馆厨房里,又没什么社交场合,皮衣也一直压在箱底没机会穿。在国外穿不着的衣服自然不能穿回国去,要不国内的人凭这种过时款式就知道你在外面混得不怎么样,连件新衣服都舍不得买。

拐角处这家旧货店小得不能再小,仅一个门牌号,一层为店堂,半地下室则是店主住家兼仓库,可这小店却有个挺气派的名字:"王子"旧货店。恰逢周末,店里顾客还真不少,看来经济不景气倒成全了旧货店生意。

叶兆其从一个大塑料袋里取出皮风衣递到店主面前,他心里估价卖50英镑不成问题,这衣服年头虽久,可还有九成新呢,五六百块人民币总值吧。

老板拎起皮衣在空中甩了个圈说:"先生,这衣服我顶多付您5镑。"

"5镑?我没听错吧?"叶兆其从老板手上抢回皮风衣,嘴巴大张着。

"先生,您没听错,就是5镑,这是我能出的最高价,您看我店里有卖超过5镑的衣服吗?"

苏宛如在一旁也惊呆了,喃喃道:"这么好的衣服只值5镑?只相当于50多块人民币,可二十年前买的时候就得十倍于这个价啊。"

老板换上副无可奈何的口气:"先生,这皮衣确实不错,我看要么您留着自己穿,要么在朋友间私下里转手,卖给旧货店不可能得到您想要的价。"

叶兆其环顾四周那些挂着价格牌的旧货,确实没有高于5英镑的东西。大多是1英镑左右的旧衣服和小家电,甚至还有中国八十年代产的塑料娃娃及人造革拎包。旧货店门吱呀吱呀响着，不时有穷兮兮的人进来卖掉一把旧椅子或是平底锅，连旧自行车锁也能卖。那卖主开价1英镑，店家还到半镑，卖主狠狠跺了跺脚后伸出手，将旧锁换回几枚硬币喜滋滋离去。叶兆其突然感觉自己走进了狄更斯笔下的《老古玩店》，仿佛还可以闻到那股挥之不去的霉烂气味。

苏宛如本打算卖了丈夫的皮衣后再买进几件英国名牌旧衬衫，但老板杀价的态度太令人气愤。她扯了把丈夫衣袖："走，全伦敦又不止他一家旧货店。"

夫妻俩一连转了好几家二手货调剂商店，店主开出的价格大同小异，最高一家肯出7英镑，条件是得放在店里寄卖，不能马上拿现钱。

叶兆其和苏宛如没想到会在旧货店碰到拉丽亚一家人，不免有些尴尬。同为客居他乡的移民，在其他种族人眼里，华人总显得富裕些，印度夫妇很惊奇中餐馆老板也会来逛旧货店。拉丽亚母亲对苏宛如说："前些日子骚乱家里遭抢，连厨房用具都被砸坏了，买新的太贵，淘几样旧货对付着过日子。"

拉丽亚父亲看见叶兆其手里的皮风衣，惊叹一声："天，您在哪家旧货店里淘到这么气派的皮衣，太幸运了，那儿还有吗？"

叶兆其看见苏宛如不停使眼色，他自然明白不能道出实情，便哼哼哈哈几声，赶紧向拉丽亚一家告辞。

这天苏宛如买了几件旧的男衬衣，居然是"老船长"牌，英国六十岁以上男人没有不知道这个牌子的。还淘到两双"3A"牌皮鞋，虽然都换过底，但鞋面依旧光亮，粗看显不出多少皱纹。衬衣皮鞋她准备送给哥哥和父亲，至于家里的女人们，或是一件半新的连衣裙，或是散发着防霉片气味的旧羊毛背心和围巾。但这些东西无一例外是名牌，旧货店在出售前已将它们洗净消毒，熨烫得平平整整，外面套着崭新的厚塑料袋，看上去像新的一样。

出国二十年后第一次回家，苏宛如自然也想带些英国特产回去送人，她将红茶作为首选礼品。英国红茶名扬天下，已成为这个国家的文化标志，当礼物送人还含有几分高雅气息。最重要的是有几个中国人能品尝得出英国红茶等级,知道它们之间几十倍的价格差异呢?

伦敦街头随处可见旅游商品店,那里就出售包装精美的英国红茶。茶叶罐造型漂亮独特,苏宛如挑选了几款做成红色邮筒和红色双层公共汽车造型的茶叶罐,颇具伦敦这座城市特色,价钱却很便宜,三罐茶叶才卖5英镑,合五十多块人民币,当然其中茶叶的品质可想而知。

叶兆其有点看不过去:"好不容易下决心回国一趟,总要破费点的,这种蹩脚货哪能送得出手?现在上海人不比从前了,没准拿了东西背地里还笑话你寒酸呢。"叶兆其确实真心替妻子着想,苏宛如是个极要面子的人,要不他们夫妇也不至于熬了二十年才回国。

苏宛如冷笑一声:"笑我寒酸?亏你想得出来,中国人的生活就是乘火箭发展也不会这么快赶上大英帝国吧。"

叶兆其不作声了,他很少有说服妻子的机会。此时他心里有点庆幸自己父母亲已在二十年中相继离去,兄弟姐妹也都分散在外地,上海没什么亲戚需要打点,就由着妻子去吧。

八

苏宛如没想到只有哥哥苏振兴一个人来接机,连女儿伦敦都没来。想当年她出国时,全家人包括亲朋好友整整坐满一辆面包车为她送行,那年月能有机会去机场送出国的人,本身就是件挺有面子的社交活动,不像如今,谁都可以亲自去巴黎或罗马兜一圈,如同逛超市一样不稀奇了。

苏振兴很洋派地跟妹妹和妹夫来了个拥抱,毕竟二十年了,他们兄妹又在故乡团聚。苏振兴说:"我太太和妈在家里为你们准备接风宴呢,所以派我当车夫,先送你们去宾馆还是去我家?"

哥哥的话令苏宛如十分意外,她根本没想过回到上海还得去住宾馆。二十年前她与叶兆其结婚后因婆家住房困难,曾在她父母家暂居。可现在父母的老房子早就卖了,与大哥家合买了新居一块生活,哪里还有她的栖身处呢。

叶兆其察觉到妻子的尴尬，赶紧说："我们离开英国时太匆忙，还来不及预订上海的宾馆，那就先去大哥家吧，完了再找旅馆不迟，现在不是旅游旺季，找个住处应该不难吧。"

苏振兴也意识到让亲妹妹去住宾馆有点缺少人情味，便顺着妹夫的意思改口道："其实这几天你们的千金住到她雇主家去了，小依也住校，我那楼上复式房间空着，就怕你们海外回来的人要求高，住不惯呢。"

苏宛如赶紧顺水推舟："那先将就着住吧，要是不行我们另找宾馆，在外面清静惯了，就怕上海夜晚太吵闹，睡不好觉。"苏宛如心里舍不得花冤枉钱住宾馆，却又不想让自己有寄人篱下之感。父母亲的老房子原有她一份，如今并入了大哥家，等于无形中剥夺了她的居住权，这一点大哥应该明白的。

大哥家餐厅里难得打开了那盏水晶大吊灯，满桌菜肴及杯盘碗筷在灯光映照下洋溢着喜庆气氛。大哥开车进入小区时打了个电话，所以父母亲在女儿女婿进门前已坐到餐桌边。看到苏宛如进门，父母亲只是欠身笑了笑，没有拥抱，没有寒暄，好像女儿不是离家二十年，只不过去外面逛了一圈，此刻赶回来吃饭而已。这个相聚场面有些出乎苏宛如意料，二十年的时光，到底还是冲淡了几分亲情。

大嫂从叶兆其和苏宛如进门那一刻起，就表示出超乎寻常的热情："宛如妹妹你们总算回来了，长途飞行累了吧，肯定没吃好睡好。我今天做的菜很清淡，都是你从前喜欢吃的，吃完饭洗个澡好好睡一觉，休息过来后我陪你去逛淮海路。"大嫂热情归热情，可也没忘记要求客人进门前换上拖鞋。叶兆其没注意大嫂手上拎着的拖鞋就踏进客厅，大嫂便跟在身后让他换鞋，然后马上拿来拖把擦干净地板上的灰鞋印，一切都做得那么自然，丝毫不觉得这样会使客人尴尬。

大嫂的热情中夹带着几分假惺惺，令苏宛如很不舒服，于是她用开玩笑口气说："阿嫂，听你这番话我们不是从外国回来，倒是像乡下人进城了，哈哈。"说完后她也觉察出自己笑得很假。

"现在从外国回来有啥稀奇，讲话洋气，浑身土气，跟乡下人进城也差不多。"母亲突然插话了，旁人立刻沉默下来。

叶兆其明白岳父岳母对他们夫妇当年不择手段留在国外一直很不满，此时他赶紧缓和气氛，并且知趣地附和道："妈您说得对，刚才坐在大哥车上，从浦东机场过来一路看得我眼花缭乱，上海变化实在太大了，要是自己开车，肯定会迷路呢，真的跟乡下人进城差不多。"叶兆其说完瞥了妻子一眼，只见苏宛如满脸怨气扭过头去。

幸而伦敦和小依两个女孩先后回来了，所有长辈不得不暂时收敛心情，摆出慈爱笑容，一家人开始吃这顿二十年来真正的团圆饭。

饭后苏宛如执意要去住宾馆，虽然大哥大嫂竭力挽留，父母亲却坐在一旁不出声。叶兆其知道妻子脾气，即使勉强她住在大哥家，她也不会露笑脸，何必扫众人兴呢。叶兆其问大哥附近有没有合适的酒店，女儿伦敦大概想显示自己对上海的熟悉，抢先告诉父亲："小区对面就有'锦江之星'连锁酒店，价廉物美。"

苏宛如轻微皱了下眉头："只要条件好就行，价钱无所谓的，我又不真是乡下人。"她这几句话分明是说给父母和哥嫂听的。苏宛如目光触及尚未打开的拉杆行李箱，顿时想起回国前绞尽脑汁替全家人选购的礼物，她竟忘了取出来。

箱子被打开了，苏宛如分别将礼物送到每个人手上。大哥一眼就看出这双"3A"牌拼接式系带皮鞋是旧货，他轻微皱了下眉头："阿妹，你哪能会想到送我皮鞋？二十年过去了你还记得我脚上尺码？"

父亲也看出了自己收到的礼物是双精心伪装过的旧皮鞋，他宽容地咧了咧嘴："我年纪大出门少，在家里喜欢穿布鞋，皮鞋留着给兆其或者振兴他们穿吧。"

苏振兴赶紧阻挡父亲递过来的鞋，好像那是一枚定时炸弹："阿爸，我有好几双新皮鞋还来不及穿呢，你自己留着吧。"

母亲得到一件细羊绒背心，自然也是旧的。她双手拎起背心细细察看，好像在寻找有无虫蛀眼，让一旁的苏宛如很是尴尬。

大嫂是个精明女人，接过礼物却不打开塑料袋："宛如妹妹谢谢你，英国东西想来总归是好的。我这会手上有油，等收拾完桌子洗了手再看吧。"其实她心里很清楚，苏宛如从英国淘来旧货打发自己父母和亲哥哥，送给嫂子还能有什么好东西,此刻打开包装也许彼此都没面子。

只有小依得到姑姑的礼物兴奋不已,那是一条苏格兰羊绒围巾,上面的格子图案跟《哈利·波特》中人物戴的几乎一模一样,小姑娘才不管这围巾的新旧呢,时尚就好。

母亲总算说了句客气话:"回来就回来,那么破费干什么?在外面挣钱很辛苦,自家人又不是不知道。"

苏宛如眼前忽然闪现出儿时的记忆,那年月父母亲乡下老家常有人来上海讨接济。他们带些鸡蛋花生之类土产进门,离去时腰间揣着钞票和全国粮票,有时还穿走父母或是哥哥和她的衣服,母亲也总爱用这样的口气跟乡下亲戚说话。

半箱子礼物分发完后,依然没能使一家人亲情升温。父母亲先后回卧室,礼物都放在客厅沙发上,好像被收礼人遗忘了。大嫂躲进厨房洗餐具,那成堆的杯盘碗碟没有一两个钟头怕是洗不完,不可能抽出身来陪客人聊天。于是苏宛如决定马上就去找宾馆,她真的需要有个可以完全放松身心的空间休息一下。

"锦江之星"连锁酒店的客房面积虽小,倒很舒适,标准房价每天200元人民币,还不到20英镑,真是物美价廉。

叶兆其一进房间就在席梦思床上躺下,他将身体摆成个"大"字,一边对妻子感慨:"要是挣着英国的钱在中国花该多好,咱就是富翁啦。"

苏宛如摇摇头苦笑:"富翁?做梦吧。刚才我在酒店旁边的房产中介公司留意了一下,这个地段房价每平方米卖到四万多,咱俩出国打拼二十年也不过攒下三十万英镑,换成人民币还买不起大哥家半套房呢。"

叶兆其腾地坐起身子:"是啊,如果这么算笔账的话,咱干吗要在异国他乡吃那么多苦呢,大哥家的房子车子哪样比咱差?"

苏宛如低头不语,沉默好一会儿才说:"可我们到底有个出生在大英帝国的女儿啊,上海人再有钱,他有英国护照吗?这才是花钱都买不到的东西。"

叶兆其不出声了,他知道女儿的英国护照永远是妻子用来平衡心态的道具,他不能揭穿这一点,相反还得时不时附和几声才能让妻子感觉满意。

第二天早上,叶兆其和苏宛如去用自助早餐,想不到小小的连锁酒店竟然会免费提供如此丰盛的食物，每张餐桌上都有中西两套餐具，供客人随意选用。苏宛如特地注意了一番西餐品种，不仅有法式面包点心，连那些小包装黄油奶酪都是从新西兰或澳大利亚原装进口的。这些东西在英国超市里也有卖，因为太贵，苏宛如平时舍不得买。

苏宛如将这一发现悄声告诉丈夫，示意他挑贵的东西吃。可叶兆其早已盛了满满一碗肉松皮蛋粥，盘子里堆着油炸糍饭糕和鲜肉大包。叶兆其不想吃西餐，他对妻子说："出国二十年了，今天早上才发现我的肠胃依然留在上海。"

九

小蔡腿伤恢复得很快，已经能甩掉拐杖走路了。伦敦本想离开蔡家回大舅那儿，顺便多陪陪父母，可母亲执意要去住酒店，标准房里又安不下第三张床。而小蔡父母跟儿子一样喜欢上了伦敦，竭力挽留这个英国来的小姑娘住在家里，蔡太太几次三番对伦敦说："请你父母也住到我家来好了，反正空房间多，家里司机闲着也闲着，你们一家想出门逛街用车多方便啊。"

伦敦是个实心眼女孩，就将东家太太的邀请转告了父母。苏宛如第一个反应是拒绝，女儿当护理工伺候人实属无奈，爹妈再跟到东家去借住，面子上过不去，他们夫妇俩好歹是从海外归来的，不能在家乡人面前丢份。

叶兆其倒不这么想，说："人家好心好意邀请，又不是我们自己主动要去，有啥丢面子的。我们在上海待不了几天，总归希望多跟女儿在一起吧。"叶兆其嘴上这么说，他其实是想亲眼看看如今上海富人究竟过着什么样的生活。

蔡家司机来酒店接叶兆其和苏宛如，见面后上上下下打量了一番夫妇二人，仔细问清姓名才让他们上车，还笑着解释道："叶先生叶太太外国待了二十年，哪能还是上海老式腔调，没什么洋味道，我生怕接错人呢。"

苏宛如心里有点不舒服，她自然明白司机所说的上海老式腔调是指他们夫妇衣着外表不够洋气，于是便轻轻一笑："正因为我们在外国待久了，所以用不着像马路上小青年那样靠满嘴'拜拜、OK'来充洋气，比如你这位师傅戴的墨镜，一看就是水货'古奇'，眼镜脚上商标做得再大也没用。"自从回到上海，头顶"海外华人"光环的苏宛如不仅没受到羡慕和仰视目光，反倒让现今的上海人产生怜悯及同情心，好像她是在海外受了二十年苦的游子，现在总算可以回老家来过好日子了。苏宛如忍受住父母兄嫂的不屑目光，总不见得再让眼前这个毛头司机占上风吧。

叶兆其用膝盖碰了一下妻子的腿，示意她打住话头，好歹坐着人家的车，就算给蔡家人一个面子，也不能跟这司机太计较吧。

不料那司机倒很坦然，笑道："阿姨不愧是外国回来的，火眼金睛，我这副'古奇'是七浦路地摊上淘来的，远看蛮像名牌，近看就露马脚啦。"

苏宛如打败了对手，又加上一句："'古奇'在国外早就过时了，上海人还在当时髦品牌起哄。"只有时时处处将自己与身边同胞区别开来，苏宛如才会觉得心平气顺。

蔡家夫妇在自家花园门口迎候客人，无疑给了叶兆其和苏宛如很大面子。蔡先生上前为客人拉开车门，未及寒暄，先发出惊叹一声："叶老师、苏老师，原来你们就是叶小姐的父母啊？我是阿蔡，蔡根荣，二十年前你们当编辑，我跑发行，真是山不转水转，老同事的缘分呀。"

叶兆其和苏宛如也都认出了蔡根荣，叶兆其主动上前跟女儿的东家先生来了个大拥抱："阿蔡，二十年不见，你倒发迹了，居然敢雇我家宝贝女儿当护理工。"叶兆其索性开起了玩笑，以掩饰自己内心的震惊。

苏宛如在两个大男人拥抱之际，眼光飞快扫了一下，心里暗暗估算着这栋花园别墅的价值。苏宛如真不愿意相信，二十年前杂志社一个工人编制的发行员，口口声声尊称她苏老师的蔡根荣，如今却成了上海西郊这栋豪华别墅的主人。而她和丈夫此刻的身份，不过是蔡根荣家雇用的护理工的父母亲。然而苏宛如还是迅速调整了自己的失落情绪，依然用二十年前居高临下的口吻道："阿蔡，你这房子蛮不错的，可惜是在上海，要是放在英国就值钱啦。你不知道，伦敦那种半地下室，一间房价钱就值上海一套公寓楼呢。"苏宛如觉得必须提醒别墅主人蔡根荣，中国再好的东西，若算上与英国的地域差距，就会贬值不少。

蔡太太本来在客厅为客人准备茶点，听了苏宛如的话赶紧接口道："苏老师你这话是老皇历啦，我和先生上个月参加海外看房团去过伦敦，那里的房价算下来比上海便宜呀。我们已经购了一小套公寓，准备给儿子将来去英国留学时住，离戴安娜的肯辛顿宫不远，也算伦敦西区上只角呢。"蔡太太口气十分随意，丝毫没有与苏宛如较劲的意思，她说起肯辛顿宫和伦敦西区，一如上海人提到外滩或徐家汇那般自然。蔡太太并不觉得在伦敦买了套房子有什么可以炫耀的，就像在农贸市场带回点便宜货而已，女人的这份底气即使想装都装不出来。

苏宛如当然清楚肯辛顿宫那个地段的房价，她和丈夫开一辈子中餐馆都未必买得起一套房，而远在中国的蔡根荣夫妇俩倒已经成了那儿的房主。苏宛如的心开始轻轻哭泣，二十年前，她怀着逃离沉船般的幸运感，在身边同事朋友羡慕眼光的送别之下离开了上海，现在想来，这座城市跟她开了个天大的玩笑。连当年一个天天骑着自行车跑发行的蔡根荣都当了老板住进别墅，那她苏宛如要是不出国，总不至于比蔡根荣活得差吧。

女儿伦敦穿着围裙从厨房飞身而出："爸、妈你们来啦，今天我当大厨，做西餐给大家吃。"

苏宛如一见女儿的装束便收起笑容："伦敦，你不是来当护理员的吗？怎么变成小保姆啦。"她这话是讲给蔡家夫妇听的，她不能让女儿傻乎乎任人差遣。

女儿却毫不在意："我今天就是想露一手，小蔡在给我当二厨呢。"

小蔡也从厨房出来招呼客人："叶先生、叶太太好，伦敦和我一块做炸鱼薯条招待大家，那是英国名牌食物吧。"小蔡腿刚好，走路步子很轻，他身上穿着跟伦敦一模一样的围裙，这让苏宛如心里舒服了些。既然小蔡也在厨房里，那意味着东家并没有把伦敦当小保姆。

席间蔡根荣喝了不少酒，面孔通红，舌头也有些僵硬。他拍拍叶兆其肩膀："叶老师，我看当今世界上东方西方风水轮流转，二十年前我就是让想象力放大一百倍，也想不到自己生意会做得这么大，老婆小孩能跟我住在花园洋房里，进进出出坐私家汽车。从前中国人都想出国挣大钱，如今是外国人想到中国来寻发财机会。听伦敦讲叶老师苏老师在英国开餐馆生意时好时差，前不久还碰上骚乱。要是叶老师苏老师有意回国发展，到我公司里来好了，包你们二位比在英国开饭店赚得多。"蔡根荣虽然灌下不少酒，此番话倒也不是随便开口的。叶兆其和苏宛如毕竟是他过去的同事，现在跑到国外开饭店实在大材小用，自己公司规模正在扩大，与其招聘素不相识的人，还不如老同事知根知底。

叶兆其和苏宛如互相对视了一眼，显然夫妇二人都对蔡根荣的话感到意外。叶兆其心头升腾起一股暖意，二十年前他在杂志社当编辑时，几乎没留意过这个工人编制的发行员，自然与蔡根荣谈不上有多少交情，因而蔡根荣此刻的真心邀请，却让他捡拾起几分久违的人情温暖。叶兆其举起酒杯道："阿蔡，就凭你这份情意，我敬你一杯。"

苏宛如生怕丈夫喝多了酒，说出有失面子的话，甚至一时冲动之下接受蔡根荣邀请也没准。于是她立刻挡住话头："阿蔡你真会开玩笑，我家老叶在英国也是当老板的，酒楼里养活着大厨二厨收银员跑堂一大帮人，哪能好回来到你手下打工呢？"

蔡太太听出了苏宛如的话音，赶紧打圆场："苏老师你不要当真噢，他们男人三杯酒一下肚就没几句话算数的，你只当耳旁风刮过好了。"

苏宛如此番来蔡家本想接走女儿，可当她切切实实掂量出蔡家的经济实力后，冥冥之中似乎觉得把女儿留下也不是件坏事。饭后喝茶时苏宛如问女儿："我的护理员小姐，病人都已经康复了，你是不是该跟爸爸妈妈一块回家呢？"

伦敦看了一眼小蔡，男孩便鼓起勇气向苏宛如求情："叶太太，让伦敦再多住几天吧，她还得教会我做腿部康复操呢。"

苏宛如明明心里松了口气，却做出长辈善解人意姿态："那好吧，伦敦你就在蔡叔叔家多住几天，只是别让阿姨和哥哥觉得烦哦。"苏宛如这几句话既满足了小蔡愿望，又不显山不露水将两家人的关系上升至亲戚般高度，她明白今天的蔡根荣不再是那个骑自行车满世界跑的发行员，她即便内心再骄傲，也不可能放走女儿未来的幸福机会。

十

苏宛如和丈夫返回英国前一天正逢中秋节，哥嫂家客厅里摆开了大圆台面，全家人聚在一块，侄女小依自告奋勇当起了服务员。伦敦带来两位客人，一个是被她由病人变成男朋友的小蔡，另一个竟然是印度女孩拉丽亚，谁都不知道伦敦什么时候把拉丽亚招来上海的。

伦敦在餐桌边向父母家人宣布了自己未来的人生计划："我实习结束后不回英国去啦，我要参加HSK（汉语水平）考试，小蔡给我当辅导，他能包我半年内获得六级证书，然后我就去考复旦大学医学院护理系，上中国的名牌大学。"

苏宛如刚好尝了一口火腿月饼，听了女儿的话大吃一惊，迫不及待咽下月饼追问道："傻孩子，你是百分百的英国公民哎，上什么中国大学？没看见中国富人现在都争先恐后把孩子送到外国去读书吗？比如小蔡他爸妈都在英国替他买下留学时住的房子了。"苏宛如笑着朝小蔡投去目光，希望得到男孩的附和。

不料小蔡却完全站在伦敦的立场上："苏阿姨，现如今真能考上中国名牌大学的人不一定急着出国留学，那些花父母钱出国混文凭的'富二代'，大多是中国高考落榜生。要是伦敦能考上复旦跟我成校友，我暂时也不考虑出国留学了。反正房子是我爸妈要买的，他们出国度假也可以住嘛。"

拉丽亚听不懂中国话，暗暗拽着伦敦衣角，请她说英语。小蔡和小依在一旁明白拉丽亚心思，不约而同笑起来，他俩正求之不得，索性跟着伦敦和拉丽亚练英语口语。

拉丽亚对小依说："你帮我找个中国家庭吧，让我看孩子当保姆都行，只要能学汉语，我想跟伦敦一样，以后也在中国上大学找工作。"

小蔡问她："你会做印度飞饼吗？那样的话保管更容易在上海找到工作。"

四个年轻人欢快谈笑着，虽然他们分别出生在地球的东西两端，却丝毫不存在语言障碍。

小蔡和小依的英语水平让苏宛如十分意外，她一直以为能说一口流利外语是从海外归来之人的荣耀，此番见到小蔡和小依两个普普通通的中国孩子都能将英语说得那么好，她感觉自己似乎又失去了一些本可以炫耀的东西。

几天之后，叶兆其和苏宛如辞别上海回到伦敦家中，拉宾街上依旧冷冷清清，街角残留着些许尚未打扫干净的骚乱痕迹。破碎的路灯大概还来不及更换，一到晚上半条马路都掩映在黑幕下，与华灯璀璨的上海夜景恍若两个世界。

拉丽亚家的小杂货店又开张了，印度太太一见到苏宛如就咧开嘴笑："还是你们中国人讲人情，瞧你家伦敦自己到了上海，没忘记把我们女儿也叫了去，这下我们家有希望啦。哪天小店开不成了，说不定我们全家都去上海投奔女儿呢。"

"明宫"中餐馆打算重新营业，叶兆其和妻子一块开车去中国城进货，不料车子堵在泰晤士河边，被抗议学费涨价的大学生游行队伍封住了去路。叶兆其从车窗伸出头去仰望了一下近在咫尺的摩天轮"伦敦眼"，突发奇想对妻子说："反正今天做不成生意了，干脆把车停在这儿，咱俩也潇洒一回，去坐'伦敦眼'。"

苏宛如瞪了一眼兴致勃勃的丈夫："怎么？回了趟上海算活明白了，舍得抛下生意花大钱玩情调啦。"

叶兆其苦笑着摇摇头："二十年来，你说咱俩在这座城市里享受过什么？'伦敦眼'都造了十多年，你我都没敢花钱上一回。"

风和日丽，天高云淡，泰晤士河如同一条细细的绸带，在阳光下缓缓抖动着。那座著名的伦敦塔桥成了微缩模型，紧紧卡在绸带上。当乘坐舱升至摩天轮最高点时，叶兆其和苏宛如同时转过身子面向东方眺望，苏宛如倚靠在丈夫身边说："要是女儿也在该多好，她还没上过'伦敦眼'呢。"

叶兆其搂住妻子肩膀，在她耳边低语："女儿不用上这儿来，她的眼光早就比老爸老妈看得远了，谁让咱当年给女儿取名叫'伦敦'呢。"

教授娘

一

教授娘不是黄教授的母亲，而是他姐姐。黄大姐从农村来，还没来得及换上城里人看顺眼的衣着，脸上也不习惯让粉霜蜜之类护肤品伺候，看上去就显老了些。

教授楼里住着同一所大学的教授，校园里抬头不见低头见的，回到家却个个紧闭大门做老死不相往来状。黄大姐初来乍到，电梯里楼道上碰见邻居，想做番自我介绍都找不到机会，那些邻居谁也不舍得将眼光在她身上多停留一秒钟。

有一回黄大姐与不知住在几层的两个女人同时走进电梯，那天正好下雨，两个女人拎着的伞上滴下水来，黄大姐便没话找话："这上海的天气真是怪，要么不下雨，一下起来就是三五天不停歇。"那两个女人不搭腔，一个摆弄着手机，另一个仰脸发出一声叹息："唔……"算是给了黄大姐一个回应。

邻里之间互不搭话，并不表示没人注意到黄大姐的存在。有人猜测702室黄教授家新近出现的女人多半是教授母亲，从乡下来的，用上海话说便是"教授格娘"。在沪语方言中"格"字等同于助词"的"，发轻声，语速稍快时容易被省略掉。于是在黄大姐毫不知情并且未经她本人认可的情况下，她在教授楼里的身份用上海话来说就成了"教授娘"。

黄教授十几岁时父母双亡，姐姐出嫁早，他就跟着姐姐姐夫过日子。姐姐心疼弟弟，日子再艰难也没让弟弟少上一天学，直到看着弟弟考上大学，有了城市户口，进而变成了黄教授。几年前姐夫去世了，黄教授念姐姐上了年纪干不动地里农活，一心要把她接来上海。可姐姐不愿待在城里吃闲饭靠人养活，来上海待不了三五天便想回老家，一来一去还怪心疼那点路费。

前不久黄教授终于有了让姐姐长住在上海的理由。黄教授新买了套商品房，和妻子女儿住到新房子里去了，这处教授楼里的三室一厅又暂时不想卖掉，上海房价天天发疯似的往上涨，多捂些时间日后就能多卖不少钱。黄教授对姐姐说："你来上海帮我看房子，就不能算是吃闲饭的，在上海找个人看房子没有千把块钱不行。我又不想把房子租出去让房客糟蹋坏了，还是请姐姐来照看最合适。"黄大姐这才心安理得住进了教授楼，与其让兄弟花钱请人看房子，还真不如自己挣下这千把块钱呢，黄大姐顶见不得自家的钱平白无故让人挣了去。

黄教授很忙，十天半月才来教授楼老房子看回姐姐。他每月交给姐姐一千块钱，其余事情全凭姐姐自行料理，连姐姐成了邻居眼里的"教授娘"，他都不知道。

教授娘在这栋楼里的日子十分清闲，清闲得有些无聊。城里人家家户户一年四季大门紧闭，从来不兴串门聊天。教授娘这人可以挨饿受冻，却过不来同楼邻居互不搭腔的寂寞日子。她决定主动打破城里人约定俗成的死规矩，展开自己的交际圈，教授娘瞄准的第一个目标是对门701室女人。

经过多次暗中观察，教授娘摸清了701室所有家庭成员的活动规律。那对中年夫妇大概也是F大学教师，除了上课，别的时候就在家里。男女主人进门出门都轻手轻脚，好像怕惊扰了邻居。可他们有个中学生模样的儿子，三天两头忘记带钥匙，还懒得伸手按门铃，抬脚踹几下自家大门，那只哈巴狗就撒了欢地叫。家里人听见狗叫便会替他开门。有几回下雨天中学生进不了底楼防盗门，自己家里又没人，只好按702室对讲机，请教授娘打开底楼大门，至少能让他进楼来避雨。若是好天气，又没带钥匙，男孩索性逛到天黑才回家，所以教授娘还是挺盼着老天爷下雨的。

教授娘终于逮着了跟对门女人说话的机会。那天701室女人正好开门出来，教授娘从自家大门窥视孔里看见，忙开了门也做要出去状，迎上前笑道："出门呀？你家弟弟和小狗不在家吗？不一块出门蹓蹓？"

701室女人满脸诧异，眼神由惊讶转为警惕，声音不高但让人听着带点凉意："你是谁？在这楼里干什么？"那女人说着赶紧反手掩拢自家大门，似乎不想让教授娘窥探屋里任何东西。

教授娘满腔热情冷却下来，原想着替对门男孩开过几次门，好歹有些人情存在人家那儿。没料想男孩压根没把这样的小事放在心上或去告诉爹妈，以至于对门女人根本不认识她。教授娘只好尴尬地做自我介绍："我住你家对门702，邻居呀。"说完拿钥匙打开702室门，以证明自己的真实身份。701室女人松了口气，"噢"，嘴角似笑非笑牵动了一下，没再多说一个字，转身走了，看样子并无意成为教授娘的交际对象。

后来教授娘又努力过几回。她在电梯里看见一位头发雪白的老先生拎着一桶油和一袋米，她想上前替老先生搭把手送到家门口去。老先生客气地伸出双手做了个阻止动作，嘴里一连串"谢谢"，却没有让教授娘碰一下米袋和油桶。

教授娘无可奈何放弃了与楼里邻居交往的打算，她意识到城里人有城里人的活法，她一个乡下女人还能改掉人家的规矩不成？不过教授娘确实需要把自己从寂寞中解救出来，最好的办法便是养几只鸡。教授娘弄不明白城里人为什么喜欢养狗，狗的最大用处是看家门。这城里房子划成一个个小区，小区门口有保安，楼底下装着防盗门，每家每户还有连灯光都透不出来的新式铁门，小偷就是变成孙悟空都难以进入，还养狗干什么？教授娘不想养狗，她打算养上一群鸡。

二

教授娘很快在离小区不远的农贸市场拓展出她的交际圈子。那个市场里卖菜卖水果的大多是外乡人，他们操着天南地北各种方言，年纪轻点的为讨好主顾也学上几句夹生上海话。教授娘喜欢来这个市场，这里谁都不把她当外人，小贩们客气地叫她大姐或阿姨。同样来自农村的人相互间能揣摩出对方的实际年龄，没人会把她当作教授的娘，当然他们也不知道她有个当教授的弟弟。

教授娘这回来农贸市场是想买鸡娃，她前些日子跟一卖活鸡的老头说好了，给她带五六只刚出壳的小鸡娃来。老头没食言，他给教授娘带来六只黄绒球似的小鸡娃，每只要价三块钱。教授娘嫌贵，她买鸡娃养不过为了消解寂寞，哪里好一出手就是十八块钱？十八块钱买米吃大半个月呢。

卖鸡老头不乐意了："你当带鸡娃来卖省心啊？挑着捧着一路上还得喂不少嫩菜叶呢。要是卖老母鸡的话，自行车两边挂两大铁笼子，关一天都饿不死，还不比卖这鸡娃挣钱多？"不过卖鸡老头终究抵不住教授娘的缠磨劲，嘀咕着六只小鸡卖了十六块钱。

这天教授娘在农贸市场还买了些蔬菜和一个西瓜，她把两个大塑料袋口扎住，一前一后挂在肩上，腾出两只手来捧着装小鸡的盒子。教授娘走进小区大门时，那两个保安比往常多看了她一眼。待她跨进教授楼电梯，不知住在几楼的一对男女也仔仔细细打量了一番教授娘。教授娘以为他们对小鸡感兴趣，把盒子举起来，"小鸡娃，好玩着呢。"那对男女相视一笑，然后仰脸朝电梯顶端翻了几下白眼，依然没有搭理教授娘。教授娘哪里知道，城里人手上有再多东西也得提在手上，没有挂在肩头的习惯，人家吃惊她的模样呢。

教授娘把六只小鸡放进卫生间浴缸里，浴缸在教授娘眼里是件头号废物。身子出汗脏了擦擦就行，哪里就舍得放一大缸水来泡的，城里人就是不会过日子。现在教授娘决定废物利用，让六只黄色小绒球在雪白的浴缸里跑着撒欢。小鸡在浴缸里吃喝拉撒睡，却不能跑到外头来，浴缸四壁溜滑，成了小鸡的安全屏障。

如今教授娘不再感到寂寞，她得一天三次给小鸡娃喂菜叶米饭粒，塑料盆里的饮用水也得一天一换。傍晚时分她把小鸡挪到阳台上去透气，好乘机清洗浴缸里的鸡屎。这时教授娘体会出浴缸的好处来，只消拎起淋浴喷头四处冲洗一下，小鸡们的家又变得干干净净。每天晚上临睡前，教授娘必定得去卫生间看一眼她的鸡娃闺女们，她把六只小鸡当成六个心爱的丫头，见小丫头们靠在一起闭目养神，教授娘才安心睡自己的觉。

这样的舒心日子过了不到两个月，教授娘又平添了新的烦恼。六只小鸡渐渐长大，浴缸里待不下了，它们都在努力地朝外头扑腾。最要命的是六只小鸡中居然有一只是公鸡，已经开始跃跃欲试学打鸣了。教授娘恨得独自在家里将那卖鸡老头骂了无数回："说好要母鸡要母鸡，怎么就把公鸡娃混着一块卖呢？这不是害人吗？"教授娘骂完卖鸡老头又骂小公鸡："憋着点你啊，要是惊吵起这楼里的人来，非先杀了你不可。"

小公鸡不理会教授娘的警告，嗓子痒痒得越来越爱打鸣，声音也一天比一天响。教授娘把卫生间门窗紧闭起来也无济于事，清晨天色还未放亮，小公鸡便努力开始打鸣，音量盖过了窗外树林里的鸟鸣声，终于把这栋楼里的邻居们吵醒了。

教授娘胆战心惊等待着邻居上门来兴师问罪，同时在楼道电梯里注意观察每个人的反应。可那些邻居依旧像往常一样，谁也没来过问一句关于公鸡打鸣的事。教授娘心里反倒有点过意不去，她觉得城里人真能忍耐，隔墙住着谁都不愿意为一只公鸡撕破脸面。

然而教授娘想错了。几天后一个傍晚，小区居委会主任、物业公司经理和派出所的片儿警一块上门来，声称他们分别接到本楼十几户居民来电来信反映，请教授娘处理掉那些鸡，尤其得先宰杀那只肇事的公鸡。

教授娘傻了，楼里邻居们面无表情一声不吭，可仅仅为了公鸡打鸣，就把她告到警察局去了。教授娘心里那个气啊，都是墙贴墙住着的邻居，心里不舒坦有话要说敲门就行，用得着绕天大个弯子把居委会和警察都叫来吗？教授娘对片儿警一行说："鸡养在我自个儿家里，没碍着谁，要说谁怕听公鸡打鸣，让他上我家来当面锣对面鼓说明白，我自会处置。"教授娘想，要是有个邻居前来敲门，跟她商谈杀鸡的事，她自以为是个讲道理的人，一只公鸡能换来跟楼里人的交往机会，值了。

可是没有人来敲门，楼道电梯里遇上同楼邻居，依旧看不出他们脸上有任何表情变化。又过了几天，忙得十天半月不照面的黄教授回了一趟教授楼，开口就把姐姐一顿埋怨："姐，我把你接来上海就是让你过城里人的日子，你放着好端端浴缸不洗澡，倒添了满屋子鸡屎臭。你弟我现在是教授，你住在教授楼里养鸡，楼上楼下同事传到学校里去，叫我脸面往哪搁？"黄教授越说越气，扔出一张百元钞票，"这些鸡统统杀掉，算我买了。"

教授娘呆呆望着自己亲手带大的兄弟，弄不明白黄教授的无名怒火从何而起。城里人是有城里人的活法，可教授娘想自己不偷不抢，关起门来养几只小鸡娃取个乐儿，哪里就丢了教授兄弟的脸面呢？教授娘不敢对兄弟动气，也舍不得让兄弟生气，她把一百块钱塞回黄教授口袋，赔着笑脸道："杀，杀，明天就杀，姐再糊涂也不能为几只鸡娃气坏我兄弟不是？"

教授娘嘴上安抚着黄教授，心里却把楼里左邻右舍更恨上一层。想来报了警察局居委会物业公司还不罢休，还去学校把黄教授找来了。上天入地绕个大圈不就因为容不得几只鸡娃吗？来敲门直说呀，跟咱农村人说句话掉身价啦？

那只小公鸡在阳台上跳来跳去，喉结上下滚动，大概让太阳照得舒服极了，自恋地不时啄啄翅膀和渐渐开始泛出亮光的胸脯绒毛。教授娘走过去，一把抄起小公鸡翅膀，说："你可别怨我狠心，是这楼里的人容不得你。谁叫你憋不住瞎打鸣，这回把小命都打掉了。"小公鸡完全没有意识到祸从天降，撒娇一般在教授娘手里挣扎，尚未发育成熟的嗓门嘶哑着发出"喔嘎喔嘎"声，听得教授娘心颤。两个月来她看着小黄绒球变成了童子鸡，真下不了狠心动刀子。然而这一刻教授娘是非常理性的，她知道自己当教授的兄弟发了话，小公鸡无论如何逃脱不了被杀掉的命运，除非她自己也不想在教授楼里住下去。

教授娘含着眼泪杀了小公鸡，她不想吃，舍不得也不忍心。她想起兄弟没日没夜忙工作，真该喝点童子鸡炖的鸡汤补养补养。教授娘做出这个决定后心情好了许多，她给自己定位是只配养鸡不配吃鸡。养了鸡给当教授的兄弟炖汤喝，也算对得起那些鸡娃们了。

黄教授如今住在市中心，离F大学教授楼有四站公交车路程。教授娘舍不得为了送只鸡还坐车花钱，她认得路，跟着那辆公共汽车走就行了。教授娘拎着杀好洗净的小公鸡，走了一个来钟头才到了黄教授家。

小保姆独自在家，她对教授娘说："黄教授黄太太三天两头外面有饭局，什么好东西吃不着，哪里还劳你大老远送只鸡来？"小保姆甚至无意伸手接过那只塑料袋，由着教授娘自个儿把鸡放到冰箱里去。看来兄弟家的小保姆比教授娘活得还滋润，嗑着瓜子看电视，并不同教授娘多搭话。教授娘见不着兄弟一家人，只好告辞，又走了差不多一个小时才回到家。

没了小公鸡，那五只小母鸡似乎伤透了心，成天蜷缩在浴缸里，嘀咕声没了，胃口也小了许多。教授娘每天早上在浴缸里放上半碗米饭，到了傍晚居然还有剩余。教授娘心灰意冷，干脆让五只小母鸡也步了小公鸡后尘。教授娘每杀一只鸡就去一趟兄弟家，足足去了六趟，都没碰到黄教授。只有一回见了侄女小妍，小妍说："大姑你也真是，为只鸡也舍得跑一趟。我爸又没空在家吃饭，全进了小保姆肚子啦。"教授娘听了这话并不太过失望，就算鸡让小保姆吃了也值，她长力气把兄弟一家伺候好了，也有当姐姐的一份功劳。

三

教授娘处理掉所有的鸡，三室一厅住房又恢复了往日的平静，寂寞重新包围了她。教授娘看到小区门外天天有对外地来的中年夫妇在那儿收废品，小区里的人把家里废旧书报卖给他们，还有那些矿泉水瓶子或饮料罐竟然也能卖钱，小的五分钱一个，大的能卖一毛钱。

教授娘在外地人废品堆前观察了两天，终于为自己找到一条既能消解寂寞，又能挣些零花钱的好途径，捡空瓶易拉罐去。

但凡教授娘要做的事情谁也拦不住，而且她历来是想干就干，念头起来立即付诸行动。教授娘找来一只不透明的黑色塑料袋，看不出里面装了什么东西。她脚蹬一双草绿色军用球鞋，那是从前在农村干活时天天穿的鞋子，来上海后黄教授嫌这种鞋土气，不让姐姐穿，教授娘就把鞋刷干净藏了起来。现在好了，教授娘可以穿上这双鞋轻轻松松沿着大小马路溜达，路边哪个废物箱里没有塑料瓶空铝罐呢。

让教授娘感到意外的是，捡废瓶空罐卖钱其实不是她首创的生财之道，早就有人在干这行当。平时马路边那些废物箱好像没人会去多瞅一眼，可真要想在废物箱里捡出点卖钱的东西来，翻十个废物箱能遇上两三个同行。而且那样的同行比教授娘更专业，手里提个粗铁丝弯成的钳子，不用低头弯腰就能把废物箱中空瓶罐准确无误地扒拉出来。教授娘傻了眼，看似满大街随处有人扔掉瓶瓶罐罐，要捡到自己袋子里还不那么容易呢。

这天傍晚教授娘满心沮丧地回到家，在外面逛了一个下午，累得腰腿酸软，才捡了十个塑料瓶两个易拉罐，最多能卖七八毛钱，还不够补贴鞋子钱呢。教授娘掏出钥匙开启自家房门时，眼光被对面701室门口那几个垃圾袋吸引住了。垃圾袋装得太满，袋口没扎紧，露出颜色各异的塑料瓶盖。教授娘心里一喜，老天爷真有眼，到底不忍心看她辛辛苦苦跑了一下午才捡来几毛钱，让空瓶子在这儿等着她呢。

教授娘蹑手蹑脚走到701室门口，耳朵贴在门上听听里面动静，好像有不少男男女女的说笑声。她断定今天701室肯定有客人来，不然一家三口哪里会喝掉这么多矿泉水饮料呢。教授娘迅速解开垃圾袋，挑出那些塑料瓶易拉罐，然后再把垃圾袋口扎紧，按她心思，她倒是乐意替701室去楼下倒垃圾，她不习惯白得人家好处。

这以后教授娘摸出了楼里住户的生活习惯，差不多每家每户都会在晚上将一天中的垃圾清理出来放在自家门口，等第二天早上下楼时顺手带下去。于是教授娘稍稍改变了一下早睡早起的作息规律，每天晚上十点左右去楼里搜索各家各户的垃圾袋。她不敢用电梯，晚上电梯门一层层打开合拢动静太大，她就从楼梯上下，几乎每晚都有收获。有时候两只袋子装满空瓶罐，教授娘就先回家一趟，倒空了袋子再去楼道里翻捡邻居家的垃圾袋。教授娘把捡来的空瓶罐堆在浴缸里，那地方现在不养鸡了，闲着也是闲着。教授娘觉得城里人真是浪费，喝水还那么讲究，得装在瓶里罐里喝，喝完水再好的瓶罐也随手扔掉，只怕一瓶水就喝出两瓶的钱来。教授娘想起在老家时，她进城舍不得买水喝，找个公共厕所凑在水龙头上一样解渴的。所以教授娘无论如何不能眼看着城里人糟蹋钱，她得把那些瓶子罐子都捡回来卖钱。

有天晚上教授娘正在翻捡701室门口的垃圾袋，忽然门开了一条缝，露出那中学生男孩的脸。他朝教授娘笑笑，神秘兮兮地说："你捡废瓶子卖钱吧？那你该去公园里捡啊，逛公园的人扔掉的瓶子空罐才多呢。"男孩说完掩上了门，看来他早就注意到教授娘的举动。

教授娘经701室男孩点拨心头一亮，是啊，现如今有谁还会背着水壶逛公园呢？不都是随买随喝，喝完的空瓶罐都留在公园里。离教授楼不远就有个很大的公园，公园里有个大湖，不少上海人都喜欢在周末时来这里玩游船。

教授娘头一回去公园运气就不错，碰上百来个小学生搞春游活动，中午时分老师带着孩子们在草地上野餐，那些娃娃个个背了一书包吃的喝的。教授娘坐在离这片草坪不远的假山石上等着，待孩子们吃完午饭，她过去帮老师收拾草地，不一会儿便捡回一百多个空塑料瓶和饮料罐，这份战绩抵得上她在马路边翻半天垃圾箱或在楼道里辛苦几个晚上的。教授娘心里真的很感激701室男孩出的点子，她自己怎么就没想到公园这个捡空瓶罐的好地方呢？

教授娘成了这个公园常客，如今上海的公园大多免费开放，想去就去，一天进出多少回都行。清晨时分公园里人很多，都是早起晨练的老年人。老年人节俭，晨练时用自家茶杯带来泡好的茶水，罕见有几个喝矿泉水的。教授娘混在晨练的老人队伍里，有时一个早上都捡不回一个空瓶。不过教授娘很快就摸到了公园里的规律，她最喜欢遇上成群结队春游秋游的孩子，那样的话只消带个蛇皮袋在一旁等着，等孩子们吃喝完毕上前一扒拉，装满一大袋子也不过十来分钟。还有就是那些大树下湖边长椅上谈情说爱的男女，看到教授娘提着捡废瓶的袋子过来，都会连忙将瓶中饮料喝完，把瓶子扔进教授娘的蛇皮袋里，免得她在旁边为等那两只瓶子搅断绵绵情话。当然教授娘也是识相之人，若看见人家塑料瓶里还有半瓶水，估计一时半会儿喝不了，她就去别处溜达，过一会儿再转回来。教授娘好歹也有个当教授的弟弟，晓得脸面，不想让自己混同于拾荒者或乞丐。

没多久教授娘就跟小区门口收废品的外地人夫妇相熟了。教授娘总是把捡来的废瓶罐按大小或质地整理好，数清瓶罐数目，让收废品人一目了然，从没数错过。那对夫妇就给了教授娘一个免检待遇，只要教授娘报个数，收废品人就按数付钱。教授娘自己都没想到，自从开辟了公园这个捡废瓶罐新领地，她每天都能靠卖空瓶罐挣八九块钱，一个月就是三百来块。

　　黄教授请姐姐来上海看房子，每月给她一千块钱生活费。起先是每月初黄教授亲自把钱送来，顺便看看姐姐缺不缺啥东西。后来黄教授太忙，就让妻子女儿或是小保姆跑一趟把钱送来。那时候教授娘每到月头上就盼着兄弟送钱来，在上海过日子出楼门就得花钱，自己好手好脚大活人一个却没处挣一个子儿。现在教授娘不再是靠兄弟养活的一个闲人，她也有了几乎是相对稳定的微薄收入。只要天不下大雨，一天下来，公园里的废瓶子总能让她有十来块钱的进账。即使黄教授没准时送钱来，差个十天八天也没关系，教授娘把卖废瓶子的钱一分一厘都攒着，这样的辛苦钱得花在紧要地方。

　　过年的时候，收废品的外地人夫妇回老家去了，小区门口清静了许多。教授娘照例每天去公园捡废瓶子，捡来后放在家里一包一包存着。等外地人夫妇过完年回来，教授娘再把装满瓶罐的袋子背下楼去卖掉。教授娘坐电梯下楼时，那些楼里住户看见脏兮兮的蛇皮袋像躲避瘟疫似的缩到电梯一角，时不时用眼角余光斜着射向教授娘。那意思教授娘明白，是嫌蛇皮袋脏了电梯地面和空气。其实教授娘每天晚上都将蛇皮袋冲洗干净晾着，第二天好再装废瓶子。此后教授娘就不坐电梯了，塑料瓶子空铝罐没什么分量，看上去一大袋子，教授娘背着轻轻松松就能从七楼走下去。

　　教授楼里住了个捡废品的半老婆子，那些住户大概觉得有损脸面，反正都是一个大学里的同事，有人就有意无意拐弯抹角把教授娘的行径告知了黄教授。黄教授百忙之中很难得专门开车来看姐姐，一进门就满脸不悦："姐，我现在是Ｆ大学教授，工商管理学院副院长、高级知识分子加干部身份。可你倒好，先是养鸡，现在又捡破烂，弄得楼上楼下人人知道，你让我在学校里还有什么脸面工作。我把你接到上海来是叫你看房子的，每个月一千块钱还不够花吗？怎么想得出干这种丢人事情？"黄教授真的气极了，若不看在亲姐弟分上，他真想让姐姐明天就走人，回老家去。

教授娘坐在厨房小凳子上一声不吭，她很清楚兄弟如今是个有身份的人物，她为自己的行为让兄弟难堪而深感不安。不管黄教授火气有多大，说出的话有多伤人，教授娘都不会生气。她知道自己得忍着，因为她这次绝不可能向兄弟保证不再去外面捡废瓶子，这件事情已经成了她在上海过日子唯一的乐趣，她不肯也不能放弃。

教授娘心里真正生气的是楼里邻居，他们从不同她来往，却时时处处在暗中限制她的生活自由。他们曾联合物业公司居委会甚至是警察，逼她杀掉了那些鸡娃，现在又企图利用她的教授兄弟来剥夺她捡废瓶子卖钱的权利，教授娘真是咽不下这口气。

四

教授楼704室没人居住，空关了好久，这日午后忽然房门大开热闹起来，一个脑后扎着金色马尾巴的外国小伙子成了704室的主人。教授娘出门时正好撞上马尾巴，小伙子一脸阳光灿烂的笑容，向教授娘伸出手来，"嗨，你好夫人，我叫杰姆，美国人，租了704室房子，你叫什么名字？"小伙子的中国话讲得不错，教授娘全听懂了。

应该说这个叫杰姆的美国人是整栋楼里第一个主动与教授娘交往的邻居，虽然是个外国人，但仍让教授娘心生感动。她站在704室门口，很想告诉小伙子她叫黄国梅，可这栋楼里恐怕没人知道她的大名，他们单凭主观臆想就把她喊成了"教授娘"，其实她只不过是教授的姐姐。然而教授娘觉得犯不着把内心的委屈告诉一个头一回见面的外国人，所以只好支支吾吾道："这栋楼里的人背后叫我教授娘。"

杰姆笑起来，"教授娘？很好的名字啊，我也这样叫你吧。"杰姆看到教授娘拎了两个大塑料袋子准备下楼，又问："教授娘，请允许我帮你把袋子拿下去吧，我是男人，有的是力气。"其实这两个袋子很轻，里面是教授娘刚整理好的废瓶子，打算送到小区门口去卖掉。

教授娘卖掉废瓶子，仔细数了数到手的钢镚儿，很快塞进口袋，她担心楼上某扇窗户后面邻居的眼睛正盯着她呢。她没有听从教授兄弟的劝告，一如既往地捡废瓶子卖钱。

杰姆在一旁看着教授娘，突然惊喜地大声喊道："教授娘，你原来是个环保主义者啊，简直太伟大了。中国人要是都像你这样主动捡废瓶子，环境质量会好得多。"杰姆说完搂住教授娘脖子，左右开弓在教授娘两边脸颊上"叭叭"亲了两下，以示赞赏教授娘的行为。

教授娘惊呆了，一把推开杰姆。她看到收废品的夫妻二人正在相互挤眉弄眼，于是她觉得有必要撇清自己同杰姆的关系："这外国人住我们楼里，才认识的，对我老太婆也敢耍流氓，喊。"杰姆显然没听懂"耍流氓"的含义，他骑上山地自行车，向教授娘吹了声口哨告别，飞一般驶去。

教授娘不久就知道杰姆原来是 F 大学的留学生，专门来中国学习中国话的。她想起自己兄弟在 F 大学当教授，本能地就对杰姆亲近了几分。杰姆此后再也没对教授娘实施过"耍流氓"般的亲吻礼，天天打开家门就能看见的邻居，熟悉得像自家人，自然可以少掉许多客套。

杰姆一点都不像楼里的中国邻居，人跟人假装不认识。杰姆只要看见教授娘，每回都像见了有几十年交情的老朋友，会说上好多话，连他父母离婚了这样的事情也统统告诉教授娘。有一回教授娘做了些老家点心，鸡蛋薄饼卷甜酱，做得太多吃不完，就敲开了 704 室房门给杰姆送了些去。谁知杰姆吃了还想吃，三天两头见了教授娘就问啥时候再做鸡蛋饼吃。教授娘想外国人大概都是实心眼，想啥说啥，不像中国人张口前还先得顾着点自家脸面。

这天晚上杰姆又来敲教授娘的门，不是来讨鸡蛋饼的，他说要提供给教授娘一个重要情报。这个周末 F 大学开全校运动会，整整两天。杰姆请教授娘想想两天的运动会场地四周，该有多少废瓶子空罐好捡啊。杰姆还拍胸脯保证，他可以把教授娘带进 F 大学校园里去。教授娘听了两眼放光，心里腾起一股从未有过的感激之情，这一刻倒是她想搂住杰姆，亲他几下"耍流氓"呢。

运动会当天教授娘早早备下六只大蛇皮袋,让杰姆放在自行车上驮进学校里去。校门口保安仔细打量了一番教授娘,怎么也瞧不出她的身份跟大学有什么关系。杰姆对保安说:"她是我的朋友、邻居,来看运动会比赛的。"保安没再说什么,挥挥手让教授娘进了校园。教授娘明白天底下保安大概都一个样,见了外国人要比对中国人客气几分。所以今天她只要跟在杰姆这个外国人身后,到哪儿都不会有问题。

杰姆把教授娘带到学校运动场,这里正在举行足球比赛。四周看台上坐满了观赛学生,几乎人人手里都有矿泉水瓶子和饮料罐。教授娘一眼望去,差点乐晕了,老天爷哎,这儿有多少废瓶子空罐好捡啊。

教授娘沿着看台拾级而上,看台上那些学生都以为这个女人是专门来为运动会搞清洁卫生的,一个个主动将瓶罐扔进教授娘手上的蛇皮袋,有人还赶紧几口喝完饮料,不想错过这个扔掉瓶子的机会。教授娘不费多少力气就拾满了一个蛇皮袋,她把袋口扎紧,放到看台下一个隐蔽角落。这些废瓶罐是可以卖钱的,她当然得小心藏好她的钱。

中午时分教授娘已经拾满了六只蛇皮袋,杰姆正好参加完外国留学生运动队的中国功夫表演,推着自行车来帮教授娘运蛇皮袋。教授娘心里十分过意不去,她对杰姆说:"待会卖了钱咱俩对半分吧,不能叫你白白出那么大力气。"杰姆做了个很滑稽的动作,"我帮你捡废瓶子,你请我吃鸡蛋饼,这样很公平,谁都不用付钱。"

杰姆自行车上驮了四个蛇皮袋,教授娘身上背了两个,他们说笑着走在F大学校园里,神情悠然自得,没半点不好意思。开完运动会总得有人打扫环境,捡掉废瓶罐,于学校也是件好事。教授娘万万没想到会在校园里遇上她的兄弟黄教授,她沉浸在发了笔小财的喜悦中,根本忘记了自己的弟弟就在这所大学工作。

黄教授的目光在姐姐身上停留了几秒钟,惊讶、气愤、羞愧混杂的表情全写在脸上。他瞪了一眼身背两只大蛇皮袋的姐姐,好像不认识她一样,很快离开了。这一天教授娘捡的废瓶子空罐总共卖了二十二块钱,这是她有生以来最大的一笔单日收入,可教授娘却高兴不起来。

五

天还没亮，楼上802室阳台上的鸟儿争先恐后开始鸣唱了，教授娘几乎天天都在鸟鸣声中醒来。她有时想，楼上的教授老头养了不下十来只鸟，那群鸟叫的声音也不见得比自己从前养过的小公鸡和气多少，鸟能养，鸡为啥就该杀？看来城里人过日子也没什么规矩章法好讲的。只不过养鸟老头是个教授，而她自己是乡下女人罢了，受了委屈到哪儿讲理去？教授娘心里把楼上的每一只鸟笼都视为特权象征，心里很是愤愤不平。

这天教授娘在电梯里遇上了802室的老教授，老教授竟然破天荒主动跟教授娘开口说话了，"我的鸟逃跑了，飞走了，都怨我，喂食后忘了关鸟笼门。那是只芙蓉鸟哎，辣椒红芙蓉鸟，买来时就花了两百多块钱，都养了三年了，还是没养家，心野得很哪，所以就飞走了。"老教授唠唠叨叨，也不管教授娘听明白没有，出了电梯门自顾自直奔小区物业管理处。

也许因为老先生主动跟自己搭了话，教授娘不由自主地也跟着他来到了物业办公室，她不明白老先生的鸟跑了找物业部门管什么用？

物业管理员听说老教授是来报案的，脸上浮起一丝嘲笑，"老先生，谁听说过鸟飞走了也要报案的，要是家里人走失了倒是该打110报案的。"

老教授一听不乐意了，摆开讲台上讲课架势，"请问，你们物业公司的职责是什么？是保护业主的财产安全。我养的鸟是我财产的一部分，现在鸟飞走了，等于我的财产遭受损失，你们物业公司难道没有责任协助我把鸟儿找回来吗？"老教授义正词严，情绪有些激动。

管理员收起脸上笑容，一本正经站到老先生跟前道："那么请问，你们教授的职责是什么？是教育人对吧？你怎么没把你家的鸟儿教育好，叫它不要随便乱飞呢？"

老教授愣了一下，很快觉察出管理员在嘲弄他，于是气咻咻说："你这是什么服务态度，我要向上级部门反映你们这种不负责任的工作作风。"大概心里还惦记着心爱的鸟儿，老教授离开物业管理处，沿着自家楼下那片树林一路寻找过去。

管理员望着老头的背影摇摇头，他对站在一边看热闹的教授娘说："这个小区里住的大多是教授，书读得太多，读出点呆气来，也是蛮伤脑筋的。"

教授娘接口道："可不是，那老头见人不爱吭声，天天凑在鸟笼边上跟鸟说话呢。"

管理员笑了："教授娘你不错，很拎得清道理，跟那些书呆子不一样。"

教授娘有点得意地撇撇嘴："我可没读过什么书。"

这话说归说，教授娘心里还是有点同情802室的养鸟老头，不管他人有多怪，到底人家今天主动跟自己讲了话，都是楼上楼下的邻居，没有见人遭难不伸手相帮的道理。教授娘在树荫下见到垂头丧气的老教授，上前安慰道："您别太着急，这种家养鸟儿飞不远，自己又没本事找食吃，兴许压根就没飞出小区去。"老先生感激地朝教授娘点点头，教授娘分明看到他眼中的泪光。

几天后教授娘在卖废瓶子时，无意中看见收废品人的孩子在玩一只鸟儿。那鸟儿被关在皮鞋盒里，有气无力地鸣叫着，叫声让教授娘听起来十分耳熟。教授娘问那孩子："这鸟儿是你捡来的吧？卖给我好不好？"孩子不肯，把皮鞋盒藏到身后去了。教授娘就去便利店买来一根烤玉米，又从口袋里摸出两块钱递到孩子跟前，那孩子回头看了一眼父母，见并未遭到反对，终于抵挡不住烤玉米和钱的诱惑，用鞋盒里的鸟儿跟教授娘做成了这桩交易。

802室老教授见到皮鞋盒里的辣椒红芙蓉鸟，激动得颤抖着双唇不知该怎样向教授娘道谢，那模样只怕连下跪的心都有了。教授娘很有气度地一笑："楼上楼下住着的，这点小事说啥谢字？往后记着关好鸟笼门才是。"教授娘觉得自己这件事做得很值，她不想让老教授知道为了换回这只鸟儿，她花了五块钱，得捡大半天废瓶子呢。

好些日子过去了，教授娘依然每天在八楼的鸟鸣声中醒来，依然去捡废瓶子卖钱。偶尔在电梯里遇上养鸟的老先生，就会聊一聊那只辣椒红芙蓉鸟。老先生告诉教授娘，芙蓉鸟最近又换了一次羽毛，或者芙蓉鸟遭到外面野喜鹊的惊吓，变得沉默寡言不爱叫了。电梯上下几十秒钟时间，他们之间的谈话内容也仅仅限制在关于鸟儿的范围内。好像幸亏有了那只鸟成为彼此之间沟通的理由,不然电梯里的空气一定会像从前那样尴尬沉闷。

有一天晚饭后,教授娘听到门铃响。听得出按门铃的是个好脾气慢性子之人,让门铃每隔几秒钟响一下,而不是连续地按。教授娘打开门,门外站着802室养鸟的那位老先生。老先生双手捧着书,带点羞涩的笑容说道:"我写了本书,想送给你,只听大家叫你教授娘,还没请教过尊姓大名,所以不敢落款。"

教授娘好半天才明白过来,她见过自己兄弟那班做学问的人,写了书要送人,得先写上收书人的名字,然后在下面再签上自个的名。现在养鸟的老先生也出了书,居然想到要送她一本。教授娘心里有种发烫的感觉,忙说:"我哪是什么教授娘,不过是教授的姐姐。我叫黄国梅。草头黄,中国的国,梅花的梅。"教授娘说完想把老先生让进屋来,好让他坐下签名落款。

不料老先生不肯踏进门一步,他抬起一条腿做金鸡独立状,把书摊在自己大腿上就签好了名。双手捧着将书递给教授娘,嘴上却是一连串的谢谢,好像教授娘收下书,是给了他天大的面子。

教授娘只上过小学四年级,这本书里的文章她念起来疙疙瘩瘩,好些字不认得,就把书放在一边。有天侄女小妍来看大姑,翻了翻那本书,惊讶不已,"大姑,这是考古学专著耶,你啥时候结交了这样的老古董朋友?"教授娘给小妍讲了那只芙蓉鸟的事,小妍说:"以前住在这栋楼里好多年,从不知道楼上还有位考古学家呢。"

六

梅雨季节,雨淅淅沥沥下个不停,整座城市都被浸泡在水里。偶尔阳光从雨雾中射出几缕刺眼金线,这种太阳雨更让人感觉像暑天捂了床被子,闷热得喘不过气来。

农贸市场西瓜摊上一片碧绿生青,提早上市的小凤西瓜卖出了好价钱,卖瓜人的吆喝声也越发响亮有力。教授娘看到自家对门701室女人也在挑西瓜，这女人真是活得讲究，来市场买西瓜还穿着白色高跟凉鞋，打着浅紫色的缎面遮阳伞。

上海女人夏日里几乎人手一把这种漂亮的遮阳伞，太阳大了可以挡脸以防晒黑皮肤，遇上雷阵雨也不用担心。教授娘心里喜欢这种花伞，鲜亮的缎子伞面在阳光下游走，如同顶在女人头上的饰物。教授娘也想有这样一把伞，她甚至悄悄摸过行情，大商场里卖四五十元一把，若在街头小摊上买，十来块钱就够了。不过教授娘终究没有勇气买下这样漂亮的遮阳伞，她觉得自己脸黑手粗，只配用男人的黑布面大伞，遮阳花伞得顶在肤色白皙的城里女人头上才般配。教授娘要是撑一把花伞出门，别说楼里邻居，就是侄女小妍那张利嘴肯定也不会放过她的，教授娘想想罢了。

雨又下大了，还裹着阵风。701室女人买了几只小凤西瓜，分装在两只大塑料袋里，可她两只手提了西瓜就无法打伞。正巧一阵风吹来，那女人赶紧夹拢双腿，以免裙子被风吹起飘得太高，模样就有点狼狈。

教授娘在西瓜摊旁边目睹这一幕，爽爽快快走过去，把701室女人放在地上的两个大袋子扎在一块，甩上自己肩头，一前一后挂在身上，对那女人说："我也回家，替你搭把手，你自个打伞慢慢走吧。"701室女人刚想拒绝，教授娘已经甩动双臂开步走了。701室女人只好撑开伞，跟在教授娘身后。她想赶紧几步与教授娘并肩走，这样两人可以合撑一把伞。教授娘却把身子向外移开，"这花伞太小，哪里挡得住两个脑袋，你自个撑着吧。"

到了电梯里，教授娘才将肩上的袋子卸下，701室女人收拢花伞，见教授娘发际滴下水来，于心不忍，说："教授娘你真是个热心人，谢谢噢。"教授娘仰脸笑笑："都是楼里邻居，谢个啥？"

在七楼家门口，701室女人执意要送两个西瓜给教授娘，教授娘收起笑容道："那我还是替你把瓜背回市场里去吧。"701室女人就不好再坚持，她看到教授娘用钥匙开了自家门，又回过头来看了一眼她手上那把浅紫色的缎面花伞。

701室女人开始跟教授娘搭话了，有时同乘电梯时还会聊上几句市场里的瓜菜价钱，不过仅此而已，各人自家门里的事情她们是聊不起来的，没到那么深的交情分上。然而这足以让教授娘开心满足，至少她不再感觉自己是这栋楼里的外人，她生活中的交际对象也不仅仅局限于收废品那对夫妻和市场里的小贩，她与楼里邻居开始有了来往。

这日下午杰姆拎来两袋面粉一盒鸡蛋，说是晚上要在704室开派对，请教授娘帮他做些鸡蛋饼。杰姆已经跟朋友们吹嘘过这种中国美食，要在派对上请大伙品尝。教授娘本来想去公园捡废瓶子，要是花一个下午为杰姆做鸡蛋饼，等于少了好几块钱收入。杰姆看出教授娘心思，摸出十块钱来，说："教授娘，你今天别去捡瓶子了，这钱补偿你的损失。"杰姆的举动倒叫教授娘不好意思起来，替人做几个饼子还收工钱，怎么也少了点邻里间情分。教授娘推开杰姆递过来的票子："这点小事怎好收你钱，等你们开完会把空瓶给我留下就行。"教授娘不但没收杰姆的钱，还倒贴了不少油盐香料。她盘算下来不会吃亏，这外国小伙子哪回在家开会都得搬几箱矿泉水饮料。

午夜时分教授娘被门外走道上的吵嚷声惊醒，她起床开门出去察看，见楼下604室一对新婚夫妇穿着睡衣睡裤在敲704室大门，看样子是刚从床上爬起来的。原来704室卫生间水龙头没关上，地漏又恰好被堵住了，于是水顺着四周墙壁向下渗透，将604室新装修的卫生间和全套从"宜家家居"买来的白色橱柜都淋在水里。

杰姆开门出来时满嘴酒气，醉眼惺忪不知发生了什么事。他喝了太多的酒，以至于朋友们离去后他就倒在客厅沙发上睡去，根本听不见卫生间里的水声。

那新郎看来是个火爆脾气，一把抓住杰姆衣领就往楼下拖，要他下楼去收拾局面。教授娘跟着他们下楼，好像她是杰姆的监护人，她真有点担心新郎在气头上会揍这个美国小子。

水是顺着天花板缝隙淌下来的，卫生间里如同下了一场雨。教授娘看着这样漂亮的橱柜遭水浸泡也心疼，嘴上却帮着杰姆一块求饶："我马上去找拖把抹布来把这儿的水渍擦干净，擦干净就没事了。"教授娘想把事情的严重性尽可能降低。

那小新娘翻了几下白眼球："哼，一个捡破烂的乡下女人口气倒不小，擦干就没事了？你晓得这套卫生间橱柜值多少钱吗？三千块耶，擦干就算完事啦？"

教授娘听了这话也提高嗓门："我捡破烂怎么啦？捡破烂就不兴站出来讲句公道话啊？瞧你姑娘家年纪轻轻才结的婚，往后做人的日子长着呢，邻里之间总得讲究个和睦不是？得理也让人才有气度嘛，人家又不是故意做错事。"

小新娘撇撇嘴："我们找704住户说话，谁请你跑来多管闲事？真会拍外国人马屁。"她说归说，声音到底小了许多。

教授娘顾不上再跟小新娘计较，她指使杰姆先去擦干净自己704室卫生间，楼下由她来清理。那对新婚夫妇见教授娘明摆着是个局外人，却主动帮着邻居收拾残局，似乎有点过意不去。新郎说："教授娘，看不出你还挺仗义的，干活也麻利，要不往后给我家当钟点工吧。我们刚结婚，不会做家务，老人又不住一块。"

教授娘收拾完最后一处角落，直起腰来，口气爽爽地回应道："我还是觉着捡破烂挣钱省心，你老婆那刁脾气我可伺候不了。年轻人结了婚就得学会过日子，自己不动手干家务哪成啊？"说来也奇怪，这对小夫妻让教授娘教训了几句，还真动手干起家务活来了。周末时手牵手去农贸市场买菜，小新娘见了教授娘还讨教些买菜经验，不再眼球朝上翻了。新郎跟美国小子杰姆也算不打不相识，好几回教授娘看见新郎提了个吉他跑到704室来跟美国人学艺。

七

教授楼前面有块两百多平方米的空地，荒了十来年，杂草长得没膝高，小区居民谁也没去留意过这个地方。可近来物业公司在这块空地上动起脑筋，打算改建一个停车场。小区里私家车越来越多，地下车库的车位早已售完，新买了车的业主们迫切需要得到车位，物业公司也想卖车位大赚一笔，于是教授楼前的荒草地一夜之间身价金贵起来。物业公司发财心切，未出一纸通告，就喊来几个民工除草平整土地，连铺地坪的石子水泥都运来了。

美国人杰姆最早发现这个动静，跑来对教授娘说："这楼底下要是建个停车场，全楼住户等于被噪音废气给包围了，你们中国人可以去法院告物业公司的呀。"杰姆认为，要是在美国物业公司敢动这个念头就得上法院。环保关系到人们的健康和生命，谁肯让别人作践自己生命还眼开眼闭呢？

教授娘不明白楼底下建停车场跟自己有多大关系，反正杰姆有事没事都往环保问题上扯。比如杰姆很热心地帮教授娘出主意多捡废瓶子，教授娘明明是为了挣几个零花钱，可杰姆硬说捡废瓶子卖也属于环保。教授娘得过杰姆不少好处，拉不下脸来回绝杰姆的建议，说："我住在这楼里可算不上个能做主的人，不过是替我兄弟家看房子，就是跑去物业公司吵架也没人肯买我账的。"

教授娘的话让杰姆颇感失望，他原来指望这位楼里唯一交往较多的中国女邻居能站出来同他结成统一战线，保护生存环境。不过杰姆原谅了教授娘，一个没有受过多少教育的女人确实很难明白环保的重要性。

几天后底楼电梯门旁出现了一张安民告示。

亲爱的中国邻居们：
　　我和你们一样要被废气噪音包围。很快大家的健康生命有危险，所以请帮忙我一起反对停车场，我需要得到你们签名。
　　　　　　　　　　　　　　　704室美国人　杰姆

这张文法不太通顺的安民告示在楼里引发出一阵不安和骚动。邻里之间在电梯上下的那几十秒钟内开始打破沉默，相互交流几句关于物业公司要建停车场一事。701室的女人也主动跑来问教授娘有没有听说这件事。教授娘这才感觉到那美国小子确实做了桩好事，至少让楼里邻居变得像邻居了，他们相互交谈是因为发生了关系到他们共同利益的事情。

杰姆贴出的安民告示很快有了二十多个中国人的签名，他们都赞同杰姆的想法，反对物业公司在楼下空地上建停车场。杰姆将安民告示揭下来复印了好几份，送到物业公司办公室。现在他有这么多中国邻居作后盾，走进物业公司也胆气壮了些。物业公司经理对杰姆说他一定会发扬民主，择日召集教授楼全体业主开座谈会，对建停车场一事进行民主表决。

教授娘头一回作为业主代表正儿八经去开会。她早早吃了晚饭，洗脸梳头换衣服，甚至还擦了一点侄女小妍留下的护肤霜，那香味好闻极了。教授娘本想招呼701室女人一块去开会，但终究不敢按人家门铃。这栋楼里真正的业主都是有头有脸的体面人，自己不过替兄弟家照看房子暂住这儿，哪好忘了自个身份，当真跟人家同进同出呢。

座谈会气氛很热烈，楼里每家每户都派了代表，谁不担心日后天天紧挨着停车场吸废气呀。而且发言的人大多是老师，讲起话来个个引经据典，摆事实讲道理，海阔天空古今中外，听得教授娘根本反应不过来，十句话听懂三句就不错了。教授娘真打心底里佩服那些当教授的邻居们，竟然把那个神气活现的物业公司经理都驳得哑口无言。那经理服过谁呀，在教授娘看来经理简直就是小区的皇帝，三天两头变着法子让业主多掏管理费。

杰姆很有成就感，今天这个大型座谈会就是由他一个外国留学生促成的，他租了这儿的房子，当然就有责任也有权利说话。杰姆说："经理，你可不能只为了赚钱就不管我们身体健康，不保护环境，人的生命可是最重要的。"杰姆刚说完，屋子里顿时安静下来。本来发言的中国邻居也想说这样的话，只不过考虑到住在小区里，日后少不了跟物业公司打交道，不能对经理把话说得太过刺激。可杰姆是外国人，恰恰没有这点顾忌，由他将这层意思说出来，正是业主们想要的效果。

教授娘见来开会的人都讲了话，连杰姆这个老外也发言了，自己要是不张口，岂不是白白梳头换衣服了吗？于是教授娘壮着胆子附和了一句："杰姆小伙子说话在理，可不能光想着盖停车场赚钱，搅得咱一楼里人过日子不安全。"

让业主们驳得灰头土脸的物业经理抬头看了一眼教授娘，两眼忽然就亮了。他咳嗽一声清清嗓子说："哟嗬，真看不出来噢，在教授楼里住着就是不一样，乡下女人转眼就成教授了，开起普通话来给我上课呢。哎呀，要说不能光想着钱，你教授娘为啥天天去公园马路上捡废瓶子卖呀，这年头还有不惦记着钱的人吗？"物业公司经理不敢太得罪业主，却不把教授娘放在眼里。

杰姆完全听懂了经理的话外之音，他不能由这个无礼的男人嘲讽一位年纪比他母亲还大的女士。杰姆又站起身来说："教授娘捡废瓶子卖有什么不对？第一是为了环保，第二才是因为钱。"

701室女人马上接口道："就是嘛，人家捡瓶子一不偷，二不抢，三不损害他人利益，有什么过错？"

八楼养鸟的老先生有点激动，嘴唇一阵颤抖才把意思表达清楚："教授娘用实际行动来保护环境，我们应该支持她。从明天起，我们在楼下电梯旁放个纸板箱，各家各户把废瓶子都放在里面送给她。"

杰姆带头鼓起掌来，屋子里立刻掌声一片。教授娘眼圈红了，那些从来没有跟她说过话的邻居们，原来是这么好的人。

停车场被教授楼业主们否决掉了，小区里又恢复了平静。教授娘空闲下来总爱去那片空地旁走一走，看一看，仿佛盼望着发生些新的情况，好让她再有机会跟楼里邻居坐在一块开会说话。可是直到空地上石头缝里长出新草，小区里还是很平静，什么事情也没发生。

八

侄女小妍打来电话，要带同学一块回教授楼老房子来温习功课，让大姑给准备晚饭。教授娘猜想自己兄弟夫妇俩太忙，没工夫照料女儿，况且兄弟身为教授，应酬肯定也多。家里老是人来人往，肯定影响小妍学习。教授娘从心里乐意侄女住在这儿，她好有个说话的伴，成天一个人做饭吃实在没味道。这天教授娘只在公园里捡了半天废瓶子，下午换过衣服去市场买了些鸡蛋、肉和菜，早早开始为侄女做晚饭。

教授娘好久没在厨房里做顿像样饭菜了，一个人随便下碗面条买两个包子都能充一顿饭。可小妍要来，就不能再马虎了。小妍如今是教授家的闺女，嘴巴自然刁些，身子也金贵得很。教授娘没想到小妍会带来个男孩，说是她的同学，名叫佑鹏，佑鹏就跟着小妍管教授娘叫大姑。那天吃过晚饭后，小妍和佑鹏就钻进里面房间反锁上门，还特地关照大姑没有要紧事不要打扰他们温课。教授娘是识相之人，这儿本来就是兄弟的家，也就是小妍的家，自己哪好去做侄女的主。

不过教授娘心里看不起城里年轻人的做派，一男一女躲在屋里关上门，还能干出什么有脸面事情来？教授娘起先坐在客厅里看电视，等着那个叫佑鹏的男孩走后她好关大门上锁。后来实在熬不住眼皮瞌睡，又不敢去敲小妍房门赶人家走，只好回自己屋里躺下，等待着侄女屋里动静。教授娘片刻迷糊片刻清醒，折腾了一夜都没听见佑鹏离去。

第二天早上佑鹏和小妍一块从那屋里出来，佑鹏换了副主人面孔，吩咐教授娘道："大姑，我早上喜欢喝热豆浆的，越烫越好。"小妍好像也不觉得佑鹏这样使唤大姑有什么不妥，也许从农村来的大姑在他俩眼里天经地义是个保姆角色。

佑鹏在这里一住就是三天，教授娘不但少了许多去公园捡废瓶子的工夫，还得变着法子做好吃的伺候两位小祖宗。本来教授娘捡一天废瓶子就能开销自己的一日三餐，这会儿她不得不拿出兄弟给的生活费来买菜买米。

黄教授夫妇亦时有电话来，挺赞成女儿跟大姑住一块，图个安静好温功课。他们哪里知道女儿小小年纪才上高中，就带了个男人回家住呢。

教授娘在饭桌上几番询问过佑鹏："你家在上海吗？住在这儿不回家父母不惦记吗？"

小妍就翻起白眼呛大姑："这是人家隐私，在上海可不兴像你们农村人那样凡事都好打听的。"

教授娘不吭气了，想来小妍的话是实情。农村老家邻居炖了只鸡，自己就能闻着香味儿，可城里人隔墙住着，却是喜欢老死不相往来的。

某日傍晚教授娘卖了废瓶子，买回些蔬菜准备做晚饭，看到小妍在自己屋里嘤嘤抽泣，房门倒敞开着，没见佑鹏人影。小妍头发凌乱，耳根边还有道血口子，像是刚打完架。

教授娘心疼得抽搐了一下："小妍啊，佑鹏打你了吗？他人呢？"小妍只管哭不说话，连晚饭都不肯吃就收拾东西回了父母家。临走撂下一句话:"大姑,佑鹏的事别跟我爸妈说啊。"

小妍走了,教授娘的生活又恢复了往常的平静,渐渐地,她就记不太清佑鹏的模样,那个高瘦白皙窄脸的影子正从教授娘记忆中褪去。很多日子后一个下午,教授娘在公园湖边捡废瓶子,无意中瞥见湖边露天咖啡吧坐着佑鹏,对面是另外一个同小妍年龄相仿的女孩。教授娘心底刹那间腾起一股火气,原来她根本不可能忘掉佑鹏。教授娘没有犹豫半秒钟便冲到小圆桌边,扯住小伙子肩膀大叫:"佑鹏,又骗上人家姑娘啦,你打了我家小妍还没同你清账呢。你还吃了那么多我做的饭,给我吐出来。"

佑鹏扭动胳膊想挣脱教授娘的手,口里喊叫:"疯婆子,哪个认得你啊?"

教授娘一手死劲拽住佑鹏衣服,另一只手将巴掌甩过去。她看见那张瘦白脸上浮现出五条清晰的红掌印。

佑鹏没有反击,却回过身去向女孩作解释:"真倒霉,这乞丐婆子讨钱我不给,她就动了粗。"

女孩冷笑一声站起身来:"乞丐婆子?那她怎么知道你叫佑鹏?"

晚上教授娘给小妍打电话表功:"小妍,大姑替你出气啦!可大姑还得劝你一句,往后交男朋友得多长个心眼,咱女人吃不起这个亏呀。哪像他们男人,风流百回千回,浑身上下都没个印记的。"

小妍静静听大姑讲完今天发生的事,轻轻挂上了电话,什么话也没说。

九

黄教授坐在F大学纪律检查委员会办公室里,额头上的汗水顺着发际往下渗出,内衣也被汗水洇湿,贴在脊背上冰凉冰凉的。黄教授怎么也不会想到,两年前这桩他以为只有自己和老天爷才知道的事情,会让人挂到校园网上晾晒。校纪律检查委员会也是从网上了解到这件教授受贿案,才让当事人黄教授前来说清楚案情真相。

黄教授担任F大学工商管理学院副院长的第一年就认识了大一学生小

邵，全院出了名的"阿混"。别说同班同学，就连一个寝室的室友都无法确切记住他的模样，因为小邵在学校里露面的次数实在太少。按照校纪校规，连续两个学期有两门以上课程不及格的学生，应予以退学处理。

小邵的退学处理报告送到黄教授办公桌上，黄教授几乎没有犹豫便签字同意。然而报告还未送至校部，有人拐弯抹角呈上一份邀请函，邀请黄教授前去参加上海市中心新楼盘"春江花月夜"小区的住宅智能管理研讨会。在研讨会上黄教授结识了小邵的父亲老邵，一位房地产开发集团董事长。老邵主动提出可以为黄教授提供"春江花月夜"小区内住房一套，售价为每平方米2000元人民币。而该楼盘正式对外销售时，这个价格后面至少得再加个零。老邵甚至没有向黄教授提及儿子小邵，他们之间的父子关系是由送请柬那人转告黄教授的。

黄教授在参加完研讨会后十多天里夜夜失眠，他实在太喜欢那套房子，如果要靠他的薪水来挣，不吃不喝到退休也住不上这样的房子。黄教授明明知道老邵不会无缘无故把价值百万的唐僧肉白白送给他吃，这是一桩交易，而世界上不存在没有风险的交易。

黄教授在与老邵达成交易之前这样安慰自己：我好歹也是花2000元一平方米买的，不能等同于受贿吧。结果是黄教授很低调地入住"春江花月夜"小区，当然，小邵也被他利用副院长权力，以"治病救人"之类的理由继续混在F大学。

平心而论黄教授住在市中心豪华商品楼里日子过得并不踏实，他内心盼望时间过得快些。眼看小邵已经混到了大三，再混一年将这个"小瘟神"送出F大学，黄教授从此便可高枕无忧。可就在小邵刚刚踏进大四，黄教授受贿案还是在校园网上被揭露出来，小邵最终也没能在F大学混到毕业。

黄教授在校纪律检查委员会办公室里没有为自己作任何辩解，而是主动提出退房，接受处分。也许从住进这处房子开始，他已经在等待今天这个结果。鉴于黄教授的态度，他被免于刑事处罚，但失去了在F大学的一切职务，留校察看，唯一保留下来的是原教授楼里那套老房子。

教授娘听兄弟讲述完这噩梦一般的事情经过，却没有感觉惊讶。大概她心里也曾有过疑问，自己兄弟何以能从一个乡下孩子变成大学教授后，很快就住进了连许多上海人都买不起的房子，这实在有点太过幸运，幸运得让人怀疑它的真实性。

教授娘对黄教授说："日后你若能靠教书吃饭当然最好，就是饭碗砸了也不用怕，上海这地方再好活人不过。你瞧我每天捡废瓶子卖，都能挣饱肚子的。"教授娘从衣橱里摸出一卷东西，外层用小妍扔掉的破长筒袜裹着。打开来里面是厚厚一叠粉红色百元钞票，那是黄教授每月给姐姐的生活费，没花掉多少，现在姐姐把它们还给兄弟。

黄教授垂下头来，额角抵住姐姐膝盖，低声哽咽道："姐，要是我像你这般心平，不去眼贪别人过的日子，本来不该犯这么大的错呀。"教授娘无语，像从前一样抚摸兄弟的头顶，她多想让兄弟明白，哪怕捡废瓶子卖，也是种踏实的活法，夜里睡觉安稳得很。

十

教授娘很清楚自己住在这栋楼里的日子不多了。兄弟家市中心好房子被没收掉，一家三口得回老房子来住，那就不再需要她看房子了。教授娘这些天除了早出晚归捡废瓶子卖，也把家里每个角落都收拾得干干净净，连厚窗帘都拆下洗过。

教授娘发现厨房里一口平底锅手柄断裂了，这锅是黄教授去欧洲讲学时买回来的，花了不少钱呢。兄弟媳妇是个精细之人，要是看到锅坏了，没准会动肝火。黄教授如今犯了错，在自己老婆女儿跟前自然矮了三分，所以教授娘得把这个家里一切可能引起冲突的火星子都掐灭，让兄弟熬过眼前这段日子，至少家里还能有个平安栖身窝。

于是教授娘决定去修好这口锅，她想起农贸市场附近有各种各样的修理铺，可转了老大一圈也没找到修锅的。教授娘不甘心放弃，她太了解弟媳妇的脾气，随时可能因为一颗烟头大的内心火气酿成一场火灾。

这家修理铺只有师徒二人，门口牌子上写着"专业修理冰箱空调"。中午时分生意十分清淡，师傅躺在店堂一侧午睡，小徒弟守着店门。教授娘拎着平底锅走进去,不朝小徒弟看一眼,径直过去喊起师傅:"老板醒醒,修东西咪。"老板双目微启,嘟囔一句:"修什么啊?"

"修锅,这可是外国买来的锅啊,上别处怕他们没那本事,所以送你这儿来了。"教授娘把锅举到老板跟前。

"喊,没见门口牌子吗?我们专修冰箱空调,不修锅。"老板打了个长长的哈欠,重新闭上眼睛,不打算跟教授娘多费半点唾沫。

"门口是写着修冰箱空调,可也没写不修锅啊。现在我要修锅,你怎好不做生意呢?"教授娘满脸都是道理。

小徒弟听到教授娘的话乐了,"嗨,照你这么说,隔壁皮鞋摊上就该写成'只修皮鞋、胶鞋,不修飞机导弹,不修……'"

教授娘依旧站着不走,"你们连冰箱空调都会修,还修不好我这锅?大中午的也没生意好做,权当做好事帮帮我的忙吧。"教授娘眼看老板放着送上门的生意不做,宁可打瞌睡,心里就有点想不通。她觉得只有坚持下去,不光为自己修锅,也得纠正老板有钱不赚的糊涂行为。

倒是那个小徒弟,大概闲得发慌动起了恻隐之心,凑到师傅耳边说:"瞧这女人,多半是给人当保姆的,弄坏了东家东西不好交代,赖上咱铺子了。要不师傅您歇着,我给她修修试试,反正我也闲着。"

师傅嘴角牵出一丝嘲弄似的冷笑,没吭声,又闭上了眼睛。小徒弟知道师傅应允了,便接过教授娘手里的平底锅修了起来。他在锅沿和手柄上各钻了洞,两头用一根长铆钉铆住,断裂的手柄牢牢长在锅沿上,纹丝不动。

教授娘满意极了,悄悄对小徒弟说:"小伙子,日后你保管比师傅出息,能挣大钱。瞧你师傅那懒样儿,大白天还睡觉。"

教授娘的话让小徒弟很开心,他只要了钻头和铆钉的工本钱,免了人工费。教授娘心里过意不去,就拿起工具台上的广告纸说:"我把这个拿回去贴在楼里吧,谁家没冰箱空调啊,往后东西坏了就会想着上你们铺子来修。"教授娘从不习惯白占别人便宜,总得回报点什么好让自己心安理得。

教授娘修锅回来,在电梯里看见杰姆搂着个中国女孩接吻,全然不顾电梯里还有好几位同楼邻居,正被他们的举动搅得目光无处放。到了七楼,教授娘咳嗽一声对那女孩撇撇嘴:"啥事不能到家去做,猴急啥呢?"在教授娘看来，杰姆是外国人，哪怕脱了裤子上大街溜达都跟中国人不相干。可女孩是中国人，中国人就该有中国人的忌讳。

杰姆看到教授娘，把嘴从女孩脸上挪下来，笑道："教授娘你拿锅干什么？又要做鸡蛋饼吗？"教授娘头一回没好气地对杰姆说："我又不是开蛋饼铺子的。"

不过教授娘还是为杰姆做了最后一次鸡蛋饼，鸡蛋和油都比以往多放了些，饼子烤得特别黄，特别香。教授娘很多年后也许都不会忘记这个安静的下午，杰姆在教授娘的厨房里吃着鸡蛋饼，蓝灰色的眼睛里储满泪水，因为他才知道教授娘将要离开这栋楼了。

杰姆说："教授娘，你真像我妈妈。"

教授娘哈哈大笑："我是中国人，哪里养得出你这样黄头发蓝眼睛的儿子？"

杰姆耸耸肩膀，不知该如何解释他的原义，"我四岁时父母就离婚了，我跟父亲过，所以不知道母亲会为儿子做些什么？大概就是这样给儿子煎鸡蛋饼吧？"

教授娘没有回答杰姆的问题，她低下头来，一串泪珠滚入平底锅，"滋"的一声便汽化了。

十一

教授娘说不清自己有多留恋住在这栋楼里的生活，然而毕竟一年多过去了，邻里间好歹也有些脸熟，临走时总该打声招呼方不显得失礼。教授娘从壁橱里找出半袋子小米，那还是从老家带来的，没舍得吃完。教授娘想上海农贸市场里可见不到这么好的小米，人吃没几顿，喂鸟倒是能喂上大半年的，不如就送给楼上养鸟的老先生吧。

这天正好老先生的儿女都来探望父母，听说教授娘要回乡下去，那女儿就说："教授娘其实你可以住在上海的呀，要是你愿意，到我家来照顾我父母好不好？包你吃住，工资也好商量的，我们都知道你是个热心人。"

老教授夫妇附和着女儿的话，直朝教授娘点头。对他们来说，像教授娘这样知根知底的勤快女人真是可遇不可求的。

教授娘放下小米袋子，拍拍衣襟笑道："谢谢你们看得起我，我虽是个乡下女人，可我兄弟到底也是当教授的。往后同住在一栋楼里，看着自个姐姐在楼上人家当保姆，脸面上总是过不去的，我也得为我兄弟着想不是？"

老先生一家人听了教授娘这番话，脸上都笑得很尴尬。他们光想着替自己找个好保姆，可教授娘不得不为她当教授的兄弟着想。

辞过楼上养鸟的老先生，教授娘觉得有必要跟 701 室女人道个别。论远近，她跟 701 室女人说过的话比楼上养鸟老先生还多了些呢。701 室女人听说教授娘要走，一脸惋惜："啊呀教授娘，你住在这里蛮好的呀，为啥要回乡下去呢？在上海日子住长了，只怕回到乡下过不惯呢。"教授娘说："我本来就是乡下人，在上海日子住得再长，也变不成上海人的。城里有城里的好，乡下也有乡下的自在。"

701 室女人想到教授娘特意来敲门辞别，可见是个有情有义之人，总不好让她就这么回乡下去吧。过了一会儿，701 室女人又敲开了教授娘的门，手里拿着那把浅紫色缎面花伞。701 室女人说："教授娘，这把伞我只不过用了两三回，很新的呢，我看得出来你喜欢，所以拿了来。"

教授娘满脸通红，真懊悔那时自己眼馋，一点心思全让人摸了去，于是她赶紧推开那把伞。701 室女人很细心，替教授娘找台阶下："教授娘你别客气呀，按理说伞是不好送人的，送伞可不就'散'了？所以你权当我把伞借给你，长长远远地借给你好了。"教授娘就没有再推辞，她心里太喜欢这把伞了。

这一夜教授娘居然失眠了，翻来覆去想着该回敬 701 室女人些什么东西才好，不然自己心里就欠了人家一份情。可 701 室看上去就像是有钱人，夫妇俩都开着自家汽车去上班的，人家还缺啥？不过教授娘到底想出了一样最为合适的回敬礼物，她想给 701 室邻居送盆鲜花。教授娘从自家厨房窗口望过去，701 室的每处窗台上都是一片灿烂花草，可见那户人家的爱花之情。

教授娘在花鸟市场上看上一种盆栽兔子花，紫罗兰色的花朵绽放得恰似兔子毛茸茸的身子和长耳朵，十分可爱。教授娘刚一开口，卖花老头伸出大拇指和食指说："八块一盆，不还价。"

教授娘倒吸口气："八块？一只兔子才卖多少钱呐？你这是兔子花，又不是兔子，怎好卖那么贵？"

卖花老头斜了一眼跟前的女人："谁卖兔子？谁卖兔子？我卖花我跟兔子有啥关系？"

教授娘也较起劲来："我也没讲错啊。这兔子花还是花，不是兔子，你可不能把花卖成兔子钱。"

周围买花的人都笑了起来，那卖花老头也笑了，大概头一回遇上个这么会瞎缠人的买主。卖花老头摆开一副好男不跟女斗架势："那你给个价，这花该卖多少钱一盆？"

"六块钱一盆就贵到天边去了，卖不卖啊？"教授娘依旧死不松口的模样。

"六块就六块吧，放下钱快点捧了花走人。真没见过你这样的，明明我卖花，硬把我跟卖兔子的搅在一块。"卖花老头嘟囔着，眼光不再朝教授娘看。

教授娘不记得自己这辈子有过几回一本正经买了礼物送人的经历，不过这六块钱花得很值。701室女人接过花笑得不知说了多少声谢谢，她请教授娘进屋坐坐，把花盆放在客厅茶几上。天花板上水晶吊灯投下柔和的光晕，那盆兔子花真是漂亮极了。

教授娘走后许多日子，电梯旁那只大纸箱依然放在墙边，楼里住户们已经习惯了它的存在。纸箱里废瓶子越积越多，教授娘不在，谁也不知该如何处理。后来有人叫来了小区门口收废品的那对外地夫妇，让他们将纸板箱抬了出去。从此，教授娘的最后一点痕迹也从楼里消失了。

后 记

　　《夜上海波尔卡》是我的第五本中篇小说集。光阴似箭，距第一本小说集出版至今，又有十多年过去了。这些年里，我基本上延续着一直以来的生活方式，一边教书一边写书。大学教师不用坐班，每年又有三个月的寒暑假，时间支配上的相对自由，使我能在教学之余从事自己喜爱的文学创作。我在大学里教对外汉语，学生都是外国留学生，来自地球上五大洲，迄今为止我已接触过约六十多个不同国家和地区的外国学生。每当我走上讲台，迎面而来的便是异国风情和不同文化背景的撞击。留学生们坦率地向我表达他们对中国和中国人的印象，讲述各自在中国的生活细节乃至奇遇，为我的"外国人在中国的故事"系列题材小说，提供了取之不尽的生动素材。有些汉语水平较高的留学生读了我的小说后，经常主动跑来给我讲故事，希望有朝一日能成为我小说中的人物原型。我把学生当成朋友，也非常庆幸自己有份这么好的工作，小说写完后，朋友也遍天下。

　　二十多年来，我利用在海外留学、工作、旅行的机会，到过五大洲四十多个国家，用一个中国人的眼光去看外面的世界。有一年，在新西兰北岛一处只有百十来个当地居民的小镇上，我居然找到一家原汁原味的中国餐馆。于是我相信，这个地球上有人的地方一定会有中国人。从此，身在国外时，观察自己的同胞，了解海外中国人的生存理念和生活方式，成了我必修的一门功课，也作为我的"中国人在外国的故事"系列题材小说的素材支撑。随着中国经济发展，走出国门的中国人越来越多，他们的身份、追求、理想、信念，都与二十多年前我自己赴海外求学时有很大不同。

比如低龄留学生的大量涌现；为孩子谋求外国护照的中国孕妇出国生产热；因富人转移财产而出现的移民潮；反腐败海外追查贪官的"猎狐"行动等。有的已出现在我完成的小说里，更多的将成为我未来想要奉献给读者朋友的故事。

  在本书即将出版之际，我要感谢上海文艺出版社的魏心宏先生，十多年前，他曾是我第一本小说集的责任编辑，至今仍给予我许多指教和帮助。感谢为这套丛书付出许多辛劳的郝庆军先生，他使我更深层次地理解了什么叫"以文会友"。感谢李松睿老师为这本小说集写的评论文章，一本书出版后，阅读领会他人的评论，一向是我非常看重的事情。感谢杨扬先生，王周生女士，李其纲先生，杨剑龙先生为本书写的推荐语，我将铭记鼓励，努力写得更好。感谢山东文艺出版社为作家们提供走向社会、走近读者的平台，文学的繁荣需要作家、读者和出版界共同来创造。

朱晓琳

图书在版编目（CIP）数据

夜上海波尔卡 / 朱晓琳著 . —济南：山东文艺出版社，2016.3
（异乡者小说书系 / 郝庆军主编）
ISBN 978-7-5329-4971-7

Ⅰ．①夜… Ⅱ．①朱… Ⅲ．①中篇小说—小说集—中国—当代 Ⅳ．① I247.5

中国版本图书馆 CIP 数据核字（2015）第 096229 号

夜上海波尔卡
朱晓琳　著

主管部门	山东出版传媒股份有限公司
出版发行	山东文艺出版社
社　　址	山东省济南市英雄山路 189 号
邮　　编	250002
网　　址	www.sdwypress.com
读者服务	0531-82098776（总编室）
	0531-82098775（市场营销部）
电子邮箱	sdwy@sdpress.com.cn
印　　刷	山东德州新华印务有限责任公司
开　　本	710 毫米 ×1000 毫米　1/16
印　　张	16　插页 /2
字　　数	210 千
版　　次	2016 年 3 月第 1 版
印　　次	2016 年 3 月第 1 次印刷
书　　号	ISBN 978-7-5329-4971-7
定　　价	35.00 元

版权专有，侵权必究。如有图书质量问题，请与出版社联系调换。